RAY BRADBURY

DIE MARS-CHRONIKEN

Science Fiction-Roman in Erzählungen

Illustrierte Neuausgabe
Das Buch zum Film

WILHELM HEYNE VERLAG
MÜNCHEN

HEYNE-BUCH Nr. 3410
im Wilhelm Heyne Verlag, München

Titel der amerikanischen Originalausgabe
THE MARTIAN CHRONICLES
Deutsche Übersetzung von Thomas Schlück und Wolfgang Jeschke

3. Auflage
Redaktion: Wolfgang Jeschke

Printed in Germany 1981
Umschlagbild: Polytel International
Umschlag: Atelier Heinrichs & Schütz, München
Gesamtherstellung: Mohndruck Graphische Betriebe GmbH, Gütersloh

ISBN 3-453-30280-X

INHALT

Januar 1999: Raketensommer

Eben herrschte noch typischer Ohio-Winter: Die Türen waren fest verschlossen, die Fenster verriegelt, die Scheiben blind vom Frost, Eiszapfen rahmten die Dächer; die Kinder fuhren Ski auf den Hängen der Hügel, und die Hausfrauen stapften schwerfällig wie große schwarze Bären durch die vereisten Straßen.

Da strich mit einemmal eine Hitzewelle über die kleine Stadt hinweg, eine Sturzflut heißer Luft; es war, als hätte jemand die Tür eines Backofens aufgestoßen. Die Hitze wogte zwischen den Häusern und Büschen und Kindern; die Eiszapfen begannen zu schmelzen, fielen herab und zerbrachen; die Türen flogen auf, die Fenster wurden hochgeschoben, die Kinder schälten sich aus ihren Wollsachen, die Frauen warfen ihre Bärenhäute ab; der Schnee schmolz, und die braunen, vom letzten Sommer verbrannten Rasenflächen wurden freigelegt.

Raketensommer! riefen sich die Leute aus den luftigen, weit geöffneten Häusern zu. *Raketensommer!* Der heiße Wüstenatem löschte die kunstvollen Muster an den Fenstern, die der Frosthauch gezeichnet hatte. Skier und Schlitten waren plötzlich nutzlos. Der Schnee, der aus dem kalten, wolkenverhangenen Himmel fiel, wurde zu warmem Regen, ehe er den Boden berührte.

Raketensommer. Die Leute lehnten sich an die Brüstungen ihrer tropfnassen Balkone und beobachteten den sich rötenden Himmel.

Die Rakete stand auf dem Startfeld und spie leuchtende Wolken aus Feuer und Hitze. Sie stand im eisigen Wintermorgen, und der Atem ihrer mächtigen Motoren ließ es Sommer werden. Die Rakete veränderte das Wetter, und für einen kurzen Augenblick lag Sommer über dem Land...

Februar 1999: Ylla

Sie wohnten in einem Haus aus Kristallsäulen am Ufer eines leeren Sees auf dem Planeten Mars, und jeden Morgen konnte man Frau K sehen, wie sie die goldenen Früchte erntete, die an den kristallenen Wänden wuchsen, oder wie sie das Haus mit magnetischem Staub putzte, den sie mit den Händen ausstreute und der dann vom heißen Wind davongetragen wurde und den Schmutz mitnahm. Am Nachmittag, wenn der versteinerte See reglos in der Hitze dalag und die Weinbäume wie erstarrt im Hof standen und die kleine marsianische Stadt sich abgekapselt hatte und niemand vor die Tür trat, dann hielt sich Herr K in seinen Gemächern auf und las in einem metallenen Buch, dessen Schrift reliefartig in die Seiten geprägt war und über die er wie ein Harfenspieler leicht mit der Hand hinwegstrich. Die Bewegung seiner Finger ließ eine Stimme aus dem Buch erklingen, eine sanfte alte Stimme, die die längst vergangenen Zeiten besang, als noch rote Dämpfe aus dem See gegen die Ufer wallten und längst dahingegangene Helden mit Heeren von Metallinsekten und elektrischen Spinnen in die Schlacht gezogen waren.

Herr und Frau K lebten nun schon zwanzig Jahre am Ufer des toten Sees, und ihre Vorfahren hatten in demselben Haus gewohnt, das sich schon seit zehn Jahrhunderten drehte und wie eine Sonnenblume stets der Sonne zuwandte.

Herr und Frau K waren nicht alt. Sie hatten die reine, bräunliche Haut der Marsianer, die typischen gelben Augen und die sanfte melodische Stimme. Früher hatte es ihnen Spaß gemacht, Feuerbilder zu malen, oder in den Kanälen zu schwimmen, wenn die Weinbäume sie mit grüner Flüssigkeit füllten, oder im Sprechzimmer vor den blauen Phosphor-Porträts zu sitzen und sich zu unterhalten, bis es dunkel wurde.

Nun waren sie nicht mehr glücklich.

An diesem Morgen stand Frau K zwischen den Säulen und blickte hinaus in die Wüste, beobachtete, wie der Sand sich erhitzte, zu gelbem Wachs verschmolz und den Horizont auszulöschen schien.

Etwas würde geschehen.

Sie wartete.

Sie beobachtete den blauen Marshimmel, als rechnete sie jeden Augenblick damit, daß er sich zusammenziehen und ein schimmerndes Wunder auf dem Sand absetzen könnte.

Doch nichts geschah.

Des Wartens müde, ging sie zwischen den beschlagenen Säulen spazieren. Ein feiner Regen strömte von den ausschwingenden Enden der Säulen herab, kühlte die trockene Luft. Frau K fühlte, wie die Nässe sanft ihre Haut berührte. An solchen heißen Tagen schien man im Haus wie in einem Bach zu waten; über den Fußböden rannen schimmernde, kühle Ströme. Sie hörte, wie ihr Mann in seinem Zimmer geduldig das Buch spielte; seine Finger wurden der alten Gesänge niemals müde. Insgeheim wünschte sie sich, daß er auch einmal wieder soviel Zeit mit ihr verbringen und sie wie eine Harfe halten und berühren würde — soviel Zeit, wie er seinen unglaubwürdigen Büchern widmete.

Aber nein. Sie schüttelte den Kopf — eine unmerkliche, verzeihende Bewegung. Die Lider senkten sich über ihre goldenen Augen. Die Ehe nützt uns ab und läßt uns alt werden, auch wenn wir noch jung sind.

Sie legte sich in einen Stuhl, der sich ihrem Körper anpaßte, noch während sie sich zurechtlegte. Nervös kniff sie die Augen zusammen.

Da ereignete sich der Traum.

Ihre braunen Finger zitterten, griffen in die Luft. Einen Augenblick später fuhr sie erschrocken hoch.

Sie atmete schwer und blickte sich hastig um, als erwartete sie, jemanden zu sehen. Sie schien enttäuscht, als der Raum zwischen den Säulen leer war.

Ihr Mann erschien in der dreieckigen Tür. »Hast du gerufen?« fragte er gereizt.

»Nein!« antwortete sie.

»Ich dachte, ich hätte dich rufen gehört.«

»Wirklich? — Ich bin eingenickt und habe geträumt.«

»Am hellichten Tag? Das passiert dir nicht oft.«

Sie machte ein Gesicht, als habe ihr der Traum einen Schock versetzt. »Seltsam, wie seltsam«, murmelte sie. »Der Traum.«

»So?« Es zog ihn offensichtlich zu seinem Buch zurück.

»Ich habe von einem Mann geträumt.«

»Einem Mann?«

»Einem großen Mann, ein Meter dreiundachtzig groß.«

»Wie absurd! — Ein Riese, eine Mißgeburt!«

»Irgendwie...« sie wählte ihre Worte vorsichtig, »sah er gar nicht absonderlich aus. Obwohl er so groß war. Und er hatte — ja, ich weiß, du wirst das für albern halten — er hatte *blaue* Augen!«

»Hat man schon so etwas gehört? Blaue Augen!« sagte Her K kopfschüttelnd. »Was du dir zusammenträumst! Vielleicht hatte er sogar *schwarzes* Haar, wie?«

»Woher weißt du das?« fragte sie überrascht.

»Ich habe nur die unwahrscheinlichste Farbe genannt«, erwiderte er unbewegt.

»Es war tatsächlich schwarz!« rief sie. »Und er hatte eine sehr weiße Haut; er sah *ganz* ungewöhnlich aus! Er trug eine seltsame Uniform, und er kam vom Himmel herab und hat sich freundlich mit mir unterhalten.« Sie lächelte.

»Vom Himmel? — Was für ein Unsinn!«

»Er kam in einem Ding aus Metall, das in der Sonne glitzerte«, erinnerte sie sich. Sie schloß die Augen, um das Bild wieder heraufzubeschwören. »Im Traum sah ich den Himmel, und da blitzte etwas auf wie eine Münze, die man in die Luft geworfen hat, und plötzlich wurde es größer, schwebte lautlos herab und landete, ein langes silbernes Gebilde, rund und fremd. An seiner Flanke öffnete sich eine Tür, und der große Mann trat heraus.«

»Wenn du mehr arbeiten würdest, hättest du keine so albernen Träume«, warf er ein.

»Mir hat der Traum Spaß gemacht«, erwiderte sie und lehnte sich zurück. »Ich wußte nicht, daß ich soviel Fantasie habe. Schwarzes Haar, blaue Augen und weiße Haut! Was für ein seltsamer Mann, und doch... Er sah gut aus.«

»Wunschdenken.«

»Jetzt bist du ungerecht. Ich habe ihn mir nicht absichtlich ausgedacht; er ist mir nur so in den Sinn gekommen. Es war gar nicht wie sonst beim Träumen — sondern ganz unerwartet und irgendwie anders. Er schaute mich an und sagte: ›Ich bin Nathaniel York...‹«

»Ein blödsinniger Name; überhaupt kein Name«, warf er ein.

»Natürlich ist es kein sinnvoller Name, es ist doch auch nur ein Traum«, versuchte sie zu erklären. »Und er sagte: ›Wir haben die erste Reise durch das All unternommen. Wir sind nur zu zweit in unserem Schiff, ich und mein Freund Bert.‹«

»Noch so ein blödsinniger Name.«

Und er sagte: ›Wir kommen aus einer Stadt auf der *Erde;* das ist der Name unseres Planeten›«, fuhr Frau K unbeirrt fort. »Ja, das hat er gesagt: *Erde.* Das war der Name. Und er sprach in einer unbekannten Sprache, aber irgendwie verstand ich ihn doch. Es muß wohl Telepathie gewesen sein.«

Herr K wandte sich ab, doch mit einem Wort hielt sie ihn zurück. »Yll?« rief sie leise. »Fragst du dich nicht auch manchmal, ob ... nun, ob es Lebewesen auf dem dritten Planeten gibt?«

»Der dritte Planet kann kein Leben tragen«, erwiderte ihr Mann geduldig. »Unsere Wissenschaftler haben festgestellt, daß die Atmosphäre des dritten Planeten viel zuviel Sauerstoff enthält.«

»Aber wäre es nicht faszinierend, wenn es dort wirklich Leute gäbe? Und wenn sie in einer Art Schiff durch das All reisten?«

»Ylla! Du weißt, wie ich diese Gefühlsduseleien hasse. Gehen wir lieber wieder an die Arbeit.«

Es war spät am Nachmittag, als sie auf ihren Wanderungen zwischen den Säulen das Lied zu singen begann. Immer wieder begann sie die Melodie.

»Was ist das für ein Lied?« fragte ihr Mann, als er sich zu ihr an den Feuertisch setzte.

»Ich weiß es nicht.« Sie blickte auf, erstaunt über sich selbst.

Sie hob überrascht die Hand an den Mund. Die Sonne ging unter. Mit dem hereinbrechenden Abend begann sich das Haus wie eine riesige Blume auf die Nacht vorzubereiten. Ein Windhauch sprang zwischen den Pfeilern auf, der Feuertisch ließ seine silbrige Lava aufsprudeln. Der Wind spielte in Frau Ks rotbraunem Haar. Schweigend blickte sie über die weite Ebene des Seegrundes, als ob sie sich etwas ins Gedächtnis zurückrufen müsse; in ihren feuchten gelben Augen lag ein sanfter Ausdruck. »Trink mir nur mit den Augen zu, kein Wort brauchst du zu sagen«, sang sie leise. »Laß' mir einen Kuß am Glas, nach Wein werd' ich nicht fragen...« Sie summte die Melodie und bewegte mit geschlossenen Augen ihre Hände kaum merklich im Wind. Schließlich war das Lied zu Ende.

Es war sehr schön.

»Noch nie gehört, dieses Lied. Hast du es dir selbst ausgedacht?« fragte er mit zusammengekniffenen Augen.

»Nein. Ja. Nein, ich weiß es nicht, wirklich!« Sie stockte. »Ich kenne nicht einmal die Worte; sie stammen aus einer anderen Sprache!«

»Aus was für einer Sprache?«

Geistesabwesend ließ sie Fleischstücke in die brodelnde Lava fallen. »Ich weiß es nicht.« Nach kurzer Zeit zog sie das Fleisch gar wieder heraus, legte es auf einen Teller und stellte es vor ihn hin. »Ist wohl nur etwas Verrücktes, das ich mir da ausgedacht habe. Weiß auch nicht, warum.«

Er schwieg. Er beobachtete, wie sie die Fleischstücke in das zischende Feuerbecken tauchte. Die Sonne war untergegangen. Langsam, ganz langsam kroch die Nacht heran und erfüllte den Raum, verschluckte die Pfeiler und die beiden Gestalten, wie dunkler Wein, der sich über sie ergoß. Nur der Schimmer der Silberlava erhellte ihre Gesichter.

Wieder begann sie das seltsame Lied zu summen.

Er sprang verärgert auf und verließ den Raum.

Später beendete er schweigend sein Abendessen.

Als er dann aufgestanden war, reckte er sich, sah sie an und schlug gähnend vor. »Fliegen wir doch mit den Flammenvögeln in die Stadt und sehen uns ein Stück an!«

»Das ist doch nicht dein Ernst«, sagte sie.

»Was ist denn so seltsam an meinem Vorschlag?«

»Wir sind seit sechs Monaten nicht mehr aus dem Haus gewesen!«

»Deshalb halte ich es für einen guten Gedanken.«

»Auf einmal bist du so besorgt?« fragte sie.

»Also was ist nun?« erwiderte er mürrisch. »Möchtest du oder möchtest du nicht?«

Sie blickte hinaus in die Wüste, die vom fahlen Licht der Zwillingsmonde erhellt wurde. Kaltes Wasser umspielte ihre Zehen. Sie zitterte und spürte einen Anflug von Angst. Gern wäre sie einfach sitzengeblieben, schweigend, reglos, bis das Ereignis eintrat, auf das sie den ganzen Tag gewartet hatte; ein Ereignis, das eigentlich gar nicht möglich war, das aber trotzdem nahte. Ein Fetzen des Liedes ging ihr durch den Sinn.

»Ich...«

»Wird dir gut tun«, drängte er. »Komm schon!«

»Ich bin müde«, sagte sie. »Ein andermal.«

»Hier ist dein Schal.« Er reichte ihr eine Phiole. »Wir sind seit Wochen nicht mehr aus dem Hause gewesen.«

»Nur du — zweimal in der Woche in Xi-City.« Sie sah ihn nicht an.

»Geschäfte«, erklärte er.

»Ach?« sagte sie leise.

Aus der Phiole strömte eine Flüssigkeit, verwandelte sich in einen blauen Nebel und legte sich sanft um ihren Hals.

Die Flammenvögel warteten wie ein Häufchen glühender Kohlen auf dem glatten Sand. Der weiße Baldachin, der durch tausend grüne Bänder mit den Vögeln verbunden war, blähte sich im Nachtwind und flappte leise.

Ylla lehnte sich zurück, und auf ein Kommando ihres Mannes sprangen die Vögel funkensprühend in den dunklen Himmel. Die Bänder strafften sich, das Fahrzeug wurde angehoben. Pfeifend glitt es über dem Sand dahin; die blauen Hügel trieben vorüber, ihr Haus blieb zurück, die wassersprühenden Säulen, die Blumen in ihren Käfigen, die singenden Bücher, die flüsternden Bäche. Sie sah ihren Mann nicht an. Sie hörte seine Kommandos an die Vögel, die wie zehntausend heiße Funken höher stiegen, wie gelbrote Feuerwerkskörper am Himmel hin und her zuckten, brennend durch den Wind fegten und den Baldachin wie ein Blütenblatt hinter sich her zogen. Sie blickte nicht zu den toten Städten hinab, die unter ihnen vorüberglitten, nicht zu den alten Kanälen, gefüllt mit Leere und Träumen. Über ausgetrocknete Flüsse und ausgetrocknete Seen flogen sie dahin wie der Schatten des Mondes, wie eine brennende Fackel.

Sie hatte nur Augen für den Himmel.

Der Mann sagte etwas.

Sie betrachtete den Himmel.

»Hast du gehört, was ich gesagt habe?«

»Nein.«

»Warum hörst du mir nicht zu?« fragte er gereizt.

»Ich habe nachgedacht.«

»Heute scheint dich der Himmel mehr als alles andere zu interessieren!« sagte er. »Ich habe nicht gewußt, daß du eine Naturfreundin bist.«

»Er ist sehr schön.«

»Ich überlege gerade«, sagte ihr Mann nachdenklich, »ob ich heute abend Hulle anrufen sollte. Ich möchte arrangieren, daß wir ein paar Tage in die Blauen Berge fahren — vielleicht für eine Woche...«

»Die Blauen Berge?« Sie hielt sich mit einer Hand am Rand des Baldachins fest und wandte sich hastig zu ihm um.

»Es ist ja nur ein Vorschlag.«

»Wann willst du fahren?« fragte sie mit bebenden Lippen.

»Ich habe gedacht, daß wir vielleicht morgen früh gleich... Du weißt, man soll den Tag früh beginnen...«

»Aber wir fahren doch sonst nie zu Anfang des Jahres!«

»Nun ja, dieses eine Mal, ich dachte mir eben...« Er lächelte. »Es wird uns sicher gut tun, einmal Pause zu machen, etwas anderes zu sehen; Frieden und Stille — du weißt schon. Du hast doch nicht etwa andere Pläne? Wir fahren doch, ja?

Sie atmete tief, zögerte einen Augenblick und erwiderte dann: »Nein!«

»Was?« Sein Aufschrei erschreckte die Vögel. Das Fahrzeug begann zu schaukeln.

»Nein«, sagte sie entschlossen. »Ein für allemal. Ich komme nicht mit.«

Er betrachtete sie, und sie schwiegen beide. Sie wandte sich ab.

Die Vögel flogen weiter, zehntausend Feuerbrände im Wind.

In der Morgensonne, die durch die Kristallsäulen schimmerte, begann sich der Nebel aufzulösen, auf dem die schlafende Ylla ruhte. Die ganze Nacht hindurch hatte sie so über dem Boden geschwebt, gestützt von dem weichen Nebel, der beim Schlafengehen aus den Wänden strömte. Die ganze Nacht hatte sie auf diesem stillen Fluß geschlafen wie ein Boot auf reglosen Wassern. Jetzt begann sich der Nebel aufzulösen, sie sank langsam herab und wurde behutsam am Ufer des Erwachens abgesetzt. Sie öffnete die Augen.

Ihr Mann beugte sich über sie. Er schien schon stundenlang vor ihr gestanden und sie beobachtet zu haben. Sie wußte nicht, warum, aber sie konnte ihm nicht ins Gesicht sehen.

»Du hast wieder geträumt!« sagte er streng. »Du hast im Schlaf gesprochen, so daß ich nicht schlafen konnte. Du solltest zum Arzt gehen!«

»Mir fehlt nichts.«

»Du hast im Schlaf eine ganze Menge geredet!«

»Wirklich?« Sie machte Anstalten, aufzustehen.

Die Morgendämmerung lag kühl im Zimmer. Leise Trauer erfüllte sie.

»Was hast du geträumt?«

Es wollte ihr nicht sofort einfallen, und sie mußte einen Augenblick überlegen. »Das Schiff. Es ist wieder vom Himmel herabgekommen und gelandet, und der große Mann trat heraus und unterhielt sich mit mir, erzählte mir lustige Dinge und lachte. Es war sehr nett.«

Herr K berührte eine Säule. Dampfendes heißes Wasser sprudelte hervor, verdrängte die Kühle. Herr K machte ein undurchdringliches Gesicht.

»Und dann«, fuhr sie fort, »hat mir der seltsame Mann, der Nathaniel York hieß, gesagt, daß ich schön sei, und hat mich — geküßt.«

»Ach?« sagte ihr Mann und wandte erregt sein Gesicht ab.

»Es war doch nur ein Traum«, sagte sie belustigt.

»Deine dummen Träume interessieren mich nicht!«

»Du benimmst dich wie ein Kind.« Sie ließ sich zurücksinken auf die dünnen Reste des Nebels. Einen Augenblick später lachte sie leise. »Mir ist noch mehr von dem Traum eingefallen«, gestand sie.

»Na, was denn? Los, sag schon!« rief er.

»Yll, warum bist du so aufgebracht?«

»Sag's schon!« verlangte er. »Oder hast du Geheimnisse vor mir!« Mit dunklem, starrem Gesicht stand er über sie gebeugt.

»So habe ich dich noch nie erlebt«, erwiderte sie erschrocken und amüsiert zugleich. »Es ist doch nichts passiert! Dieser Nathaniel York hat mir gesagt — nun ja, er hat mir gesagt, daß er mich in seinem Schiff mitnehmen würde, hinauf in den Himmel und zurück zu seinem Planeten. Das ist natürlich alles lächerlich, nur ein Traum.«

»Lächerlich — allerdings!« Er schrie es fast. »Du hättest dich hören sollen — wie du dich an ihn geworfen hast, mit ihm geflüstert, und geschäkert und gesungen hast, bei den Göttern, die ganze Nacht hindurch! Du hättest dich sehen und hören sollen!«

»Yll!«

»Wann landet er? Wann kommt er mit seinem verdammten Schiff?«

»Yll, sprich leiser!«

»Leiser? — Ich denke nicht daran!« Er beugte sich über sie. »Und wie war das in deinem Traum«, er packte ihr Handgelenk.

Z
Y

»Das Schiff ist drüben im Grünen Tal gelandet, stimmts? — Antworte!«

»J-ja, aber...«

»Und es landet heute nachmittag, nicht wahr?« drängte er.

»Ja, ja, ich glaube schon, ja aber doch nur in meinem Traum!«

»Nun«, er ließ ihr Handgelenk los, »es ist gut, daß du wenigstens die Wahrheit sagst. Ich habe jedes Wort gehört, das du im Schlaf gesagt hast. Du hast vom Tal gesprochen und auch von der Landezeit.«

Schweratmend stand er zwischen den Säulen wie ein Mann, der vom Blitz geblendet ist. Langsam beruhigte er sich. Sie beobachtete ihn. Er benahm sich wie ein Wahnsinniger. Schließlich stand sie auf und trat neben ihn. »Yll«, flüsterte sie.

»Mir fehlt nichts.«

»Du bist krank.«

»Nein.« Er rang sich ein müdes Lächeln ab. »Nur kindisch. Verzeih mir, Liebling.« Er tätschelte sie unbeholfen. »Ich habe in der letzten Zeit zuviel gearbeitet. Es tut mir leid. Ich lege mich ein wenig hin.«

»Du warst außer dir.«

»Es ist wieder alles in Ordnung. Alles.« Er seufzte. »Vergessen wir die Sache. Weißt du, ich habe da gestern einen Witz über Uel gehört, den ich dir erzählen wollte. Was hältst du davon, das Frühstück zu machen, während ich dir den Witz erzähle? Und ... davon reden wir nicht mehr. Einverstanden?«

»Es war doch auch nur ein Traum.«

»Natürlich.« Er küßte sie flüchtig auf die Wange. »Nur ein Traum.«

Die Sonne stand hoch am Himmel, und die Hügel flimmerten im hellen Licht.

»Fährst du nicht in die Stadt?« fragte Ylla.

»Stadt?« Er hob träge die Augenbrauen.

»An diesem Tag fährst du doch sonst immer.« Sie rückte einen Blumenkäfig auf seinem Podest zurecht. Die Blumen bewegten sich und öffneten ihre hungrigen gelben Mäuler.

Er schloß sein Buch. »Nein. Es ist zu heiß und außerdem schon zu spät. Es ist schon Mittag.«

»Ja«, sagte sie, beendete ihre Arbeit und ging zur Tür. »Ich bin bald zurück.«

»Moment mal! Wo willst du hin?«

Leichtfüßig huschte sie über die Schwelle und drehte sich um. »Zu Pao. Sie hat mich eingeladen.«

»Heute?«

»Ich habe sie lange nicht besucht.«

»Pao wohnt drüben im Grünen Tal, nicht wahr?«

»Ja, nur ein kleiner Spaziergang. Ich dachte, ich...« Sie hatte sehr schnell gesprochen und kam nun ins Stocken.

»Es tut mir leid«, sagte er und lief ihr nach, um sie zurückzuhalten; dabei machte er ein Gesicht, als bedauerte er zutiefst seine Vergeßlichkeit. »Ich habe völlig vergessen, dir zu sagen, daß ich Dr. Nlle für heute nachmittag eingeladen habe.«

»Dr. Nlle?«

Er faßte sie am Ellbogen und zog sie ins Haus zurück.

»Ja.«

»Aber Pao...«

»Pao kann warten, Ylla. Wir müssen uns um Dr. Nlle kümmern.«

»Nur ein paar Minuten...«

»Nein, Ylla!«

»Nein?«

Er schüttelte den Kopf. »Nein. Außerdem ist der Weg zu Pao hinüber durchs Grüne Tal und dann am großen Kanal entlang fürchterlich weit und anstrengend. Außerdem würde sich Dr. Nlle sicher sehr freuen, wenn du hier wärst.«

Sie antwortete nicht, wollte sich losreißen und davonlaufen, wollte schreien, aber sie saß nur still in ihrem Stuhl, bewegte langsam die Finger und betrachtete sie ausdruckslos; sie war gefangen.

»Ylla?« flüsterte er. »Du bleibst doch hier, nicht wahr?«

»Ja«, sagte sie leise nach langem Schweigen. »Ich bleibe hier.«

»Den ganzen Nachmittag?«

»Den ganzen Nachmittag.«

Der Tag war schon weit fortgeschritten, und Dr. Nlle hatte sich noch immer nicht sehen lassen. Herrn K schien das nicht sonderlich zu überraschen. Es wurde immer später. Plötzlich stand er auf, trat an einen Schrank und holte eine seiner Waffen heraus, eine lange gelbliche Röhre, die in einem Beutel mit einem Gebläse und einem Abzug endete. Er trug eine Maske vor dem Gesicht, eine ausdruckslose gehämmerte Maske aus Silber — die Maske, die er stets trug, wenn er seine Gefühle verbergen wollte, die Maske, die sich den hageren Linien seines Kinns, seiner Wangen und seiner Stirn exakt anpaßte. Die Maske glitzerte in der Sonne; in der Hand hielt er eine Waffe und betrachtete sie prüfend. In dem Beutel summten Insekten. Schwärme schrecklicher goldener Bienen konnten durch das Gebläse abgeschossen werden: ein schrilles Geräusch, und sie stürzten sich wutentbrannt ins Ziel, stachen zu und verspritzten ihr Gift, um dann wie Samenkörner tot in den Sand zu fallen.

»Wohin gehst du?« fragte sie.

Er lauschte auf das bösartige Summen in dem Beutel und sagte: »Ich habe keine Lust, länger auf Nlle zu warten. Ich gehe ein wenig auf die Jagd. Bin bald zurück. Du bleibst hier, ja?« Die Silbermaske schimmerte.

»Ja.«

»Und sag Dr. Nlle, daß ich bald zurückkomme. Ich gehe nur ein wenig auf die Jagd.«

Die dreieckige Tür schloß sich hinter ihm. Seine Schritte verhallten. Sie beobachtete, wie er durch den Sonnenschein stapfte, und folgte ihm mit den Blicken, bis er nicht mehr zu sehen war. Dann machte sie sich an ihre Hausarbeit, streute magnetischen Staub aus und pflückte die Früchte von den Kristallwänden. Sie arbeitete zielstrebig und konzentriert, doch gelegentlich überkam sie eine gewisse Trägheit, und sie ertappte sich dabei, wie sie das seltsame Lied sang und an den Kristallsäulen empor zum Himmel starrte.

Sie hielt den Atem an, stand ganz still und wartete.

Es kam näher.

Jeden Augenblick konnte es geschehen.

Es war wie an Tagen, da ein Gewitter aufzog. Zunächst die erwartungsvolle Stille, der langsam wachsende atmosphärische Druck des nahenden Unwetters, das in hohen Luftschichten Schatten und Dunstfetzen entstehen läßt. Die Veränderung erzeugt einen Druck in den Ohren, und man wartet beklommen auf die Entladung, wobei die Zeit stillzustehen scheint. Man beginnt vor Erregung zu zittern. Der Himmel wird fleckig und verfärbt sich; die Wolken werden dichter und wachsen; die Flanken der Berge nehmen eine metallische Färbung an. Die Blumen in ihren Käfigen stoßen leise warnende Seufzer aus. Man spürt es in den Haarspitzen kribbeln. Irgendwo im Haus singt fast unhörbar die Stimme der Uhr: »Zeit, Zeit, Zeit, Zeit...« nicht lauter, als wenn Wassertropfen auf Samt fallen.

Und dann das Gewitter: die elektrischen Entladungen, der dunkle Niederschlag und die widerhallende Schwärze beherrschten alles, für ewig.

Ja, so war es. Obwohl ein Gewitter heraufzog, war der Himmel noch klar. Blitzschlag lag in der Luft, doch es war noch keine Wolke zu sehen.

Ylla bewegte sich durch das atemlos wartende Sommerhaus. Jeden Augenblick konnte ein Blitz vom Himmel herabzucken, der Donner rollen, eine Rauchwolke aufsteigen, dann Stille, endlich Schritte auf dem Weg, ein Klopfen an der Kristalltür, und sie würde *losrennen,* um aufzumachen...

»Verrückte Ylla!« mahnte sie sich. »Warum denkst du dir so verrückte Dinge aus?«

Und da geschah es.

Die Hitze eines großen Feuers wogte durch die Luft. Ein wirbelndes, sausendes Geräusch, dann ein metallisches Aufblitzen am Himmel.

Ylla schrie auf.

Sie rannte zwischen den Säulen durch, riß die Tür auf und starrte zu den Hügeln hinüber. Doch dort war nichts zu sehen.

Sie wollte schon den Hang hinabeilen, doch dann zögerte sie, hielt sich zurück. Sie mußte hierbleiben, durfte das Haus nicht verlassen. Der Doktor kam zu Besuch, und ihr Mann würde ärgerlich sein, wenn sie einfach davonlief.

So wartete sie an der Tür, hob die Hand; ihr Atem ging schwer. Sie starrte angestrengt zum Grünen Tal hinüber, aber es war nichts zu erkennen.

Ich bin verrückt, dachte sie und ging wieder ins Haus. Du und deine Fantasie, dachte sie. Es war nur ein Vogel, ein Blatt, ein Windhauch, ein Fisch im Kanal vielleicht. Setz dich und ruh dich aus.

Sie setzte sich.

Ein Schuß dröhnte.

Laut und schrill, der Abschuß der Insektenwaffe.

Sie zuckte bei dem Geräusch zusammen.

Das Fauchen kam von weit her. Nur ein Schuß. Das ferne Geräusch von Bienen. Ein Schuß. Und dann ein zweiter, präzise und kalt, wieder weit entfernt.

Sie fuhr erneut zusammen, und aus irgendeinem Grund sprang sie auf und schrie und schrie und wollte niemals wieder aufhören zu schreien. Außer sich vor Erregung stürzte sie durch das Haus und riß die Tür auf.

Die Echos erstarben, erstarben...

Und waren verklungen.

Mit bleichem Gesicht wartete sie im Hof, fünf Minuten lang. Dann ging sie langsam und mit gesenktem Kopf durch die säulenumstandenen Räume, berührte hier und dort einen Gegenstand, ihre Lippen zitterten. Schließlich setzte sie sich in das dunkel werdende Weinzimmer und wartete. Mit einem Zipfel ihres Schals begann sie ein bernsteinfarbenes Glas auszuwischen.

Und dann, noch weit entfernt, das Geräusch von knirschenden Schritten auf dünnen kleinen Steinen.

Sie erhob sich und blieb in der Mitte des stillen Raums stehen. Ihre Finger ließen das Glas los, es zerschellte am Boden. Die Schritte verhielten vor der Tür.

Sollte sie etwas sagen? Sollte sie rufen: »Komm herein! O komm herein!«?

Sie näherte sich der Tür und stockte wieder.

Die Schritte kamen die Rampe herauf. Eine Hand drehte den Türgriff. Sie lächelte.

Die Tür öffnete sich. Ihr Lächeln erstarb.

Es war ihr Mann. Seine Silbermaske glänzte matt.

Er betrat den Raum und sah sie nur einen Augenblick lang an. Dann ließ er das Gebläse der Waffe aufschnappen, warf zwei tote Bienen aus, sie hörte sie auf den Boden aufklatschen, er zertrat sie und stellte die leere Waffe in eine Ecke, während sich Ylla bückte und erfolglos versuchte, die Scherben des Glases aufzulesen. »Was hast du getan?« fragte sie tonlos.

»Nichts«, sagte er mit abgewandtem Gesicht. Er setzte die Maske ab.

»Aber die Waffe — ich hab' dich schießen gehört. Zweimal.«

»Hab' nur ein wenig gejagt. Ab und zu hat man eben Lust dazu. — Ist Dr. Nlle gekommen?«

»Nein.«

»Moment mal.« Er schnippste ärgerlich mit den Fingern. »Jetzt fällt's mir ein. Er wollte ja *erst morgen* nachmittag kommen. Wie dumm von mir.«

Sie setzten sich an den Tisch. Sie starrte schweigend ihr Essen an und hatte die Hände in den Schoß gelegt. »Was ist los?« fragte er, ohne den Blick von den Fleischstückchen zu heben, die er in die brodelnde Lava tauchte.

»Ich weiß nicht. Ich habe keinen Hunger«, sagte sie.

»Warum nicht?«

»Ich weiß nicht. Ich bin nicht hungrig.«

Ein Windhauch erhob sich; die Sonne ging unter. Der Raum war plötzlich eng und von Kälte erfüllt.

»Ich versuche, mich zu erinnern«, sagte sie und sah ihren Mann an, der abweisend, starr und goldäugig ihr gegenübersaß.

»An was?« Er schlürfte seinen Wein.

»An das Lied. An das schöne Lied.« Sie schloß die Augen und summte eine Melodie, aber es war nicht das Lied. »Ich hab's vergessen. Dabei dachte ich, ich würde es nie vergessen, wollte es nie vergessen. Es ist etwas, an das ich mich immer erinnern möchte.« Sie bewegte die Hände, als könnte ihr der Rhythmus der Bewegung helfen, die Melodie wieder ins Gedächtnis zurückzurufen. Dann lehnte sie sich entmutigt in ihrem Stuhl zurück. »Ich kann mich nicht erinnern.« Sie begann zu weinen.

»Warum weinst du?« fragte er.

»Ich weiß nicht. Ich weiß es nicht, aber ich kann nichts dagegen tun. Ich bin traurig, aber ich weiß nicht, warum; ich weine und weiß nicht, warum...«

Sie barg den Kopf in den Händen, und ihre Schultern zuckten.

»Morgen ist alles wieder gut«, sagte er.

Sie sah ihn nicht an; sie blickte in die Wüste hinaus und auf die hellschimmernden Sterne, die am schwarzen Himmel erschienen waren, und weit entfernt war das Geräusch des Windes zu hören und des kalten Wassers, das sich in den langen Kanälen bewegte. Zitternd schloß sie die Augen.

»Ja«, sagte sie. »Morgen ist alles wieder gut.«

August 1999: Die Sommernacht

Auf den steinernen Galerien standen die Menschen in kleinen Gruppen beieinander — Gruppen, die sich in den Schatten zwischen den blauen Hügeln verloren. Die Sterne und der schimmernde Doppelmond des Mars überfluteten sie mit sanftem Nachtlicht. Außerhalb des marmornen Amphitheaters erstreckten sich in der Dunkelheit weithin kleine Städte und Villen und Teiche, deren regloses Wasser silbern leuchtete, und Kanäle glitzerten von Horizont zu Horizont. Es war ein sommerlicher Abend auf dem friedlichen, ruhigen Planeten Mars. Auf den grünen Weinkanälen zogen Boote dahin, zierlich wie bronzene Blumen. In den endlos langen Siedlungen, die sich wie erstarrte Schlangen über die Hügel zogen, lagen Verliebte auf kühlen Bettlaken und flüsterten leise miteinander. Kinder rannten durch die von Fackeln erleuchteten Gassen, goldene Spinnen in den Händen, die ihre Netzschleier auswarfen. Hier und da wurde ein spätes Abendbrot bereitet an Tischen, in denen silbrige Lava sprudelte. In den Amphitheatern der Städte auf der Nachtseite des Mars richteten die braunhäutigen Marsianer erwartungsvoll ihre goldenen Knopfaugen auf die Bühnen, von denen Musiker heitere Melodien wie Blütenduft in die Luft steigen ließen.

Auf einer Bühne sang eine Frau.

Unruhe entstand im Publikum.

Sie unterbrach ihren Gesang und fuhr sich mit der Hand an die Kehle. Sie nickte den Musikern zu, und sie fingen noch einmal von vorn an.

Die Musiker spielten, und sie sang, und diesmal seufzte das Publikum auf und beugte sich vor; einige Männer standen überrascht auf, als ein winterlicher Hauch durch das Amphitheater wehte. Denn die Frau sang ein seltsames, erschreckendes, völlig unbekanntes Lied. Sie versuchte vergeblich, die Worte zurückzuhalten, die ihr von den Lippen strömten, und sie sang:

In Schönheit strahlt sie, wie am Himmelszelt
Des Nachts die klare Pracht der Sternenflammen,
Und alles Gute dieser Schattenwelt
In Aug' und Anmut trifft zusammen.

Die Sängerin hielt sich schließlich die Hände vor den Mund. Erschreckt sah sie sich um.

»Was sind das für Worte?« fragten die Musiker.

»Was ist das für ein Lied?«

»Was ist das für eine *Sprache*?«

Und als sie die goldenen Hörner wieder an die Lippen setzten, ertönte von neuem die seltsame Melodie und schwebte langsam über das Publikum hin, das nun aufsprang und laut durcheinanderzureden begann.

»Was ist los mit dir?« fragten sich die Musiker gegenseitig. »Was spielst du da für eine Melodie?«

»Was für eine Melodie hast *du* denn gespielt?«

Die Frau weinte und lief von der Bühne. Und das Publikum

verließ beunruhigt das Amphitheater. Und ringsum in den anderen Städten war ähnliches passiert. Kälte war hereingebrochen wie weißer Schnee, der vom Himmel herabschwebt.

In den dunklen Gassen, unter den Fackeln, sangen die Kinder:

...als sie zum Schrank kam, war er leer,
Und für den Hund, da gab's nichts mehr!

»Kinder!« rief es. »Was ist das für ein Vers? Wo habt ihr den gelernt?«

»Er ist uns einfach eingefallen, so ganz plötzlich. Sind nur Worte, die wir nicht verstehen.«

Türen wurden zugeschlagen. Die Straßen lagen verlassen. Über den blauen Hügeln ging ein blaugrüner Stern auf.

Überall auf der Nachtseite des Mars erwachten die Menschen und lauschten ihren Geliebten, die in der Dunkelheit lagen und vor sich hin summten.

»Was ist das für eine Melodie?« fragten sie verwundert.

Und in tausend Villen erwachten mitten in der Nacht Frauen von ihren eigenen Schreien. Tränen rannen ihnen übers Gesicht, und sie mußten getröstet werden. »Ruhig, ruhig, schlaf wieder ein. Hab' keine Angst. Du hast nur geträumt.«

»Morgen wird etwas Schreckliches geschehen.«

»Nichts wird geschehen. Es ist alles in Ordnung.«

Ein hysterisches Schluchzen. »Es kommt näher, immer näher und *näher*!«

Es war ruhig auf dem Mars kurz vor Anbruch des neuen Tages, ruhig wie in einem tiefen schwarzen Brunnen; die Sterne spiegelten sich im Wasser der Kanäle, die Kinder atmeten tief und hatten sich in ihren Betten zusammengerollt, schliefen mit ihren Spinnen in den Händen; die Verliebten lagen sich in den Armen; die Monde waren untergegangen und die Fackeln kalt; die Amphitheater lagen verlassen da.

Das einzige Geräusch kurz vor Aufsteigen der Dämmerung kam von einem Nachtwächter, der in der Ferne durch eine einsame Straße ging, ganz allein in der Dunkelheit, und dabei ein sehr seltsames Lied summte...

August 1999: Die Männer von der Erde

Mit großer Ausdauer klopfte jemand an die Tür; er schien gar nicht wieder aufhören zu wollen. Frau Ttt öffnete.

»Bitte?«

»Sie sprechen ja *Englisch*!« rief der Mann verblüfft.

»Ich spreche, was ich spreche«, sagte sie.

»Klares, herrliches Englisch!« Der Mann trug eine Uniform. In seiner Begleitung waren drei weitere Männer, erschöpft, aber lächelnd und von oben bis unten schmutzig.

»Was wollen Sie?« fragte Frau Ttt.

»Sie sind eine *Marsianerin*!« Der Mann lächelte. »Die Bezeichnung kennen Sie natürlich nicht. So werden Sie auf der Erde genannt.« Er zeigte mit einer Kopfbewegung auf seine Männer. »Wir kommen von der Erde. Ich bin Kapitän Williams. Wir sind eben auf dem Mars gelandet. Und da wären wir nun, die *Zweite* Expedition! Es hat schon einmal eine Expedition gegeben, aber wir wissen nicht, was aus ihr geworden ist. Jedenfalls sind wir jetzt hier. Und Sie sind der erste Marsbewohner, den wir treffen!«

»Marsbewohner?« Sie hob fragend die Augenbrauen.

»Ich will damit sagen, Sie leben auf dem vierten Planeten dieses Sonnensystems, stimmt's?«

»Selbstverständlich!« sagte sie und musterte die Männer verständnislos.

»Und wir ...«, er legte seine dicke, rote Hand an die Brust, »... kommen von der Erde. Stimmt's, Leute?«

»Jawohl, Sir!« riefen sie im Chor.

»Dies ist der Planet Tyrr«, sagte sie. »Wenn überhaupt, dann sollten Sie den richtigen Namen verwenden.«

»Tyrr, Tyrr.« Der Kapitän lachte schnaufend. »Was für ein *schöner Name!* Aber meine liebe Frau, wie kommt es, daß Sie so perfekt Englisch sprechen?«

»Ich spreche nicht«, sagte sie. »Ich denke. Telepathie, verstehen Sie? Guten Tag!« Und sie schlug die Tür zu. Im nächsten Augenblick klopfte der schreckliche Mann schon wieder.

Sie riß die Tür wieder auf. »Was ist denn jetzt?« fragte sie ärgerlich. Der Mann stand noch immer dort, ein wenig verwirrt, er versuchte zu lächeln, breitete die Hände aus. »Ich glaube, Sie *verstehen* nicht recht...«

»Was denn?« fragte sie.

Der Mann starrte sie überrascht an. »Wir kommen von der *Erde*!«

»Ich habe keine Zeit jetzt«, sagte sie. »Ich muß noch kochen und saubermachen und habe eine Menge zu nähen. Sie sollten sich lieber an meinen Mann wenden; er ist oben in seinem Arbeitszimmer.«

»Ja«, sagte der Mann von der Erde verwirrt und blinzelte. »Gut, dann sprechen wir eben mit Herrn Ttt.«

»Er hat zu tun.« Wieder knallte sie die Tür zu.

Jetzt war das Klopfen von einer höchst unverschämten Lautstärke.

»Nun hören Sie aber mal!« rief der Mann, als die Tür wieder aufgerissen wurde. Er drängte über die Schwelle, als wollte er sie überfallen. »So behandelt man doch keine Besucher!«

»Und der ganze Dreck auf meinen sauberen Fußboden!« rief sie. »Hinaus mit Ihnen! Wenn Sie ins Haus wollen, müssen Sie sich erst die Schuhe abputzen!«

Der Mann warf einen bestürzten Blick auf seine schmutzigen Stiefel. »Aber solche Kleinigkeiten sind doch jetzt wohl unwichtig«, sagte er. »Wir sollten das Ereignis *feiern*!« Er sah sie lange an, als hoffte er, sein Blick werde ihr Verständnis wecken.

»Wenn jetzt Ihretwegen meine Kristallsemmeln eingefallen sind«, sagte sie schrill, »kriegen Sie eins mit dem Besen über!« Sie bückte sich und starrte in einen kleinen Backofen. Als sie sich wieder aufrichtete, war ihr Gesicht gerötet.

Sie war dünn und schnell wie ein Insekt. Ihre Stimme hatte einen scharfen metallischen Klang. Ihre Augen leuchteten hellgelb, und ihre Haut hatte einen sanften Braunton.

»Warten Sie hier. Ich will mal sehen, ob Sie einen Augenblick mit meinem Mann sprechen können. Was wollten Sie doch gleich?«

Der Mann fluchte, als hätte sie ihm mit einem Hammer auf die Finger geschlagen. »Sagen Sie ihm bitte, daß wir von der Erde kommen und daß es so etwas bisher noch nicht gegeben hat.«

»Was hat es noch nicht gegeben?« Sie hob ihre braune Hand und winkte ab. »Ach, lassen Sie nur. Ich bin gleich wieder da.« Das Geräusch ihrer Schritte wehte durch das Steinhaus.

Draußen wölbte sich der gewaltige blaue Marshimmel heiß und still wie ein warmes, tiefes Meer. Die Marswüste kochte wie ein prähistorischer Schlammgeysir, und die Hitze stieg in flimmerden Wogen von ihr auf. Auf einem Hügel in der Nähe stand ein wenig schräg eine kleine Rakete. Fußstapfen führten von der Rakete direkt zur Tür des Steinhauses.

Jetzt waren im ersten Stock aufgebrachte Stimmen zu hören. Die Männer an der Tür sahen sich unbehaglich an, traten von einem Fuß auf den anderen, drehten Däumchen und hakten die Finger in den Gürtel. Eine Männerstimme brüllte etwas, die Stimme der Frau antwortete. Nach einer Viertelstunde begannen die Männer von der Erde, weil es ihnen langweilig wurde, unruhig in der Küche auf und ab zu gehen.

»Zigarette?« fragte einer.

Jemand kramte ein Päckchen hervor, und sie zündeten sich Zigaretten an. Sie rauchten, und gemächliche hellweiße Wolken stiegen auf. Sie zupften an ihren Uniformen, knöpften sich die Kragen auf. Die Stimmen oben brummelten und summten weiter. Der Anführer der Männer sah auf die Uhr.

»Fünfundzwanzig Minuten«, seufzte er. »Möchte nur wissen, was die da oben machen.« Er trat an ein Fenster und sah hinaus.

»Heiß heute«, sagte einer der Männer.

»Ja«, sagte ein anderer in der trägen Wärme des jungen Nachmittags. Die Stimmen oben waren zu einem Murmeln geworden und dann verklungen. Darauf war im Haus kein Laut mehr zu hören, nur das Atmen der Männer in der Stille.

Eine Stunde verging in Schweigen. »Ich hoffe, daß wir ihnen keine Schwierigkeiten machen«, sagte der Kapitän. Er setzte sich in Bewegung und warf einen Blick ins Wohnzimmer.

Dort stand Frau Ttt und goß einige Blumen, die in der Mitte des Zimmers wuchsen.

»Oh, ich wußte doch, daß ich etwas vergessen hatte«, sagte sie, als sie den Kapitän erblickte. Sie kam in die Küche. »Es tut mir leid.« Sie reichte ihm ein Stück Papier. »Mein Mann hat leider keine Zeit.« Sie wandte sich ihrem Herd zu. »Außerdem könnte er Ihnen doch nicht weiterhelfen. Sie sprechen wohl besser mit Herrn Aaa. Nehmen Sie den Zettel und gehen Sie zum nächsten Hof, drüben am blauen Kanal. Vielleicht wird Ihnen Herr Aaa sagen können, was Sie wissen wollen.«

»Wir wollen ja überhaupt nichts wissen«, wandte der Kapitän ein und verzog seine dicken breiten Lippen. »Wir wissen eigentlich schon Bescheid.«

»Sie haben da den Zettel, was wollen Sie noch?« fragte sie schroff. Sie gedachte, nichts mehr zu sagen.

»Na ja«, sagte der Kapitän widerstrebend. Er stand an der Tür, als warte er auf etwas. Er wirkte wie ein Kind vor einem leeren Weihnachtsbaum. »Na ja«, sagte er noch einmal. »Dann kommt, Leute.«

Die vier traten in den heißen, stillen Tag hinaus.

Eine halbe Stunde später hörte Herr Aaa, der gerade in seiner Bibliothek elektrisches Feuer aus einer Metalltasse schlürfte, Stimmen draußen auf dem gepflasterten Hof. Er beugte sich zum Fenster hinaus und blickte auf die vier uniformierten Männer hinab, die mit zusammengekniffenen Augen zu ihm heraufsahen.

»Sind Sie Herr Aaa?« riefen sie.

»Ja.«

»Herr Ttt hat uns zu Ihnen geschickt!« rief der Kapitän.

»Warum hat er das wohl getan?« fragte Herr Aaa.

»Er hatte keine Zeit!«

»Das ist aber schade«, sagte Herr Aaa sarkastisch. »Glaubt er etwa, ich hätte nichts anderes zu tun, als mich um die Leute zu kümmern, für die er keine Zeit hat?«

»Darum geht es doch nicht, Herr Aaa«, rief der Kapitän.

»Für mich schon. Ich habe noch viel zu lesen. Herr Ttt ist ein rücksichtsloser Patron, und zwar nicht zum erstenmal. Hören Sie mit dem Gefuchtel auf, bis ich fertig bin. Und passen Sie auf. Man hört gewöhnlich zu, wenn ich spreche. Und Sie hören mir jetzt höflich zu, oder ich sage überhaupt nichts.«

Die vier Männer im Hof bewegten sich unruhig und öffneten den Mund, und dem Kapitän, dessen Stirnadern deutlich hervortraten, glitzerten sogar ein paar kleine Tränen in den Augen.

»Also«, fragte sie Herr Aaa, »finden Sie dieses Benehmen von Herrn Ttt fair?«

Die vier Männer starrten durch die Hitze nach oben. Der Kapitän sagte: »Wir kommen von der Erde!«

»Ich finde, es ist sehr unfein von ihm«, sagte Herr Aaa düster.

»Eine *Rakete.* Wir sind darin hierher geflogen. Dort drüben steht sie.«

»Wissen Sie, es ist nicht das erstemal, daß sich Herr Ttt so schlecht benimmt.«

»Die ganze Strecke von der Erde.«

»Eigentlich hätte ich Lust, ihn anzurufen und ihm einmal die Meinung zu sagen.«

»Nur wir vier; ich und die drei hier, meine Mannschaft.«

»Ich ruf' ihn an, ja, das mach' ich!«

»Erde. Rakete. Männer. Flug. Weltall.«

»Ich ruf' ihn an und geb' ihm gehörig Zunder!« rief Herr Aaa. Er verschwand wie eine Marionette von der Bühne. Gleich darauf entbrannte ein ärgerlicher Wortwechsel mittels einem seltsamen Apparat. Unten sahen der Kapitän und seine Mannschaft sehnsüchtig zu ihrem schönen Raumschiff hinüber, das dort so süß und lieblich auf dem Hügel stand.

Herr Aaa riß in wildem Triumph das Fenster auf. »Bei den Göttern, ich hab' ihn zum Duell gefordert! Zum Duell!«

»Herr Aaa...«, begann der Kapitän von neuem.

»Ich erschieße ihn, hören Sie?«

»Herr Aaa, ich möchte Ihnen etwas *sagen.* Wir haben sechzig Millionen Meilen zurückgelegt.«

Herr Aaa sah den Kapitän zum erstenmal richtig an. »Woher — sagten Sie — sind Sie gekommen?«

Der Kapitän schenkte ihm ein erleichtertes Lächeln. »Jetzt kommen wir endlich weiter?« flüsterte er seinen Männern zu, und zu Herrn Aaa sagte er: »Wir haben sechzig Millionen Meilen zurückgelegt, von der Erde!«

Her Aaa gähnte. »Es sind zu dieser Jahreszeit nur *fünfzig* Millionen Meilen.« Er nahm eine bösartig wirkende Waffe in die Hand. »Ich muß jetzt leider gehen. Hier, nehmen Sie Ihren dummen Zettel wieder, obwohl ich nicht weiß, was er Ihnen nützen sollte, und gehen Sie dort über den Hügel in das kleine Dorf Iopr und erzählen Sie Herrn Iii davon. *Er* ist der richtige Mann für Sie. Nicht Herr Ttt, der ist ein Idiot; ich bringe ihn nachher um. Und ich bin auch nicht dafür zuständig, weil das nicht auf meiner Linie liegt.«

»Linie! Linie!« platzte der Kapitän heraus. »Muß man denn einen bestimmten Beruf ausüben, um Besucher von der Erde zu begrüßen?«

»Seien Sie kein Dummkopf, *das* weiß doch jedes Kind!«

Herr Aaa eilte ins Erdgeschoß herunter. »Auf Wiedersehen!« Und er rannte über den Hof davon wie ein aufgescheuchtes Kaninchen.

Die vier Weitgereisten blickten ihm erschüttert nach.

Schließlich sagte der Kapitän: »Und wir finden doch noch jemand, der uns anhört!«

»Vielleicht können wir das Ganze wiederholen«, sagte einer der Männer müde. »Vielleicht sollten wir starten und noch einmal landen. Damit geben wir den Leuten Gelegenheit, eine Party auf die Beine zu stellen.«

»Das ist vielleicht gar keine schlechte Idee«, murmelte der erschöpfte Kapitän.

Die kleine Stadt war voller Menschen — Menschen, die in den Häusern aus und ein gingen, die sich begrüßten, die in angenehmer Abwechslung goldene Masken und blaue Masken und scharlachrote Masken trugen, Masken mit silbernen Lippen und bronzenen Brauen, Masken, die je nach Stimmung des Trägers lächelten oder düster dreinschauten.

Die vier Männer, von dem langen Marsch erhitzt, blieben stehen und fragten ein kleines Mädchen nach Herrn Iiis Haus.

»Da.« Das kleine Mädchen bezeichnete die Richtung durch ein Kopfnicken.

Vorsichtig ließ sich der Kapitän auf ein Knie nieder und sah in das sanfte junge Gesicht. »Kleines Mädchen, ich möchte mal mit dir sprechen.«

Er setzte sie auf sein Knie und faltete ihre kleinen braunen Finger in seinen großen Händen, als wollte er ihr eine Gutenachtgeschichte erzählen, die er sich eben im Geist langsam und mit großer Freude am Detail zurechtlegte.

»Also — ich will dir's genau erzählen, kleines Mädchen. Vor sechs Monaten ist eine erste Rakete auf dem Mars gelandet. Ein Mann namens York war darin, und sein Begleiter. Wir wissen nicht, was den beiden widerfahren ist. Vielleicht sind sie abgestürzt. Sie flogen in einer Rakete, wie wir. Du solltest sie mal sehen! Eine *große* Rakete! Wir sind also die *Zweite* Expedition, nach der Ersten! Und wir sind den ganzen Weg von der Erde hierher geflogen...«

Unbewußt machte das kleine Mädchen eine Hand frei und hielt sich eine ausdruckslose goldene Maske vor das Gesicht. Dann brachte es eine goldene Spielzeugspinne zum Vorschein und ließ sie, während der Kapitän weitersprach, zu Boden fallen. Die Spielzeugspinne kroch gehorsam wieder an ihrem Bein hoch, während sie das Gebilde nüchtern durch die Sehschlitze ihrer ausdruckslosen Maske betrachtete und der Kapitän sie sanft schüttelte, um ihr seine Geschichte zu Bewußtsein zu bringen.

»Wir kommen von der Erde«, sagte er. »Glaubst du uns?«

»Ja.« Das kleine Mädchen betrachtete ihre Zehen, die sie im Sande bewegte.

»Gut.« Der Kapitän kniff sie in den Arm, ein wenig jovial, aber auch ein wenig in der Absicht, ihre Aufmerksamkeit zu wecken. »Wir haben unsere Rakete selbst gebaut. Glaubst du das?«

Das kleine Mädchen erforschte seine Nase mit einem Finger. »Ja.«

»Und — nimm den Finger aus der Nase, Mädchen — *ich* bin der Kapitän, und...«

»...noch nie sind Menschen mit einem großen Raumschiff durch das Weltall geflogen«, sagte das kleine Wesen mit geschlossenen Augen.

»Wunderbar! Woher weißt du das?«

»Oh«, sagte sie. »Telepathie.« Sie wischte geistesabwesend ihren Finger am Knie ab.

»Und bist du nicht wenigstens *ein bißchen* aufgeregt?« rief der Kapitän. »Freust du dich nicht?«

»Sie gehen am besten gleich zu Herrn Iii.« Sie ließ ihr Spielzeug zu Boden fallen. »Herr Iii wird sich gern mit Ihnen unterhalten.« Sie rannte davon, und die Spielzeugspinne hastete gehorsam hinter ihr her.

Der Kapitän hockte am Boden und sah ihr mit ausgestreckter Hand nach. Seine Augen waren feucht. Er betrachtete mit offenem Mund seine leeren Hände. Die drei anderen Männer umstanden ihn; ihre Schatten waren klein. Sie spuckten auf die gepflasterte Straße...

Herr Iii kam selbst an die Tür. Er war zwar auf dem Weg zu einem Vortrag, aber er konnte noch eine Minute erübrigen, wenn sie schnell hereinkämen und ihm sagten, was sie wollten...

»Wir wünschen uns nur ein wenig Interesse«, begann der Kapitän müde; seine Augen waren gerötet. »Wir kommen von der Erde, wir haben eine Rakete, zu viert sind wir, Mannschaft und Kapitän, und sind müde und hungrig und hätten gern eine Unterkunft für die Nacht. Wir würden es begrüßen, wenn uns jemand die Schlüssel zur Stadt überreichte oder so, oder wenn man uns wenigstens die Hand schüttelte und ›Hurra‹ oder ›Glückwunsch, alter Knabe‹ sagte. Das wär's etwa.«

Herr Iii war ein großer, dürrer, unscheinbarer Mann, der seine gelblichen Augen hinter dicken blauen Kristallen verbarg. Er beugte sich über seinen Tisch und sah düster einige Papiere durch. Von Zeit zu Zeit blickte er auf und starrte seine Besucher durchdringend an.

»Äh, ich habe die Formulare jetzt nicht hier, ich glaub's jedenfalls nicht.« Er wühlte in den Schreibtischschubladen. »Wohin habe ich sie bloß gelegt?« Er überlegte. »Irgendwohin. O ja. *Da sind sie ja!* Also!« Geschäftsmäßig reichte er dem Kapitän die Papiere. »Sie müssen natürlich zunächst einmal die Formulare ausfüllen.«

»Müssen wir den ganzen Zirkus wirklich durchmachen?«

Herr Iii beäugte ihn glasig. »Sie sagen doch, Sie wären von der Erde, ja? Na, dann bleibt Ihnen nichts anderes übrig, als zu unterschreiben.«

Der Kapitän schrieb seinen Namen hin. »Sollen die anderen auch unterzeichnen?«

Herr Iii sah zuerst den Kapitän und dann die drei anderen an und schnaubte spöttisch. »Die *anderen* sollen mit unterzeichnen? Ha! Wie herrlich! Die *anderen*, oh, die anderen sollen mit unterschreiben!« Tränen traten ihm in die Augen. Er klatschte sich aufs Knie und beugte sich vor, während aus seinem klaffenden Mund ein ruckartiges Gelächter drang. Nur der Tisch hielt ihn noch aufrecht. »Die *anderen* sollen mit unterschreiben!« gakkerte er.

Die vier Männer sahen ihn düster an. »Was ist daran so lustig?«

»Die *anderen* sollen mit unterzeichnen!« gluckste Herr Iii, von seinem Lachanfall sichtlich geschwächt. »Sehr lustig. Das muß ich Herrn Xxx erzählen!« Noch immer lachend, las er das ausgefüllte Formular durch. »Scheint ja alles in Ordnung zu sein.« Er nickte. »Auch die Euthanasie-Klausel, für den Fall, daß dieser letzte Schritt nötig wird.«

»*Was* für eine Klausel?«

»Sagen Sie nichts. Ich habe etwas für Sie. Hier, nehmen Sie den Schlüssel.«

Der Kapitän lief rot an. »Das ist eine große Ehre für uns...«

»Nicht der Schlüssel zur Stadt, Sie Dummkopf!« sagte Herr Iii, »sondern hier für das Haus. Gehen Sie durch den Korridor, schließen Sie die große Tür auf, gehen Sie hinein und machen Sie die Tür wieder fest zu. Sie können die Nacht dort verbringen. Morgen früh schicke ich Ihnen dann Herrn Xxx.«

Zweifelnd nahm der Kapitän den Schlüssel entgegen. Er blickte zu Boden. Seine Männer bewegten sich nicht. Alles Blut, alles Raketenfieber schien aus ihren Körpern gewichen zu sein. Sie waren leer, erschöpft, ausgelaugt.

»Was ist? Was ist los?« fragte Herr Iii. »Worauf warten Sie noch? Was wollen Sie?« Er trat näher, beugte sich herab und sah dem Kapitän ins Gesicht. »Hinaus mit Ihnen!«

»Ich weiß nicht, ob Sie vielleicht...«, begann der Kapitän. »Ich meine, könnten Sie mal...« Er zögerte. »Wir haben große Strapazen hinter uns, wir haben eine lange Reise gemacht, vielleicht könnten Sie uns zumindest die Hände schütteln und sagen: ›Gut gemacht!‹, wäre das — möglich? ...« Er brach ab.

Herr Iii reichte ihm förmlich die Hand. »Glückwunsch!« Er lächelte kühl. »Glückwunsch.« Er wandte sich ab. »Ich muß jetzt gehen. Denken Sie an den Schlüssel.«

Ohne sich weiter um sie zu kümmern, als wären sie im Boden versunken, machte sich Herr Iii daran, überall im Raum Papiere zusammenzusuchen und in einen kleinen Aktenkoffer zu pakken. Noch volle fünf Minuten lang hielt er sich im Zimmer auf, aber nicht einmal richtete er das Wort an das traurige Quartett, das noch immer herumstand — mit hängenden Köpfen, bleischweren Beinen und verlöschendem Blick. Als Herr Iii durch die Tür verschwand, betrachtete er flüchtig seine Fingernägel...

Im gedämpften, stillen Licht des Nachmittags gingen sie durch den Korridor und gelangten zu einer großen, schimmernden Silbertür, in deren Schloß der silberne Schlüssel paßte. Sie traten ein, schlossen die Tür und sahen sich um.

Sie befanden sich in einem großen, lichtdurchfluteten Saal. Männer und Frauen saßen an Tischen oder standen in Gruppen beieinander und unterhielten sich. Als die Tür sich schloß, verstummten sie und musterten die vier Uniformierten.

Ein Marsianer trat vor und verbeugte sich. »Ich bin Herr Uuu«, sagte er.

»Und ich bin Kapitän Jonathan Williams aus New York auf der Erde«, sagte der Kapitän lustlos.

Augenblicklich verwandelte sich der Saal in einen Hexenkessel!

Die Dachbalken erzitterten von tosendem Geschrei. Die Leute rannten herbei und winkten und brüllten fröhlich; sie warfen Tische um, schwärmten aus und tollten herum, packten die vier Männer von der Erde und hoben sie blitzschnell auf die Schultern. Sechsmal rannten sie um den Saal — sechs wunderbare Runden, wobei sie hüpften und tanzten und sangen.

Die Männer von der Erde waren so überrascht, daß sie eine volle Minute lang auf den auf und ab hopsenden Schultern geritten waren, ehe auch sie zu lachen und einander zuzurufen begannen: »He! Das sieht ja schon besser aus!«

»Ja, so ist's richtig! Himmel! Hey! Hallo! Juchhee!«

Sie winkten einander vergnügt zu. Sie warfen die Arme hoch und klatschten begeistert in die Hände. »Hey!«

»Hurra!« rief die Menge.

Man setzte die Männer von der Erde auf einen Tisch. Das Gebrüll verstummte.

Der Kapitän brach fast in Tränen aus. »Danke. Das tut gut, so gut.«

»Erzählen Sie von sich«, sagte Herr Uuu.

Der Kapitän räusperte sich und begann mit seiner Ansprache.

Immer wieder wurden Ausrufe des Staunens laut. Darauf stellte Williams seine Mannschaft vor, und jeder der Männer hielt eine kleine Rede und wehrte verlegen den donnernden Applaus ab.

Herr Uuu schlug dem Kapitän auf die Schulter. »Es ist prima, einen anderen Menschen von der Erde kennenzulernen. Ich komme auch von der Erde.«

»Wie bitte?«

»Viele hier sind von der Erde.«

»Sie! Von der Erde?« Der Kapitän starrte sein Gegenüber entgeistert an. »Aber ist denn das möglich? Sind Sie in einer Rakete gekommen? Gibt es die Raumfahrt etwa schon seit Jahrhunderten?« In seiner Stimme schwang leichte Enttäuschung mit. »Aus — aus welchem Land kommen Sie denn?«

»Tuiereol. Der Geist meines Körpers hat mich vor Jahren hierher versetzt.«

»Tuiereol.« Der Kapitän sprach das Wort langsam nach. »Ein Land dieses Namens kenne ich nicht. Und wie war das mit dem Geist?«

»Und Fräulein Rrr da drüben kommt auch von der Erde, *nicht wahr,* Fräulein Rrr?«

Fräulein Rrr nickte und lachte seltsam.

»Und ebenso Herr Www und Herr Qqq und Herr Vvv!«

»Ich komme vom Jupiter«, erklärte ein Mann und richtete sich stolz auf.

»Und ich vom Saturn«, sagte ein anderer mit schelmisch blitzenden Augen.

»Jupiter, Saturn«, murmelte der Kapitän und kniff die Augen zusammen.

Es war jetzt mit einemmal sehr still; die Anwesenden saßen oder standen um die Tische, die seltsam leer anmuteten für ein Festbankett. Goldene Augen leuchteten, und hohle Wangen warfen dunkle Schatten. Der Kapitän bemerkte plötzlich, daß der Raum keine Fenster hatte, das Licht schien durch die Wände hereinzudringen. Es gab nur eine Tür. Der Kapitän duckte sich ein wenig. »Das alles ist so verwirrend. Wo liegt denn dieses Tuiereol auf der Erde? In der Nähe von Amerika?«

»Was ist Amerika?«

»Sie haben noch nie von Amerika gehört! Sie behaupten, Sie wären von der Erde, und kennen Amerika nicht?«

Herr Uuu richtet sich ärgerlich auf. »Die Erde ist eine Welt der Meere, und etwas anderes gibt es dort nicht. Kein Land jedenfalls. Ich bin von der Erde, ich muß es wissen.«

»Moment mal.« Der Kapitän lehnte sich zurück. »Sie sehen wie ein richtiger Marsianer aus. Gelbe Augen, braune Haut...«

»Auf der Erde gibt es nur *Dschungel*«, warf Fräulein Rrr dazwischen. »Ich bin auf Orri auf der Erde, aus einer Zivilisation, die sich auf Silber gründet.«

Da wandte der Kapitän den Kopf und ließ seinen Blick wandern von Herrn Uuu zu Herrn Www und weiter zu Herrn Zzz und Herrn Nnn und Herrn Hhh und Herrn Bbb. Er sah in ihre gelben Augen, deren Glanz sich unstet irisierend veränderte. Und da schauderte der Kapitän zusammen. Schließlich wandte er sich seinen Männern zu und betrachtete sie niedergeschlagen.

»Merken Sie, was das hier ist?«

»Was glauben Sie, Sir?«

»Jedenfalls keine Feier«, erwiderte er müde. »Das ist kein Bankett. Und die Leute da sind auch keine Regierungsvertreter auf einer Begrüßungsparty. Schauen Sie sich die Augen an. Hören Sie mal genau hin!«

Niemand atmete. Nur die Augen bewegten sich, stumm gingen die Blicke dahin und dorthin.

»Jetzt verstehe ich auch«, die Stimme des Kapitäns klang wie von weit her, »warum man uns laufend weitergereicht hat, von einem zum anderen, bis wir zu Herrn Iii kamen, der uns in den Korridor schickte mit einem Schlüssel für eine Tür. Und hier sind wir nun...«

»Wo sind wir denn, Sir?«

Der Kapitän atmete tief. »In einem Irrenhaus.«

Es war Nacht. Stille herrschte in dem großen Saal, der durch versteckte Lampen in den durchscheinenden Wänden schwach erleuchtet wurde. Die vier Männer von der Erde saßen an einem Holztisch, düster über ihr Flüstern gebeugt. Auf dem Fußboden lagen Männer und Frauen und schliefen. In den dunklen Ecken rührten sich hier und da Männer oder Frauen, die mit den Händen gestikulierten. Etwa jede halbe Stunde ging einer der Männer von der Erde zur Silbertür, versuchte sie zu öffnen und kehrte zum Tisch zurück. »Nichts, Sir. Wir sind eingeschlossen.«

»Dann hält man uns tatsächlich für verrückt, Sir?«

»Ja. Deshalb hat es auch keine Umstände bei der Begrüßung gegeben. Die Marsianer haben uns nur als Geisteskranke toleriert, die es hier wohl ziemlich häufig gibt.« Er deutete auf die schlafenden Schatten ringsum. »Paranoide, sie alle! Was für ein Willkommen sie uns bereitet haben! Einen Moment lang«, in seinen Augen glomm ein winziges Feuer auf und erlosch sofort wieder, »dachte ich wirklich, wir bekämen eine richtige Begrüßung. All das Geschrei und Gesinge und die Reden. Ganz nett, jedenfalls solange...«

»Wie lange wird man uns hierbehalten, Sir!«

»Bis wir bewiesen haben, daß wir nicht geisteskrank sind.«

»Das dürfte kein Problem sein.«

»Ich *hoffe* es.«

»Sie scheinen nicht sehr optimistisch zu sein, Sir.«

»Bin ich auch nicht. Werfen Sie mal einen Blick dort in die Ecke.«

Ein Mann hockte allein in der Dunkelheit. Seinem Mund entströmte eine blaue Flamme, welche die Form einer kleinen nackten Frau annahm. Das Bild erblühte in flüsternden und seufzenden Wolken aus blauem Licht.

Der Kapitän deutete in eine andere Ecke. Dort stand eine Frau, die sich beständig veränderte. Zuerst war sie in einer Kristallsäule eingeschlossen, dann schmolz sie zu einer goldenen Statue, verwandelte sich in einen Stab aus schimmerndem Zedernholz und wurde schließlich wieder zu einer Frau.

Überall im mitternächtlichen Saal jonglierten die Menschen ihre dünnen violetten Flammen und formten und veränderten sie, denn die Nacht war eine Zeit der Veränderung und Qual.

»Zauberer, Magier«, flüsterte einer der Männer von der Erde.

»Nein, Halluzinationen. Sie übertragen ihren Wahnsinn auf uns, damit auch wir ihre Halluzinationen sehen. Telepathie. Autosuggestion und Telepathie.«

»Und das macht Ihnen Sorge, Sir?«

»Ja. Es ist kein Wunder, daß wir für geisteskrank gehalten werden, wenn uns Halluzinationen derart ›real‹ vorkommen können, uns und anderen. Und wenn diese Halluzinationen durchaus greifbar und fast glaubwürdig erscheinen. Wenn der Mann dort kleine blaue Feuergestalten bilden und die Frau sich in eine Säule verwandeln kann, wird es verständlich, daß normale Marsianer auch unsere Rakete nur für ein Fantasieprodukt halten könnten.«

»Ach so«, sagten seine Männer in der Dunkelheit.

Ringsum im großen Saal schimmerten blaue Flammen und

flackerten und vergingen wieder. Kleine rote Sanddämonen rannen durch die Zähne schlafender Männer. Frauen wurden zu glitzernden Schlangen. Es roch nach Reptilien und Tieren.

Am Morgen sahen alle wieder frisch und fröhlich und völlig normal aus. Flammen und Dämonen gab es nicht mehr im Saal. Der Kapitän und seine Männer warteten vor der Silbertür und hofften, daß sie sich öffnen würde.

Nach etwa vier Stunden kam endlich Herr Xxx. Sie hatten den Verdacht, daß er schon mindestens drei Stunden lang auf der anderen Seite der Tür gewartet und zu ihnen hereingeschaut hatte, ehe er jetzt in Erscheinung trat und sie heranwinkte und in sein kleines Büro führte.

Nach seiner Maske zu urteilen, die nicht nur ein, sondern gar drei Lächeln zeigte, war er ein jovialer, gutgelaunter Mann. Die Stimme hinter der Maske jedoch war die Stimme eines nicht sehr lächelnden Psychologen. »Was haben wir denn für Sorgen?«

»Sie halten uns für wahnsinnig, aber Sie tun uns unrecht, das sind wir nicht«, sagte der Kapitän.

»Oh, ich halte nicht Sie alle für verrückt.« Der Psychologe deutete mit einem kleinen Stab auf den Kapitän. »Nur Sie, *Sie!* Die anderen sind sekundäre Halluzinationen.«

Der Kapitän schlug sich auf das Knie. »*Das* ist es also! Deshalb hat Herr Iii so fürchterlich gelacht, als ich vorschlug, daß auch meine Männer die Papiere unterschreiben sollten.«

»Ja, Herr Iii hat mir davon erzählt.« Der Psychologe lachte durch den geschnitzten, lächelnden Mund. »Ein guter Witz. Wo war ich stehengeblieben? Sekundäre Halluzinationen, ja. Es kommen Frauen zu mir, denen Schlangen aus den Ohren kriechen. Wenn ich sie heile, verschwinden die Schlangen.«

»Wir lassen uns gern heilen. Fangen Sie ruhig sofort an.«

Herr Xxx schien überrascht. »Ungewöhnlich. Nur wenige wollen sich heilen lassen. Denn die Behandlung ist ziemlich drastisch.«

»Scheuen Sie sich nicht. Ich bin sicher, daß Sie uns ganz normal finden werden.«

»Ich möchte mir zuerst noch einmal Ihre Papiere ansehen, ob

danach auch wirklich eine ›Behandlung‹ möglich ist.« Er sah in seinen Unterlagen nach. »Ja. Wissen Sie, Fälle wie der Ihre erfordern eine ganz besondere ›Behandlung‹. Die Leute dort im Saal sind relativ harmlose Fälle, doch wenn man in den Primär-, Sekundär-, Gehör-, Geruchs- und Geschmackshalluzinationen sowie in den Tast- und Sehtäuschungen bereits eine derartige Fertigkeit erlangt hat wie Sie, bleibt uns — darauf muß ich Sie leider hinweisen — als einziges Mittel die Euthanasie.«

Mit einem Aufschrei fuhr der Kapitän hoch. »Hören Sie mal, jetzt haben wir aber genug! Untersuchen Sie uns, hauen Sie uns ans Knie, horchen Sie uns ab, stellen Sie Fragen!«

»Bitte reden Sie, soviel Sie wollen. Machen Sie sich Luft.«

Der Kapitän tobte eine Stunde lang. Der Psychologe hörte geduldig zu.

»Unglaublich«, sagte er. »Die detaillierteste Traumvorstellung, die ich je gehört habe.«

»Verdammt noch mal, wir zeigen Ihnen die Rakete!« brüllte der Kapitän.

»Ja, ich würde sie gern sehen. Können Sie sie hier im Zimmer erscheinen lassen?«

»Oh, selbstverständlich. Sie liegt dort bei Ihren Akten, unter *R*.«

Ernsthaft schaute Herr Xxx in der bezeichneten Akte nach. Dann machte er »T-t-t« und schloß den Ordner langsam wieder. »Warum haben Sie mir das gesagt? Die Rakete ist nicht dort.«

»Natürlich nicht. Sie Idiot! Ich habe nur einen Witz gemacht! Machen Verrückte Witze?«

»Man stößt auf die komischsten Typen. Führen Sie mich zu Ihrer Rakete. Ich will sie sehen.«

Es war Mittag. Der Tag war sehr heiß, als sie die Rakete erreichten.

»So.« Der Psychologe trat dicht an das Schiff heran und klopfte dagegen. Es gab ein leises, hallendes Geräusch. »Darf ich hineingehen?« fragte er listig.

»Bitte.«

Herr Xxx verschwand im Schiff und blieb lange Zeit fort.

»Von allen blöden, verqueren Situationen haben wir uns die denkbar blödeste ausgesucht.« Der Kapitän kaute auf seiner Zigarre herum und wartete. »Ich hätte große Lust, wieder nach Hause zu fliegen und unseren Leuten zu sagen, sie sollten den Mars vergessen. Was für ein mißtrauischer Haufen!«

»Wie ich höre, ist die Geisteskrankheit hier ziemlich verbreitet. Das dürfte der Hauptgrund für die Zweifel sein.«

»Trotzdem ist das alles so verdammt blöd.«

Der Psychologe kam aus dem Schiff geklettert, nachdem er eine halbe Stunde geschaut, getastet, geklopft, gelauscht, berochen und geschmeckt hatte.

»*Jetzt* werden Sie uns doch wohl Glauben schenken!« rief der Kapitän, als hielte er den anderen für taub.

Der Psychologe schloß die Augen und kratzte sich an der Nase. »Das ist das unglaublichste Beispiel sensorischer Halluzination und Hypnosuggestion, das ich jemals erlebt habe. Ich bin durch Ihre ganze ›Rakete‹ gestiegen, wie Sie es nennen.« Er klopfte an die Außenhülle. »Ich höre sie. Akustische Einbildung.« Er atmete tief ein. »Ich rieche sie. Geruchshalluzination, hervorgerufen durch sensorische Telepathie.« Er küßte das Schiff. »Ich schmecke das Schiff. Labiale Einbildung!«

Er schüttelte dem Kapitän die Hand. »Darf ich Sie beglückwünschen? Sie sind ein psychisches Genie! Sie haben etwas absolut Vollkommenes geschaffen! Ihr psychisches Innenleben auf telepathischem Wege im Geiste eines anderen erstehen zu lassen und die Halluzinationen dort in unveränderter Stärke aufrechtzuerhalten, ist fast unmöglich. Die Kranken im Saal konzentrieren sich gewöhnlich auf visuelle Aspekte, allenfalls wird Visuelles und Akustisches vermengt. Sie dagegen haben die ganze Skala gemeistert! Ihr Wahnsinn ist von einer geradezu herrlichen Totalität!«

»Mein Wahnsinn.« Der Kapitän war bleich.

»Ja, ja, was für ein herrlicher Wahnsinn! Metall, Gummi, Schwerkraftgeräte, Nahrungsmittel, Kleidung, Treibstoff, Waffen, Leitern, Nieten, Löffel. Zehntausend verschiedene Dinge habe ich an Bord Ihres Schiffes registriert. Eine solche komplexe Halluzination habe ich noch nicht erlebt. Da waren sogar Schatten unter den Kojen — unter allem! Was für eine Willenskraft! Und jeder Gegenstand — wie oder wann ich ihn auch überprüfte, besaß Festigkeit, Geschmack und Klang! Ich muß Sie umarmen!«

Endlich trat er wieder zurück. »Ich werde das in meiner größten Monographie verarbeiten! Ich spreche im nächsten Monat vor der Marsianischen Akademie der Wissenschaften darüber! Und betrachten Sie sich einmal im Spiegel! Sie haben sogar Ihre Augenfarbe von Gelb zu Blau verändert, und Ihre Haut ist nicht mehr braun, sondern rot. Und dann Ihre Kleidung und Ihre Hände, die keine sechs, sondern nur fünf Finger haben! Biologische Metamorphose durch psychologisches Gestörtsein! Und Ihre drei Freunde...«

Er holte eine kleine Schußwaffe hervor. »Natürlich unheilbar. Sie armer, wunderbarer Mensch. Der Tod wird Sie erlösen. Haben Sie noch etwas zu sagen, bevor ich Sie erlöse?«

»Halt, um Gottes willen! Schießen Sie nicht!«

»Sie armes Wesen. Ich werde Sie von dem Leiden befreien, das Sie so weit in den Wahn getrieben hat, sich die Existenz der Rakete und der drei Männer einzubilden. Es wird ein fesselnder Moment für mich sein, Ihre Freunde und Ihre Rakete verschwinden zu sehen, wenn ich Sie umgebracht habe. Meine Beobachtungen werde ich zu einer schönen Abhandlung über die Auflösung neurotisch bedingter Trugbilder verarbeiten.«

»Ich komme von der Erde! Ich heiße Jonathan Williams, und diese...«

»Ja, ich weiß«, sagte Herr Xxx und drückte ab.

Der Kapitän sank zu Boden, eine Kugel im Herzen. Die drei anderen schrien auf.

Herr Xxx starrte sie an. »Sie existieren weiter? Das ist großartig! Halluzinationen mit zeitlicher und räumlicher Konsistenz!

»Unglaublich!« Er richtete seine Waffe auf die drei Männer. »Aber auch euch werde ich auflösen!«

»Nein!« riefen die drei.

»Die akustische Halluzination einer flehentlichen Gebärde selbst nach dem Tod des Patienten«, bemerkte Herr Xxx bewundernd und streckte die drei Männer nieder.

Sie lagen im Sand, unverändert, und rührten sich nicht mehr.

Er trat mit den Füßen auf sie ein. Er hämmerte gegen die Schiffshülle.

»Sie vergehen nicht!« Und noch einmal gab er mehrere Schüsse auf die Körper ab. Dann trat er zurück. Die lächelnde Maske fiel ihm vom Gesicht.

Langsam veränderte sich der Ausdruck des kleinen Psychologen. Der Unterkiefer sank ihm herab, die Waffe polterte zu Boden. Sein Blick wurde stumpf und leer. Er hob die Hände und drehte sich blind im Kreis. Er betastete die Leichen, und Speichel sammelte sich in seinem Mund.

»Halluzinationen«, murmelte er mit bebenden Lippen. »Schmecken. Sehen. Riechen. Hören. Fühlen.« Er schwenkte die Arme. Die Augen traten ihm hervor. An seinen Mundwinkeln bildete sich Schaum.

»Verschwindet!« brüllte er den Leichen zu. »Verschwindet!« kreischte er zum Schiff hinüber. Er betrachtete seine zitternden Hände. »Angesteckt«, flüsterte er von Entsetzen gepackt. »Verseucht. Telepathie. Hypnose. Jetzt bin *ich* wahnsinnig. Jetzt bin *ich* angesteckt. Halluzinationen in allen sensorischen Bereichen.« Er blieb stehen und tastete nach der Waffe. »Nur eine Möglichkeit. Nur so kann ich sie vertreiben, auslöschen.«

Ein Schuß ertönte. Herr Xxx sank zu Boden.

Die fünf Toten lagen in der Sonne.

Die Rakete ruhte schräg auf dem kleinen sonnigen Hügel und verschwand nicht.

Als die Leute aus der Stadt sie bei Sonnenuntergang fanden, fragten sie sich, was das Gebilde sein mochte. Da es niemand wußte, wurde der Fund kurzerhand an einen Schrotthändler verkauft und abgeschleppt.

Die ganze folgende Nacht regnete es. Am nächsten Morgen war das Wetter wieder sonnig und warm.

März 2000: Der Steuerzahler

Er wollte in der Rakete mitfliegen zum Mars. Schon ganz früh kam er zum Startfeld hinaus und brüllte den Uniformierten durch den Drahtzaun zu, daß er zum Mars fliegen wolle. Er sagte ihnen, er sei Steuerzahler Pritchard und habe ein Recht, zum Mars zu fliegen. War er nicht hier in Ohio geboren? War er etwa kein guter Bürger? Warum sollte *er* also nicht zum Mars mitfliegen? Er fuchtelte wild herum und sagte den Männern, er wolle von der Erde fort; jeder Vernünftige denke wie er. In etwa zwei Jahren werde es auf der Erde einen großen Atomkrieg geben, und dann wolle er nicht mehr hier sein. Er und Tausende anderer, wenn sie auch nur einen Funken Verstand hatten, waren dann längst auf dem Mars. Er sei bereit, darum zu wetten! Es gelte zu fliehen vor Krieg und Zensurvorschriften und Dirigismus und Wehrpflicht und Regierungseinflüssen aller Art, auch auf Kunst und Wissenschaft! Die Erde könne ihm gestohlen bleiben. Er wolle für den Marsflug seine rechte Hand, sein Herz, seinen Kopf opfern. Was müsse er tun, was müsse er unterschreiben, wen müsse er kennen, um an Bord der Rakete zu gelangen!

Sie lachten ihn aus durch den Drahtzaun. Das wolle er ja gar nicht, zum Mars fliegen, sagten sie. Ob er denn nicht wisse, daß die Erste und die Zweite Expedition Fehlschläge gewesen und alle Teilnehmer verschollen seien, daß die Männer wahrscheinlich nicht mehr lebten?

Aber das könnten sie nicht beweisen, sie wüßten es nicht mit absoluter Sicherheit, sagte er und klammerte sich an den Zaun. Vielleicht gab es dort oben doch ein Land, in dem Milch und Honig flössen, und vielleicht hätten sich Kapitän York und Kapitän Williams nur einfach nicht die Mühe gemacht, zurückzukommen. Und wolle man ihm vielleicht jetzt endlich das Tor öffnen und ihn an Bord der Dritten Expeditionsrakete lassen, oder müsse er den Zaun erst eintreten?

Sie sagten ihm, er solle die Klappe halten.

Er sah die Männer zur Rakete gehen.

Wartet auf mich! rief er. Laßt mich nicht zurück auf dieser

schrecklichen Welt! Ich muß fort von hier; es wird einen Atomkrieg geben! Laßt mich nicht auf der Erde zurück!

Er wehrte sich heftig, als man ihn davonzerrte. Sie schlugen die Tür des Polizeiwagens zu und fuhren mit ihm noch früh am Morgen davon, und er preßte sein Gesicht an das Rückfenster. Und kurz bevor sie mit lautem Sirenengeheul über einen Hügel fuhren, sah er noch das rote Feuer und hörte das laute Geräusch und spürte das gewaltige Zittern, als die Silberrakete davonschoß und ihn zurückließ an einem ganz gewöhnlichen Montagmorgen auf dem ganz gewöhnlichen Planeten Erde.

April 2000: Die Dritte Expedition

Das Schiff sank herab aus dem All. Es kam aus dem Reich der Sterne und der schwarzen Strömungen, der schimmernden Bewegungen und lautlosen Abgründe. Es war ein neues Schiff, den Bauch voller Feuer und Menschen in Metallzellen, und es bewegte sich ruhig und exakt, feurig und warm. Siebzehn Mann zählte seine Mannschaft, den Kapitän mitgerechnet. Die Menschenmenge am Rande des sonnigen Ohio-Flugfelds hatte gewinkt, und die Rakete hatte große farbige Hitzeblumen aufgehen lassen und war ins All hinausgerast — die Dritte Expedition zum Mars!

Nun in den oberen Schichten der Marsatmosphäre verlangsamte sie ihre Geschwindigkeit. Ihre Schönheit und Stärke waren ungebrochen. Sie hatte sich durch die mitternächtlichen Gewässer des Weltraums bewegt wie ein bleiches Seeungeheuer, hatte sich am ehrwürdigen Mond vorbei in die Unendlichkeit gestürzt. Die Männer im Schiff waren im Verlauf der Reise herumgestoßen und herumgeschleudert worden, waren erkrankt und wieder gesundet — keiner war diesem Schicksal entgangen. Ein Mann war gestorben, doch die übrigen sechzehn, die Gesichter an die dicken gläsernen Sichtluken gepreßt, beobachteten jetzt mit leuchtenden Augen, wie der Mars ihnen entgegenwuchs.

»Mars!« rief Navigator Lustig.

»Der gute alte Mars!« sagte Samuel Hinkston, der Archäologe.

»Endlich«, sagte Kapitän John Black.

Die Rakete landete auf einem grünen Rasen. Draußen stand ein bronzener Hirsch im Gras. Ein Stückchen weiter entfernt erhob sich ein großes braunes viktorianisches Holzhaus still in der Sonne, über und über mit Schnitzwerk bedeckt, ein Haus mit blau und rot und gelb und grün gefärbten Fensterscheiben. Auf der Veranda hingen Storchschnabelgewächse und eine alte Schaukel, die im leisen Wind hin und her pendelte, hin und her. Den Giebel krönten ein Satteldach und eine kleine Kuppel mit bleigefaßten Rhombusglasfenstern! Durch das vordere Fenster war auf einem Ständer ein Notenheft mit dem Titel »Schönes Ohio« zu erkennen.

Ringsum, in alle Richtungen, erstreckte sich die kleine Stadt, grün und reglos im marsianischen Frühling, weiße Häuser und rote Backsteinbauten und hohe Ulmen, die sich im Winde wiegten, und große Ahorn- und Kastanienbäume. Und Kirchtürme, deren goldene Glocken gerade schwiegen.

Die Männer in der Rakete blickten hinaus und nahmen das Bild in sich auf. Dann sahen sie einander ungläubig an und wandten den Blick wieder nach draußen und schauten noch einmal. Sie hielten sich an den Ellenbogen und hatten plötzlich das seltsame Gefühl, nicht mehr atmen zu können. Sie wurden blaß.

»Also das ist doch... !« flüsterte Lustig und rieb sich mit rauhen Fingern über das Gesicht. »Das ist doch einfach...«

»So was gibt's doch gar nicht«, sagte Samuel Hinkston.

»Himmel«, sagte Kapitän John Black.

Es kam ein Anruf vom Bordchemiker. »Sir, die Atmosphäre ist zwar ein wenig dünn, aber es ist ausreichend Sauerstoff vorhanden. Kein Risiko.«

»Dann gehen wir hinaus«, sagte Lustig.

»Moment«, sagte Kapitän John Black. »Woher wollen wir wissen, was das da draußen ist?«

»Eine kleine Stadt mit dünner, aber atembarer Luft, Sir.«

»Und es ist eine kleine Stadt, wie wir sie von der Erde kennen«, sagte Hinkston, der Archäologe. »Unglaublich. So etwas kann eigentlich gar nicht sein, aber da liegt sie vor uns!«

Kapitän John Black musterte ihn lange. »Halten Sie es für möglich, daß sich zwei Zivilisationen auf zwei verschiedenen Planeten im gleichen Tempo und völlig gleich entwickeln, Hinkston?«

»Eigentlich nicht, Sir.«

Kapitän Black beugte sich vor und starrte zur Sichtluke hinaus. »Dann schauen Sie doch mal dort hinüber. Der Storchschnabel. Eine ganz besondere Pflanzenart, die auf der Erde erst seit etwa fünfzig Jahren bekannt ist. Überlegen Sie mal, wie viele tausend Jahre eine Pflanze für ihre Entwicklung benötigt. Und dann beantworten Sie mir bitte die Frage, ob es eine Erklärung dafür gibt, wieso die Marsianer folgendes haben: erstens, bleiverglastc Fenster; zweitens, Dachkuppeln; drittens, Verandaschaukeln; viertens, ein Instrument, das wie ein Piano aussieht und wahrscheinlich auch eins ist; fünftens könnte ich, wenn Sie mal hier einen Blick durch das Teleskop werfen würden, die Frage anknüpfen, ob es in irgendeiner Weise begreiflich ist, daß ein marsianischer Musiker ausgerechnet ein Stück mit dem Titel ›Schönes Ohio‹ komponiert haben könnte, was logischerweise voraussetzen würde, daß es auf dem Mars einen Ohio-Fluß gibt!«

»Kapitän Williams, natürlich!« rief Hinkston.

»Was?«

»Kapitän Williams und seine dreiköpfige Mannschaft! Oder Nathaniel York und sein Partner. Das würde doch alles erklären!«

»Nichts würde das erklären. Soweit wir feststellen konnten, ist die Erste Expedition gleich bei der Landung explodiert, wobei York und sein Partner ums Leben kamen. Was Williams und seine drei Männer angeht, so ist ihr Schiff am zweiten Tag nach ihrer Ankunft zerstört worden oder zumindest funktionsunfähig gewesen. Jedenfalls stellten um diese Zeit die Funkgeräte den Betrieb ein. Wären die Männer noch am Leben gewesen, hätten sie sich bestimmt mit uns in Verbindung gesetzt. Außerdem liegt die York-Expedition nur ein Jahr zurück, während Kapitän Williams und seine Männer etwa im letzten August hier gelandet

CONOVER
YORK
CONOVER

sind. Selbst wenn wir annehmen, daß sie noch leben, hätten sie dann — selbst mit Hilfe einer fortgeschrittenen marsianischen Rasse — in so kurzer Zeit eine solche Stadt bauen und — *altern* lassen können? Schauen Sie sich doch die Häuser an; sie stehen schon seit mindestens siebzig Jahren. Sehen Sie sich die Verandapfosten an, die Bäume, die wenigstens hundert Jahre alt sind, sie alle! Nein, das ist nicht das Werk von York oder Williams. Es hat eine andere Bewandtnis mit dieser Szene. Und die Sache gefällt mir offengestanden ganz und gar nicht. Ich verlasse das Schiff erst, wenn ich genau weiß, was los ist.«

»Ganz abgesehen davon«, sagte Lustig und nickte, »sind Williams und seine Männer ebenso wie York auf der *anderen* Marsseite gelandet. Wir haben sehr darauf geachtet, auf *dieser* Seite herunterzukommen.«

»Ein sehr wichtiger Punkt. Möglicherweise sind York und Williams einem feindlichen Marsianerstamm zum Opfer gefallen, deshalb hatten wir Anweisung, möglichst weit entfernt zu landen, um noch eine solche Katastrophe zu vermeiden. Soweit wir also wissen, befinden wir uns hier in einem Land, das Williams und York nie zu Gesicht bekommen haben.«

»Wie dem auch sei«, sagte Hinkston. »Mit Ihrer Erlaubnis, Sir, möchte ich trotzdem in die Stadt. Vielleicht gibt es wirklich vergleichbare Gedankenmuster und Kurven zivilisatorischer Entwicklung auf jedem Planeten in unserem Sonnensystem. Möglicherweise stehen wir vor der größten psychologischen und metaphysischen Entdeckung unseres Zeitalters!«

»Ich möchte lieber einen Augenblick abwarten«, sagte Kapitän John Black.

»Vielleicht erleben wir hier auch ein Phänomen, Sir, das zum erstenmal die Existenz Gottes wirklich schlüssig beweist.«

»Es gibt viele Gläubige, die dieses Beweises nicht bedürfen, Mr. Hinkston.«

»Zu denen gehöre ich auch, Sir. Aber bestimmt könnte es doch eine solche Stadt nicht geben ohne göttlichen Eingriff. All die vielen kleinen Dinge! Wenn ich mir das alles so ansehe, weiß ich nicht, ob ich lachen oder weinen soll.«

»Dann lassen Sie gefälligst beides sein, bis wir wissen, was wir hier zu bekämpfen haben.«

»Bekämpfen?« fragte Lustig. »Hier gibt's nichts zu bekämpfen, Kapitän. Die Stadt ist ruhig und grün. Sie sieht meiner Geburtsstadt sehr ähnlich. Ich mag sie.«

»Wann sind Sie geboren, Lustig?«

»Neunzehnhundertfünfzig, Sir.«

»Und Sie, Hinkston?«

»Neunzehnhundertfünfundfünfzig, Sir, in Grinnell, Iowa. Und die Stadt da draußen kommt mir wie mein Zuhause vor.«

»Hinkston, Lustig — ich könnte Ihr Vater sein. Ich bin gerade achtzig geworden, 1920 in Illinois geboren. Durch Gottes Gnade und dank einer Wissenschaft, die es in den letzten Jahren gelernt hat, *einige* alte Männer wieder jung zu machen, bin auch ich jetzt hier auf dem Mars, kaum erschöpfter als die übrigen, aber unendlich mißtrauischer. Die Stadt da draußen sieht sehr friedlich und kühl aus und ähnelt Green Bluff in Illinois so sehr, daß es mir fast Angst macht.« Er wandte sich an den Funker. »Teilen Sie der Erde mit, daß wir gelandet sind. Das ist alles. Sagen Sie noch, daß wir morgen einen ausführlichen Bericht durchgeben werden.«

»Jawohl, Sir.«

Kapitän Black wandte sein Gesicht wieder dem Fenster zu — ein Gesicht, das die Spuren eines hohen Alters hätte aufweisen müssen, das ihn aber als Mann von Anfang Vierzig erscheinen ließ. »Wir machen folgendes. Lustig, Sie und ich und Hinkston sehen uns zunächst mal in der Stadt um. Die anderen bleiben an Bord, und wenn etwas passiert, können Sie schnell abhauen. Ein Verlust von drei Männern ist nicht so schlimm, als wenn das ganze Schiff verlorengeht. Wenn wirklich etwas Schlimmes passieren sollte, kann unsere Mannschaft auch die nächste Rakete warnen. Es wird Kapitän Wilders Rakete sein, die zu Weihnachten startet. Wenn es wirklich feindliche Elemente auf dem Mars gibt, dann sollte die nächste Rakete gut bewaffnet sein.«

»Das sind *wir* doch auch. Wir haben eine Standardausrüstung an Bord.«

»Sagen Sie den Männern, sie sollten auf Gefechtsstationen gehen. Kommen Sie, Lustig, und Sie auch, Hinkston.«

Die drei Männer kletterten gemeinsam zum Ausstieg des Schiffs hinab.

Es war ein herrlicher Frühlingstag. In einem blühenden Apfelbaum saß ein Rotkehlchen und zwitscherte unermüdlich. Blütenblätter taumelten wie Schneeflocken zu Boden, wenn der Wind die grünen Äste berührte, und intensiver Blütenduft erfüllte die Luft. Irgendwo in der Stadt spielte jemand auf einem Klavier, und die Musik wurde lauter und leiser und lauter und leiser, sanft, einschläfernd. Das Lied hieß ›Schöner Träumer‹. Aus einer anderen Richtung ertönte kratzig und leise die Fonographen-Aufnahme von ›Spaziergang im Abenddämmer‹, gesungen von Harry Lauder. Die drei Männer standen vor dem Schiff. Keuchend atmeten sie die sehr dünne Luft ein und gingen nur langsam, um sich nicht zu überanstrengen.

Jetzt wurde eine andere Platte auf dem Fonographen gespielt:

Oh, denk dir die Juninacht,
Dazu des Mondes Macht — und dich...

Lustig begann zu zittern. Auch Samuel Hinkston konnte nicht mehr an sich halten.

Der Himmel war klar und ruhig, und in der Nähe plätscherte ein kleiner Bach durch die Schatten der Bäume und kühlen Tiefen eines Grabens. Irgendwo trottete ein Pferd mit einem klappernden Wagen.

»Sir«, sagte Samuel Hinkston heiser, »es muß wohl sein, es *muß* einfach so sein, daß es schon vor dem Ersten Weltkrieg Raketenflüge zum Mars gab.«

»Unsinn!«

»Wie lassen sich dann die Häuser, der Bronzehirsch, die Klaviere und die Musik erklären?« Hinkston packte den Kapitän am Ellenbogen und sah ihm ins Gesicht. »Nehmen wir einmal an, es gab im Jahre 1905 Menschen, die den Krieg haßten und sich heimlich mit einigen Wissenschaftlern zusammentaten und eine Rakete bauten und hier zum Mars...«

»Nein, nein, Hinkston. Hören Sie auf, das ist unmöglich.«

»Warum nicht? Die Welt von 1905 war völlig anders; man hätte so etwas viel leichter geheimhalten können.«

»Aber ein kompliziertes Ding wie eine Rakete, nein, die hätte sich nicht verheimlichen lassen!«

»Und sie flogen hierher, und natürlich gleichen ihre Häuser hier den Häusern auf der Erde, weil sie natürlich auch ihre Kultur mitbrachten.«

»Und sie haben hier die ganze Zeit gelebt?« fragte der Kapitän.

»In Ruhe und Frieden, ja. Vielleicht sind sie mehrmals geflogen, damit sie schließlich ein ganzes Städtchen bevölkern konnten, und haben dann damit aufgehört, um nicht entdeckt zu werden. Und deshalb mutet die Stadt jetzt so altmodisch an. Ich sehe hier nichts, das nach 1927 entstanden sein könnte, oder irre ich mich? Vielleicht ist die Weltraumfahrt überhaupt älter, als wir glauben, Sir. Vielleicht ist sie in irgendeinem Teil der Welt schon vor Jahrhunderten entwickelt worden, und die kleine Gruppe von Menschen, die zum Mars geflogen und seither nur von Zeit zu Zeit zur Erde zurückgekehrt ist, hat ihr Geheimnis bewahrt.«

»Sie können einem das fast plausibel machen.«

»Das muß die Lösung sein. Wir haben die Beweise hier überall; jetzt brauchen wir nur noch ein paar Leute zur Bestätigung.«

Im dichten grünen Gras wurde das Geräusch ihrer Schritte gedämpft. Die Wiese roch wie frisch gemäht. Gegen seinen Willen spürte Kapitän John Black, wie ihn eine große Ruhe überkam. Dreißig Jahre war es her, seit er in einem solchen Städtchen gewesen war, und das Surren der Bienen beruhigte ihn, und die frühlingshafte Frische ringsum war Balsam für seine Seele.

Sie betraten die Veranda. Hohl dröhnten die Dielenbretter, als sie sich der Gazetür näherten. Drinnen war ein Schnurvorhang zu erkennen, der vor dem Durchgang zum Hausflur hing, und ein kristallener Kronleuchter und ein Bild von Maxwell Parrish an der Wand über einem bequemen Morris-Stuhl. Das Haus roch alt und nach Dachboden und unendlich gemütlich. Das Klirren von Eisstückchen in einem Limonadekrug war zu hören. In irgendeiner Küche bereitete jemand ein kaltes Mittagessen —

es war ja so heiß — und summte dabei mit hoher, angenehmer Stimme leise vor sich hin.

Kapitän John Black zog an der Klingel.

Zierliche Schritte näherten sich im Flur, und eine etwa vierzigjährige freundliche Dame in einem Kleid, wie es 1909 modern gewesen sein mochte, blinzelte die Männer an.

»Kann ich etwas für Sie tun, meine Herrn?« fragte sie.

»Entschuldigen Sie bitte«, sagte Kapitän Black unsicher.

»Wir suchen ... ich meine, könnten Sie uns vielleicht...« Er stockte. Ihre dunklen Augen sahen ihn fragend an.

»Wenn Sie etwas verkaufen wollen...«, meinte sie mißtrauisch.

»Nein, Moment!« unterbrach sie der Kapitän. »Welche Stadt ist das hier?«

Sie musterte ihn von Kopf bis Fuß. »Was soll die Frage? Wie können Sie in einer Stadt sein, ohne ihren Namen zu kennen?«

Der Kapitän sah aus, als hätte er sich am liebsten unter einen schattigen Apfelbaum gesetzt. »Wir sind fremd hier. Wir möchten nur wissen, wie die Stadt hierhergekommen ist und wie Sie hierhergekommen sind.«

»Machen Sie eine Volkszählung?«

»Nein.«

»Das weiß doch jeder«, sagte sie. »Diese Stadt wurde 1868 gegründet. Handelt es sich um ein Spiel?«

»Nein, kein Spiel!« rief der Kapitän. »Wir kommen von der Erde.«

»Sie meinen, aus dem *Boden*?« fragte sie verwundert.

»Nein, vom dritten Planeten, der *Erde* heißt, in einem Raumschiff. Und wir sind hier auf dem vierten Planeten gelandet, dem Mars...«

»Dieser Ort«, sagte die Frau geduldig wie zu einem Kind, »heißt Green Bluff und liegt in Illinois auf dem Kontinent Amerika, der vom Atlantischen und Pazifischen Ozean umgeben ist, auf einem Planeten, der die Welt und manchmal auch die Erde genannt wird. Und jetzt gehen Sie bitte. Leben Sie wohl.«

Sie verschwand im Flur und ließ ihre Finger durch den Schnurvorhang gleiten.

Die drei Männer sahen einander verständnislos an.

»Schlagen wir die Gazetür ein?« fragte Lustig.

»Können wir nicht. Das Haus ist Privatbesitz. Keinen Ärger, um Himmels willen!«

Sie wandten sich um und setzten sich auf die Stufen der Veranda.

»Ist Ihnen schon der Gedanke gekommen, Hinkston, daß wir vielleicht — ich weiß nicht wie — vom Weg abgekommen und wieder auf der Erde gelandet sind?«

»Wie wäre das möglich?«

»Ich weiß es nicht, ich weiß es nicht. O Gott, lassen Sie mich nachdenken.«

»Aber wir haben über jede Meile unseres Flugs genau Buch geführt«, sagte Hinkston. »Unsere Chronometer haben die Entfernungen genau angegeben. Wir sind am Mond vorbei ins All hinausgeflogen, und jetzt sind wir hier. Ich bin *absolut sicher*, daß das hier der Mars ist.«

Lustig sagte: »Aber wenn wir nun im Weltall, im Zeitablauf, irgendwie jedenfalls durch die Dimensionen gerutscht und auf einer Erde gelandet wären, die dreißig oder vierzig Jahre zurückliegt...?«

»Lassen Sie die Scherze, Lustig!«

Lustig ging zur Tür, klingelte und rief in das Halbdunkel und die Kühle des Hauses: »Welches Jahr haben wir?«

»Neunzehnhundertsechsundzwanzig natürlich«, sagte die Frau, die in einem Schaukelstuhl saß und Limonade trank.

»Haben Sie das gehört?« Lustig wandte sich heftig um. »Neunzehnhundertsechsundzwanzig! Wir sind tatsächlich in die Vergangenheit versetzt worden! Wir *sind* auf der Erde!«

Lustig setzte sich, und die drei Männer ließen das Wunderbare und Entsetzliche dieses Gedankens auf sich einwirken. Unruhig bewegten sie ihre Hände auf den Knien. Der Kapitän sagte schließlich: »So etwas habe ich nicht gewollt. Man könnte es mit der Angst kriegen. Wie ist das überhaupt möglich? Ich wünschte, wir hätten Einstein dabei.«

»Wird man uns hier in der Stadt überhaupt glauben?« fragte Hinkston. »Spielen wir nicht mit dem Feuer? Ich meine die Zeit... Sollten wir nicht einfach starten und wieder nach Hause fliegen?«

»Nein. Erst fragen wir noch bei einem anderen Haus.«

Sie gingen die Straße entlang und näherten sich einer kleinen weißen Villa unter einer Eiche.

»Ich versuche immer möglichst logisch zu denken«, sagte der Kapitän. »Und ich glaube nicht, daß wir die Sache schon richtig im Griff haben. Kommen wir doch einmal auf Ihre ursprüngliche Annahme zurück, Hinkston, daß es die Raumfahrt schon seit Jahrzehnten gibt. Nachdem die Menschen von der Erde hier nun eine Zeitlang gelebt hatten, bekamen sie Heimweh nach der Erde. Zuerst nur eine leichte Neurose, es wurde jedoch bald eine ausgewachsene Psychose daraus. Schließlich waren sie vom Wahnsinn bedroht. Was würden Sie als Psychiater in einer solchen Situation tun?

»Was ist denn, Lustig?«

»O Sir, *Sir,* was ich da *sehe...*«, sagte Lustig und begann zu weinen. Er hob seine zitternden, gekrümmten Finger, und sein Gesicht war ganz Staunen und Freude und Unglauben. Er sah aus, als würde er im nächsten Augenblick vor Glück überschnappen. Er schaute die Straße hinab und begann zu rennen, zuerst ungeschickt stolpernd, dann sicherer und schneller. »Schaut doch, schaut!«

Der Kapitän begann zu laufen.

Lustig rannte immer schneller und rief etwas Unverständliches. Als er ein gutes Stück auf der schattigen Straße zurückgelegt hatte, bog er in einen Vorgarten ein und rannte auf die Veranda eines großen grünen Hauses, das einen eisernen Wetterhahn auf dem Dach hatte.

Er hämmerte gegen die Tür und schrie und weinte, als ihn Hinkston und der Kapitän einholten. Sie waren außer Atem; der Lauf in der dünnen Luft hatte sie erschöpft.

»Oma! Opa!« stammelte Lustig.

Zwei alte Leute standen in der Tür.

»David!« piepsten sie und eilten herbei, umarmten ihn und klopften ihm auf den Rücken. »Oh, David, David, wie viele Jahre ist das jetzt her! Wie groß du geworden bist, was für ein großer Junge du bist! O David, Junge, wie geht es dir?«

»Oma, Opa!« schluchzte David Lustig. »Ihr seht ja prima aus, so prima!« Er umarmte sie, drehte sie herum, küßte sie, drückte sie an sich, weinte mit ihnen, hielt sie wieder von sich ab und betrachtete die beiden Alten mit feuchten Augen. Die Sonne schien am Himmel, der Wind wehte, das Gras war grün, und die Gazetür stand weit offen.

»Komm doch rein, Junge. Wir haben frischen geeisten Tee für dich, massenweise!«

»Ich habe zwei Freunde mitgebracht.« Lustig wandte sich lachend um und winkte den Kapitän und Hinkston zu sich. »Kapitän, kommen Sie.«

»Willkommen«, sagten die beiden alten Leute. »Treten Sie ein. Die Freunde von David sind auch unsere Freunde. Stehen Sie nicht draußen herum!«

Im Wohnzimmer des alten Hauses war es kühl; eine alte Standuhr tickte metallisch langsam in einer Ecke. Weiche Kissen lagen auf großen Sofas herum, die Wände waren voller Bücher und ein Teppich in der Form einer riesigen Rose bedeckte den Boden. Der geeiste Tee wurde in kalten schwitzenden Gläsern serviert; er schmeckte angenehm kühl auf der durstigen Zunge.

»Auf unsere Gesundheit.« Die Großmutter hob das Glas an ihre blitzenden Zähne.

»Wie lange seid ihr schon hier, Oma?« fragte Lustig.

»Seit unserem Tode.«

»Seit *was*?« Kapitän John Black setzte abrupt sein Glas ab.

»O ja.« Lustig nickte. »Sie sind seit dreißig Jahren tot.«

»Und dann sitzen Sie hier so ganz ruhig herum!« rief der Kapitän entgeistert.

»Aber, aber.« Die alte Frau sah ihn mit blitzenden Augen an. »Warum wollen Sie Fragen stellen? Wir existieren. Was bedeutet schon das Leben? Was, warum, wo — das hat keine Bedeutung.

Wir wissen nur, daß wir existieren und wieder leben, und wir stellen keine Fragen. Eine zweite Chance.« Sie kam vorsichtig näher und streckte ihr dünnes Handgelenk aus. »Fassen Sie mal an.« Der Kapitän ergriff es zögernd. »Fest, nicht wahr?« fragte sie. Er nickte. »Also«, sagte sie triumphierend, »warum dann Fragen stellen?«

»Na ja«, sagte der Kapitän, »es ist nur, wir hätten nie gedacht, hier auf dem Mars so etwas zu finden.«

»Und jetzt haben Sie's gefunden. Ich wage zu behaupten, daß es auf allen Planeten Dinge gibt, die uns Gottes unvorstellbare Wege offenbaren.«

»Ist das hier der Himmel?« fragte Hinkston.

»Unsinn. Es ist eine Welt, und wir haben hier eine zweite Chance. Den Grund dafür hat uns niemand gesagt. Aber es hat uns auch niemand verraten, warum wir auf der Erde waren. Die andere Erde, meine ich. Die Erde, von der Sie gekommen sind. Wie wollen wir wissen, ob es nicht auch *davor* schon eine andere Welt gegeben hat?«

»Eine interessante Frage«, sagte der Kapitän.

Lustig lächelte seine Großeltern an. »Himmel, es ist so toll, euch wiederzusehen, einfach großartig!«

Der Kapitän stand auf und schlug sich beiläufig mit der Hand ans Bein. »Wir müssen weiter. Vielen Dank für die Erfrischung.«

»Sie kommen natürlich wieder«, sagten die alten Leute. »Zum Abendessen, ja?«

»Wir wollen es versuchen, vielen Dank. Es gibt so viel zu tun. Meine Männer warten drüben in der Rakete auf mich, und...«

Er unterbrach sich und starrte verblüfft zur Tür.

Weit entfernt draußen im Sonnenlicht waren Stimmen zu hören, dann ein lautes Hallo.

»Was ist das?« fragte Hinkston.

»Stellen wir gleich mal fest.« Kapitän John Black eilte zur Tür und rannte über den grünen Rasen auf die Straße hinaus.

Er sah zur Rakete hinüber. Dort standen alle Schotts offen, und seine Mannschaft strömte winkend heraus. Zahlreiche Menschen hatten sich versammelt, und seine Männer eilten in die

Menge und redeten und lachten und schüttelten Hände. Die Rakete blieb leer und verlassen zurück.

Eine Blaskapelle explodierte im Sonnenlicht und schmetterte ein fröhliches Lied aus Baßtuben und Trompeten. Trommeln dröhnten und Pfeifen schrillten. Kleine Mädchen mit goldenem Haar hüpften aufgeregt auf der Stelle. Kleine Jungen brüllten »Hurra!« Dicke Männer teilten Zehn-Cent-Zigarren aus. Der Bürgermeister hielt eine Rede. Und dann wurden die Mannschaftsmitglieder, flankiert von Eltern oder Geschwistern, die Straße hinabgeführt und verschwanden in kleinen Villen oder großen Häusern.

»Halt!« rief Kapitän Black.

Die Türen wurden zugeschlagen.

Die Hitze stieg in den klaren Frühlingshimmel, und es war wieder still. Die Blaskapelle verschwand lärmend um eine Ecke und ließ die Rakete einsam blitzend und schimmernd zurück.

»Verlassen!« sagte der Kapitän. »Sie haben das Schiff tatsächlich verlassen! Das kostet sie den Kopf, bei Gott! Sie hatten ihre Befehle!«

»Sir«, sagte Lustig, »seien Sie nicht so streng mit ihnen. Sie haben Verwandte und Freunde wiedergetroffen.«

»Das ist keine Entschuldigung!«

»Überlegen Sie doch, wie ihnen zumute gewesen sein muß, als sie draußen vor dem Schiff all die vertrauten Gesichter sahen!«

»Verdammt, sie hatten aber ihre Befehle!«

»Wie wäre es Ihnen selbst ergangen, Kapitän?«

»Ich hätte die Befehle befolgt...« Dem Kapitän blieb der Mund offenstehen.

Auf dem Bürgersteig unter der marsianischen Sonne kam ein junger, etwa sechsundzwanzigjähriger Mann auf ihn zu, groß, lächelnd, mit erstaunlich hellblauen Augen. »John!« rief der Mann und begann zu laufen.

»Was?« Kapitän John Black schwankte.

»John, alter Schurke!«

Der Mann kam heran, ergriff seine Hand und schlug ihm auf die Schulter.

»Bist du es wirklich?« fragte Kapitän Black.

»Natürlich, wer sonst?«

»Edward!« Der Kapitän, der noch immer die Hand des Fremden umklammert hielt, wandte sich an Lustig und Hinkston. »Das ist mein Bruder Edward. Ed, das sind zwei von meinen Leuten, Lustig und Hinkston. Mein Bruder!«

Sie klopften einander auf die Schulter, drückten sich die Hände und umarmten sich schließlich. »Ed!« — »John, alter Knabe!« — »Du siehst prächtig aus, Ed, aber was geht hier eigentlich vor? Du hast dich in all den Jahren überhaupt nicht verändert. Ich weiß noch, du bist mit sechsundzwanzig gestorben; damals war ich neunzehn. Himmel, so viele Jahre ist das her, und da stehst du plötzlich vor mir. Mein Gott, was geht hier vor?«

»Mama wartet«, sagte Edward Black lächelnd.

»Mama?«

»Und Paps natürlich auch.«

»Paps?« Der Kapitän zuckte wie unter einem Hammerschlag zusammen. Seine Bewegungen bekamen mit einemmal etwas Steifes, Unkontrolliertes. »Mama und Paps leben hier? Wo?«

»Im alten Haus an der Oak Knoll Avenue.«

»Das alte Haus.« Der Kapitän blickte in entzücktem Staunen um sich. »Lustig, Hinkston, haben Sie das gehört?«

Aber Hinkston war schon verschwunden. Er hatte weiter unten an der Straße das Haus seiner Familie entdeckt und lief darauf zu. Lustig lachte: »Merken Sie jetzt, Kapitän, was mit den Jungs in der Rakete passiert ist? Sie konnten einfach nicht anders.«

»Ja, ja.« Der Kapitän kniff die Augen zusammen. »Wenn ich jetzt die Augen wieder aufmache, bist du verschwunden.« Er blinzelte. »Du bist immer noch da. Himmel, Ed, wie *gut* du aussiehst!«

»Komm, das Mittagessen wartet. Ich habe Mama schon Bescheid gegeben.«

Lustig sagte: »Sir, wenn Sie mich brauchen, bin ich bei meinen Großeltern.«

»Was? O ja, natürlich, Lustig. Dann bis später.«

Edward nahm seinen Arm und zog ihn mit sich. »Da ist das Haus. Erinnerst du dich?«

»Und ob! Wetten, daß ich's als erster zur Veranda schaffe?«

Sie rannten los. Die Bäume brausten über Kapitän Blacks Kopf dahin, die Erde dröhnte ihm unter den Füßen. Wie in einem erstaunlich wirklichkeitsnahen Traum sah er Edwards leuchtende Gestalt an sich vorbeiziehen. Er sah das Haus auf sich zukommen, dessen Tür weit geöffnet war.

»Gewonnen!« rief Edward.

»Ich bin ja auch ein alter Mann«, sagte der Kapitän schweratmend, »und du bist immer noch jung. Aber erinnerst du dich — du hast mich sowieso immer geschlagen!«

Auf der Schwelle stand Mama, rosa, drall, strahlend. Hinter ihr, pfeffergrau, wartete Paps, die Pfeife in der Hand.

»Mama! Paps!«

Wie ein Kind rannte er die Stufen hoch.

Es war ein herrlicher langer Nachmittag. Nach dem späten Mittagessen saßen sie im Wohnzimmer, und er erzählte ihnen von seiner Rakete, und sie nickten und lächelten, und Mutter hatte sich überhaupt nicht verändert, und Paps biß wie früher das Ende seiner Zigarre ab und zündete sie nachdenklich an. Am Abend gab es Truthahn, und die Zeit verströmte nur so. Als die Schenkelknochen blankgenagt auf den Tellern lagen, lehnte sich der Kapitän zurück und seufzte befriedigt. Die Nacht hing in den Bäumen und färbte den Himmel, und die Lampen bildeten rosafarbene Lichthöfe im stillen Haus. Aus den anderen Häusern entlang der Straße tönte Türenschlagen und Lachen und Klavierspiel herüber.

Mama legte eine Platte auf die Victrola, und sie und Kapitän John Black tanzten. Sie hatte noch das gleiche Parfum wie damals in dem Sommer, als sie und Paps bei einem Zugunglück ums Leben kamen. Sie fühlte sich sehr wirklich an in seinen Armen und sie tanzten langsam im Takt der Musik. »Nicht jeden Tag«, sagte sie, »bekommt man eine zweite Chance zu leben.«

»Ich wache bestimmt morgen auf«, sagte der Kapitän, »und bin wieder in meiner Rakete, draußen im All — und das alles ist verschwunden.«

»Nein, das darfst du nicht glauben«, flehte sie leise. »Stell keine Fragen. Gott ist gut zu uns. Akzeptieren wir das Glück, das er uns schenkt.«

»Es tut mir leid, Mama.«

Die Melodie auf der Schallplatte ging mit kreiselndem Zischen zu Ende.

»Du bist bestimmt müde, mein Sohn.« Paps deutete mit der Pfeife nach oben. »Dein altes Zimmer wartet auf dich — auch dein Messingbett ist noch da.«

»Aber ich müßte meine Leute zusammentrommeln.«

»Warum?«

»Warum? Na ja, ich weiß nicht. Ist vielleicht nicht nötig. Ja, du hast recht. Sie essen wohl gerade oder sind schon im Bett. Es wird ihnen gut tun, wenn sie sich einmal richtig ausschlafen können.

»Gute Nacht, mein Sohn.« Mama gab ihm einen Kuß auf die Wange. »Es ist schön, daß du wieder zu Hause bist.«

»Es ist schön, wieder zu Hause zu sein.«

Er verließ das Land des Zigarrenrauchs und Parfums, das Land der Bücher und des weichen Lichts und ging im Gespräch mit Edward nach oben. Edward stieß eine Tür auf — und da waren das gelbe Messingbett und die alten Wimpel von der Universität und ein sehr verstaubter Waschbärenmantel, den er liebevoll betastete. »Das ist einfach zuviel«, sagte der Kapitän. »Ich bin betäubt und müde. Zuviel ist heute passiert. Es kommt mir vor, als wäre ich schon achtundvierzig Stunden in strömendem Regen ohne Schirm unterwegs. Ich bin bis auf die Haut mit Gefühlen durchtränkt.«

Edward schlug das schimmernd weiße Bett auf und beklopfte die Kissen. Er schob das Fenster hoch und ließ den nächtlichen Jasminduft herein. Draußen war Mondschein und leise Tanzmusik und Flüstern.

»Das ist also der Mars«, sagte der Kapitän während des Ausziehens.

»Das ist er.« Mit langsamen, abgewogenen Bewegungen folgte Edward seinem Beispiel; er zog sich das Hemd über den Kopf und enthüllte goldene Schultern und einen ausgeprägten, muskulösen Hals.

Das Licht war gelöscht; sie lagen nebeneinander im Bett wie in den guten alten Tagen. Vor wie vielen Jahrzehnten war das gewesen? Der Kapitän träumte vor sich hin und ließ den Jasminduft auf sich einwirken, der die Spitzenvorhänge in die dunkle Luft des Zimmers wölbte. Zwischen den Bäumen, irgendwo auf einem Rasen, hatte jemand einen tragbaren Fonographen in Betrieb gesetzt, der leise ›Immer‹ spielte.

Da mußte er an Marilyn denken.

»Ist Marilyn hier?«

Sein Bruder, der ausgestreckt im Mondlicht, das zum Fenster hereinfiel, neben ihm lag, antwortete nicht sofort. Schließlich sagte er: »Ja. Sie ist nur nicht in der Stadt, sie kommt morgen früh.«

Der Kapitän schloß die Augen. »Ich möchte Marilyn sehr gern wiedersehen.«

Jetzt waren nur noch die Atemzüge der Männer zu hören.

»Gute Nacht, Ed.«

Eine Pause. »Gute Nacht, John.«

Entspannt lag er im Bett und ließ seine Gedanken wandern. Zum erstenmal streifte er die Anspannungen des Tages ab; er konnte wieder logisch denken. Eine große Gefühlsduselei war das gewesen heute. Die Kapelle, die bekannten Gesichter. Doch jetzt...

Wie nur? fragte er sich. Wie wurde das alles bewirkt? Und warum? Zu welchem Zweck? War hier irgendeine überirdische Güte am Werk? War Gott wirklich so fürsorglich? Wie und warum denn nur?

Er überdachte die verschiedenen Theorien, die Hinkston und Lustig in der ersten Hitze des Nachmittags geäußert hatten. Alle möglichen Theorien ließ er wie Kiesel durch seinen Geist fallen und im Drehen kleine gedämpfte Lichtblitze ausstrahlen. Mama. Paps. Edward. Erde. Mars. Marsianer.

Wer hatte vor tausend Jahren hier auf dem Mars gelebt? Oder war der Planet schon immer so gewesen?

Marsianer. Lautlos und langsam sagte er das Wort noch einmal vor sich hin. Fast hätte er laut aufgelacht, denn plötzlich war ihm eine ganz lächerliche Theorie eingefallen, die ihn mit merkwürdiger Kälte erfüllte. Nichts wirklich Greifbares, natürlich. Höchst unwahrscheinlich sogar. Blödsinnig. Vergiß das wieder. Lächerlich.

Aber, dachte er, *wenn nun doch...* Nimm einmal an, daß tatsächlich Marsianer auf dem Mars lebten, die unser Schiff kommen sahen und die uns darin sahen und die uns haßten. Nimm einmal an, einfach nur so, daß sie uns vernichten wollten, als Invasoren, als unerwünschte Eindringlinge, und daß sie es ganz geschickt anstellen wollten, damit wir nichts merkten. Und was war die beste Waffe eines Marsianers gegen Menschen von der Erde, die Atomwaffen mit sich führten?

Die Antwort war sehr interessant: Telepathie. Hypnose, Erinnerungen und Fantasie.

Nimm einmal an, all diese Häuser sind gar nicht wirklich vorhanden, ebensowenig wie dieses Bett — nimm einmal an, das alles hier sind nur Fantasieprodukte, denen die Marsianer durch Hypnose scheinbar Substanz verliehen haben. Nimm einmal an, diese Häuser besitzen in Wirklichkeit eine *andere* Form, irgendeine marsianische Form, und die Marsianer haben ihrer Siedlung — meinen Sehnsüchten und Wünschen folgend — das Gesicht *meiner* alten Heimatstadt gegeben und mein altes Haus wiedererstehen lassen, damit ich nicht mißtrauisch werde. Wie könnte man einen Mann besser übertölpeln, als durch seine eigene Mutter und seinen eigenen Vater, die man ihm als Köder hinhielt?

Und die Stadt, so alt, aus dem Jahr 1926 — älter als *alle* meine Männer. Aus einem Jahr, in dem ich sechs war und es tatsächlich Aufnahmen von Harry Lauder gab und Bilder von Maxwell Parrish an den Wänden, und Schnurvorhänge und ›Schönes Ohio‹ und Architektur der Jahrhundertwende. Wenn nun die Marsianer die Erinnerungen an eine Stadt ausschließlich von mir übernommen hätten? Es heißt ja, daß Kindheitserinnerungen stets sehr deutlich sind. Und als sie dann die Stadt aus meinem Gedächtnis erbaut hatten, bevölkerten sie sie mit den liebsten Angehörigen aus den Erinnerungen der Männer in der Rakete!

Und wenn nun die beiden Leute nebenan gar nicht mein Vater und meine Mutter wären, sondern zwei Marsianer, die mich unglaublich geschickt in meiner Traumhypnose halten können!

Und diese Blaskapelle! Was für ein verblüffender, wunderbarer Plan das wäre! Zuerst Lustig täuschen, dann Hinkston, dann eine Menschenmenge zusammenrufen, woraufhin seine Männer beim Anblick von Müttern, Tanten, Onkeln und Freundinnen, die schon zehn, zwanzig Jahre tot waren, natürlich sämtliche Befehle mißachteten und eiligst das Schiff verließen. Was wäre natürlicher? Was schiene harmloser? Was wäre wirkungsvoller? Ein Mann stellt keine kritischen Fragen, wenn seine Mutter plötzlich wieder ins Leben tritt; er ist viel zu glücklich darüber. Und da liegen wir nun heute nacht, dachte er, einzeln, jeder in einem anderen Haus, in einem anderen Bett, waffenlos, schutzlos, und die Rakete steht leer im Mondlicht. Wäre es nicht eine entsetzliche Entdeckung, wenn all das zu einem teuflischen Plan der Marsianer gehörte, uns zu zerstreuen und zu überwältigen und zu töten? Irgendwann in der Nacht wird sich mein Bruder dort vielleicht verändern, sein menschlicher Körper wird sich auflösen, zu etwas anderem werden, zu etwas Entsetzlichem — zu einem Marsianer. Es wäre dann ein leichtes für ihn, sich im Bett herumzudrehen und mich zu erstechen. Und in den anderen Häusern an der Straße verändert sich ein Dutzend anderer Brüder oder Väter und nimmt Messer zur Hand und tut den ahnungslosen Schlafenden Böses an...

Unter der Decke hatten seine Hände zu zittern begonnen. Ihm war kalt. Plötzlich war das keine Theorie mehr. Plötzlich hatte er entsetzliche Angst.

Er richtete sich im Bett auf und lauschte. Es war sehr still draußen. Die Musik war verstummt. Der Wind hatte sich gelegt. Sein Bruder schlief neben ihm.

Vorsichtig hob er die Decke und schlug sie zurück. Er glitt aus dem Bett und schlich durch das Zimmer. Da fragte die Stimme seines Bruders: »Wohin willst du?«

»Was?«

Die Stimme seines Bruders klang ganz kalt. »Ich fragte, wohin du willst?«

»Etwas trinken.«

»Aber du bist ja gar nicht durstig.«

»Doch.«

»Nein, bist du nicht!«

Kapitän John Black fuhr herum und lief los. Er schrie einmal auf, dann ein zweites Mal.

Die Tür erreichte er nicht mehr.

Am nächsten Morgen spielte die Blaskapelle einen Trauermarsch. Aus den Häusern an der Straße kamen kleine feierliche Prozessionen, die die Särge begleiteten, und die sonnige Straße herab kamen weinend die Großmütter und Mütter und Schwestern und Brüder und Onkeln und Väter und gingen zum Friedhof, wo schon die frisch ausgehobenen Gräber und die neuen Grabsteine warteten. Sechzehn Gräber waren es, und sechzehn Grabsteine.

Der Bürgermeister hielt eine kurze traurige Rede, wobei sein Gesicht nur noch zeitweise wie das des Bürgermeisters aussah.

Mutter und Vater Black waren ebenfalls zur Stelle, und Bruder Edward, und sie weinten, und ihre Gesichter zerschmolzen und nahmen eine andere, unvertraute Form an.

Auch Opa und Oma Lustig waren auf dem Friedhof und weinten, und ihre Gesichter zerflossen wie Wachs und flimmerten, so wie an einem heißen Tag alles flimmert.

Die Särge wurden in die Gräber gesenkt. Jemand murmelte etwas von dem »plötzlichen, unerwarteten Tod von sechzehn guten Männern in der Nacht...«

Erde dröhnte auf den Sargdeckeln.

Die Blaskapelle spielte ›Columbia, du Stern des Ozeans‹, marschierte lärmend wieder in die Stadt, und alle nahmen den Tag frei.

Juni 2001: Scheint der Mond in heller Pracht

Als sie aus der Rakete in die Nacht hinaustraten, war es so kalt, daß Spender sofort etwas trockenes marsianisches Holz sammelte und ein kleines Feuer anzündete. Von einer Feier sagte er nichts; er las nur Holz auf, zündete es an und beobachtete die Flammen.

In dem Licht, das die dünne Luft über dem ausgetrockneten Marsmeer erhellte, blickte er sich um und sah die Rakete, die die Männer — Kapitän Wilder und Cherokee und Hathaway und Sam Parkhill und ihn selbst — durch das stumme schwarze All der Sterne auf diese tote Traumwelt getragen hatte.

Jeff Spender wartete auf den Lärm. Er beobachtete die anderen und wartete darauf, daß sie herumtollten, die Arme hochwarfen und losbrüllten. Das mußte unweigerlich geschehen, sobald das betäubende Gefühl, auf dem Mars die ›ersten‹ zu sein, abklang. Niemand sagte etwas, aber viele hofften vielleicht, daß die anderen Expeditionen fehlgeschlagen waren und daß diese Landung, die vierte, die entscheidende sein würde. Sie hofften das nicht im Bösen; gleichwohl dachten sie daran, dachten an die Ehre und den Ruhm, während sich ihre Lungen an die dünne Atmosphäre gewöhnten, die einen fast trunken machte, wenn man sich zu schnell bewegte.

Biggs trat an das frisch angezündete Feuer und fragte: »Warum nehmen wir nicht das chemische Feuer aus dem Schiff anstelle des Holzes?«

»Ist doch egal«, sagte Spender ohne aufzusehen.

Es wäre nicht recht, am ersten Abend auf dem Mars ein lautes Geräusch zu machen oder ein seltsames, dummes, helles Ding wie ein Heizgerät in diese Landschaft zu stellen. Das wäre eine Art importierte Blasphemie. Dafür war später noch Zeit; für leere Kondensmilch-Dosen, die in den stolzen Marskanälen schwammen, für Exemplare der *New York Times*, die über die Einöde der grauen marsianischen Meeresgründe tanzten und raschelten; für Bananenschalen und Picknickreste in den zierlich verästelten Ruinen der uralten marsianischen Städte in den Tälern. Unendlich viel Zeit blieb für diese Dinge. Und bei dem Gedanken durchfuhr ihn ein leiser Schauder.

Er nährte das Feuer, legte mit der Hand nach, und es war wie ein Opfer, das er einem toten Riesen darbrachte. Sie waren auf einem gewaltigen Grab gelandet. Hier war eine Zivilisation gestorben, und es war einfach eine Sache des Anstands, die erste Nacht ruhig zu verbringen.

»Das ist doch keine Feier!« Biggs wandte sich an Kapitän Wilder. »Sir, vielleicht könnten wir Ginrationen ausgeben und die Sache etwas in Schwung bringen.«

Kapitän Wilder blickte zu der toten Stadt hinüber, die eine Meile von ihnen entfernt lag. »Wir sind alle müde«, sagte er leise, als hätte er seine ganze Aufmerksamkeit auf die Stadt konzentriert und dabei seine Männer vergessen. »Morgen abend vielleicht. Heute sollten wir uns freuen, daß wir die lange Reise durchs All ohne Meteoreinschlag oder Todesfall in der Mannschaft hinter uns gebracht haben.«

Die Männer bewegten sich unruhig. Es waren insgesamt zwanzig, die dicht beieinander standen und ihre Waffen betasteten, die sie am Gürtel trugen. Spender beobachtete sie. Sie waren unzufrieden. Sie hatten für eine große Sache ihr Leben riskiert. Jetzt wollten sie sich betrinken und ihre Waffen abschießen, um sich zu beweisen, was für Kerle sie waren — Kerle, die ein Loch ins All gerissen und in einer Rakete den ganzen Weg zum Mars zurückgelegt hatten.

Doch niemand brüllte.

Der Kapitän erteilte leise einen Befehl. Einer der Männer lief ins Schiff und holte Dosenrationen, die leise geöffnet und verteilt wurden. Nun begannen auch die ersten Gespräche. Der Kapitän setzte sich und schilderte den Männern noch einmal die Reise. Sie kannten zwar schon jede Einzelheit, aber es war gut, das alles noch einmal zu hören, etwas, das ein für allemal vorbei und abgetan war. Von der Rückreise wollte noch niemand sprechen; einer kam darauf, wurde jedoch schnell zum Schweigen gebracht. Die Löffel bewegten sich im Licht der beiden Monde; das Essen schmeckte gut und der Wein womöglich noch besser.

Ein Feuerstrahl fuhr über den Himmel, und gleich darauf landete die Hilfsrakete auf der anderen Seite des Lagers. Spender beobachtete, wie sich die kleine Luke öffnete und Hathaway, der Arzt-Geologe — sämtliche Männer versahen Doppelfunktionen, um auf der Reise Platz zu sparen, — heraustrat. Er kam langsam auf den Kapitän zu.

»Nun?« fragte Kapitän Wilder.

Hathaways Blick schweifte zu den fernen Städten, die im Sternenlicht blinkten. Nachdem sich seine Augen an die Dunkelheit gewöhnt hatten, sagte er stockend. »Die Stadt dort drüben, Kapitän, ist tot — und zwar seit vielen tausend Jahren. Das gleiche gilt für die drei Städte in den Bergen. Die fünfte Stadt aber, Sir, zweihundert Meilen weiter...«

»Was ist damit?«

»Da haben noch letzte Woche Leute gelebt, Sir.«

Spender stand auf.

»Marsianer«, sagte Hathaway.

»Wo sind sie jetzt?«

»Tot«, sagte Hathaway. »Ich bin in ein Haus gegangen. Ich glaubte, es wäre seit Jahrhunderten tot und verlassen wie die anderen Städte und Häuser. Mein Gott, aber es waren Leichen darin. Wie ein Haufen Herbstlaub, wie Stöcke und Reste verbrannter Zeitungen, das ist alles. Und noch ganz frisch. Sie waren höchstens zehn Tage tot.«

»Haben Sie auch in anderen Städten nachgeforscht? Haben Sie *überhaupt* etwas Lebendiges gesehen?«

»Nichts. Ich habe mich in den anderen Städten umgesehen. Von fünf Städten sind vier seit vielen tausend Jahren leer. Was mit den ursprünglichen Einwohnern geschehen ist, weiß ich nicht. Aber in der fünften Stadt fanden wir überall das gleiche. Leichen, Tausende von Leichen.«

»Woran sind sie gestorben?« Spender trat vor.

»Sie werden es mir nicht glauben.«

»Was hat sie umgebracht?«

Hathaway sagte schlicht: »Die Windpocken.«

»Um Gottes willen, nein!«

»Ja. Ich habe Versuche gemacht. Zweifelsfrei Windpocken. Die haben den Marsianern etwas angetan, wogegen die Menschen auf der Erde immun sind. Ihr Metabolismus muß anders reagiert haben. Sie sind schwarz, ausgebrannt und zu zerbrechlichen Fladen vertrocknet. Trotzdem sind es die Windpocken. York oder Kapitän Williams oder Kapitän Black müssen also doch durchgekommen sein, zumindest eine der drei Expeditionen. Gott allein weiß, was aus ihnen geworden ist. Auf jeden Fall wissen wir, welche unbeabsichtigten Folgen ihr Besuch für die Marsianer gehabt hat.«

»Und Sie haben nirgendwo Leben festgestellt?«

»Es besteht die Möglichkeit, daß ein paar Marsianer in die Berge entkommen sind, wenn sie es rechtzeitig gemerkt haben. Aber ich möchte wetten, daß sie zahlenmäßig kein Problem für uns sind. Der Planet ist am Ende.«

Spender wandte sich um, setzte sich ans Feuer und starrte in die Flammen. Windpocken. Himmel, Windpocken, stell dir vor! Eine Rasse entwickelt sich über einen Zeitraum von einer Million Jahren, bildet sich fort, baut Städte wie die dort drüben, tut alles, um in Selbstrespekt und Schönheit leben zu können, und dann stirbt sie. Ein Teil stirbt langsam aus, von Natur, in Würde, vor unserer Ankunft. Aber der Rest? Stirbt die übriggebliebene Marsbevölkerung an einer Krankheit mit einem schönen oder entsetzlichen oder majestätischen Namen? Nein, um alles in der Welt. Ausgerechnet Windpocken müssen es sein, eine Kinderkrankheit, eine Krankheit, an der auf der Erde nicht einmal *Kinder* sterben! Das ist ungerecht! Das ist nicht fair! Es ist, als wollte man sagen, die Griechen seien an Mumps gestorben oder die Römer an einem Hautausschlag zugrunde gegangen. Wenn wir den Marsianern nur Zeit gelassen hätten, sich selbst auf ihr Totenlager zu betten und sich eine andere, *würdevollere* Todesursache zu suchen! Eine so dämliche, unscheinbare Krankheit wie die Windpocken *kann* einfach nicht an ihrem Tod schuld sein! Es paßt nicht zur Architektur; es paßt nicht zu der ganzen Welt!

»Gut, Hathaway, nehmen Sie sich was zu essen.«

»Danke, Kapitän.«

Und damit war es schon vergessen. Die Männer sprachen leise miteinander.

Spender wandte nicht den Blick von der Gruppe. Er hielt den Teller in der Hand und rührte das Essen nicht an. Er spürte, wie das Land ringsum kälter wurde. Die klar schimmernden Sterne rückten näher.

Wenn jemand zu laut sprach, gab der Kapitän seine Antwort so leise, daß die anderen unwillkürlich leiser wurden.

Ein sauberer, frischer Duft lag in der Luft. Spender saß lange Zeit und genoß die Luft und ihre Zusammensetzung. Sie trug viele Gerüche mit sich, die er nicht identifizieren konnte. Sie roch nach Blumen, Chemikalien, Staubkörnern, Wind.

»Und dann das Wochenende in New York, als ich die Blonde hatte, wie hieß sie doch gleich? — Ginnie!« brüllte Biggs. »Das war ein Knüller!«

In Spender verkrampfte sich etwas. Seine Hand begann zu zittern. Seine Augen bewegten sich hinter den dünnen, kahlen Lidern.

»Und da sagt diese Ginnie zu mir...«, rief Biggs.

Die Männer brüllten vor Lachen.

»Also geb' ich ihr eins über!« rief Biggs, eine Flasche in der Hand.

Spender stellte seinen Teller hin. Er lauschte dem Wind, der ihm über die Ohren strich, kühl und flüsternd. Er betrachtete das funkelnde Eis der weißen Marsgebäude drüben auf dem leeren Meeresgrund.

»Was für eine Frau! Was für eine Frau!« Biggs leerte die Flasche in seinen breiten Mund. »Die tollste Frau, die ich je hatte!«

Biggs Schweißgeruch lag in der Luft. Spender ließ das Feuer ausgehen. »He, fach es wieder an, Spender!« sagte Biggs und sah ihn einen Augenblick von der Seite an, ehe er sich wieder seiner Flasche zuwandte. »Also, eines Abends gehen Ginnie und ich...«

Ein Mann namens Schoenke holte sein Akkordeon hervor und vollführte einen Steptanz, bei dem ringsum der Staub hoch aufwirbelte.

»Juchuu — ich lebe!« brüllte er.

»Jaa!« schrien die Männer. Sie warfen ihre leeren Teller hin. Drei stellten sich nebeneinander und mimten laut scherzend die Chormädchen. Die anderen klatschten in die Hände und brüllten, als wollten sie ein Abenteuer provozieren. Cherokee zog sein Hemd aus, tanzte und zeigte seine verschwitzte nackte Brust. Das Mondlicht lag auf seinem Bürstenhaarschnitt und seinen jungen glattrasierten Wangen.

Auf dem Meeresgrund trieb der Wind dünne Nebel vor sich her, und von den Bergen schauten große Steingesichter auf die silbrige Rakete und das kleine Feuer herab.

Der Lärm wurde noch lauter, noch mehr Männer sprangen auf, jemand blies eine Mundharmonika und ein anderer auf einem Kamm. Es wurden weitere zwanzig Flaschen geöffnet und ausgetrunken. Biggs stolperte hin und her und dirigierte die tanzenden Männer mit wilden Handbewegungen.

»Los, Sir, machen Sie mit!« rief Cherokee dem Kapitän mitten in einem Lied zu.

Der Kapitän mußte mittanzen, obwohl es ihm widerstrebte. Sein Gesicht blieb nüchtern, feierlich. Spender beobachtete ihn und dachte: Du armer Mann, was für eine Nacht! Sie wissen nicht, was sie tun. Man hätte ihnen, ehe sie zum Mars flogen, ein Orientierungsprogramm verpassen sollen, damit sie sich hier ein paar Tage vernünftig bewegen und richtig verhalten konnten.

»Das reicht.« Der Kapitän hörte auf zu tanzen und setzte sich mit der Bemerkung, er wäre erschöpft. Spender warf einen Blick auf die Brust des Kapitäns. Sie bewegte sich nicht sehr schnell. Auch war auf seinem Gesicht kaum Schweiß zu sehen.

Akkordeon, Mundharmonika, Wein, Schreien, Hüpfen, Heulen, Rundtanz, Pfannengeklapper, Gelächter.

Biggs schwankte zum Ufer des Marskanals. Er schleppte sechs leere Flaschen mit und warf sie nacheinander in das tiefblaue Wasser des Kanals. Beim Sinken erzeugten sie leere, hohle, gluckernde Geräusche.

»Ich taufe dich, ich taufe dich, ich taufe dich...«, sagte Biggs mit schwerer Zunge. »Ich taufe dich Biggs, Biggs, Biggs-Kanal...«

Ehe sich jemand rühren konnte, war Spender aufgesprungen

und hatte sich über das Feuer hinweg auf Biggs gestürzt. Er versetzte Biggs einen Schlag an den Mund und einen zweiten Schlag aufs Ohr. Biggs verlor das Gleichgewicht und fiel in den Kanal. Nach dem Aufklatschen wartete Spender schweigend darauf, bis Biggs wieder an das steinerne Ufer kroch. Als es soweit war, hatten ihn die anderen Männer bereits gepackt.

»He, was ist denn mit dir los, Spender?« fragten sie.

Biggs arbeitete sich hoch und stand tropfend vor ihm. Er sah die Männer, die Spender festhielten. »Na dann«, sagte er und setzte sich in Bewegung.

»Jetzt reicht's!« fuhr Kapitän Wilder dazwischen. Die Männer ließen Spender los. Biggs blieb stehen und sah den Kapitän prüfend an.

»Schon gut, Biggs, ziehen Sie sich etwas Trockenes an. Die anderen machen mit der Party weiter. Spender, Sie kommen mit!« sagte er.

Die Männer stürzten sich wieder in ihre Party. Wilder entfernte sich ein Stück von den anderen und wandte sich an Spender. »Vielleicht erklären Sie mir mal, was da eben los war«, sagte er.

Spender schaute zum Kanal hinüber. »Ich weiß nicht. Ich schämte mich. Wegen Biggs und dem Krach — eben unseretwegen. Himmel, was für ein Schauspiel!«

»Es war eine lange Reise. Die Leute müssen sich mal austoben.«

»Wo ist aber ihr Respekt geblieben, Sir? Wo ihr Sinn für das rechte Maß?

»Spender, Sie sind müde und Sie sehen die Dinge sowieso anders. Macht fünfzig Dollar Strafe.«

»Jawohl, Sir. Mir machte nur der Gedanke zu schaffen, daß *die* hier sehen, wie närrisch wir uns aufführen.«

»*Die?«* fragte Wilder verwundert.

»Die Marsianer, ob sie nun tot sind oder nicht.«

»Aber ganz bestimmt sind sie tot«, sagte der Kapitän. »Glauben Sie, daß sie von unserem Besuch wissen?«

»Weiß das Alte nicht stets, wenn etwas Neues kommt?«

»Ja, vermutlich. Man könnte aber fast annehmen, Sie glauben an Geister.«

»Ich glaube an die Dinge, die tatsächlich vollbracht worden sind, und es gibt Beweise für viele vollbrachte Taten auf dem Mars. Es gibt Straßen und Häuser, und ich denke mir, daß es auch Bücher und große Kanäle und Uhren und Gebäude gibt, in denen vielleicht keine Pferde, aber andere Haustiere untergebracht waren — vielleicht mit zwölf Beinen, wer will das wissen? Wohin ich auch schaue, sehe ich Dinge, die in *Benutzung* gewesen sind. Die jahrhundertelang angefaßt und herumgereicht wurden.

Ja, wenn Sie mich fragen, ob ich an das Wesen der Dinge glaube, die hier in Gebrauch gewesen sind, werde ich das bejahen. Sie sind hier überall. All die Dinge, die einmal einen Zweck hatten. All die Berge, die Namen hatten. Wir werden nichts in Gebrauch nehmen können, ohne dabei ein ungutes Gefühl zu haben. Und irgendwie werden sich die Namen der Berge niemals richtig anhören; wir geben ihnen zwar neue Namen, doch die alten Bezeichnungen sind noch vorhanden, irgendwo in der Zeit verschüttet, und die Berge wurden unter diesen alten Namen geformt und angeschaut. Die Namen, die wir den Kanälen und Bergen und Städten geben, werden vom Wesen des Mars abgleiten wie Wasser vom Gefieder einer Ente. Wie sehr wir auch den Mars in Besitz nehmen werden, wir werden ihn niemals wirklich berühren. Und dann wird uns der Ärger überkommen, und wissen Sie, was wir dann tun? Wir werden ihn umkrempeln, werden ihm die Haut abziehen und ihn nach unseren Bedürfnissen verändern.«

»Wir werden den Mars nicht zugrunde richten«, sagte der Kapitän. »Er ist zu groß und zu gut.«

»Oh, glauben Sie? Wir Menschen haben ein besonderes Talent, große, schöne Dinge zugrunde zu richten. Daß wir nicht mitten im ägyptischen Karnak-Tempel Würstchenbuden errichteten, lag allein daran, daß er zu abgelegen war und keinen wesentlichen kommerziellen Wert hatte. Dabei ist Ägypten nur ein kleiner Teil der Erde. Aber hier ist alles anders, der ganze Planet ist alt und anders, und wir werden uns irgendwo niederlassen und mit der Verpestung beginnen. Wir werden den Kanal Rockefellerkanal und den Berg King-George-Berg und den See den Dupontsee nennen, und es wird Städte geben, die Roosevelt und Lincoln und Coolidge heißen — und das alles wird niemals stimmen, da es eben doch nicht die richtigen Namen für diese Berge und Seen, Kanäle und Städte sind.«

»Das wäre dann Ihre Arbeit als Archäologe. Sie müssen die alten Namen herausfinden, die wir dann gebrauchen werden.«

»Ein paar Leute gegen die ganzen kommerziellen Interessen.« Spender sah zu den eisernen Bergen hinüber. »*Die* wissen, daß wir heute abend hier sind, um ihre Ruhe zu stören, und ich kann mir vorstellen, daß sie uns hassen.«

Der Kapitän schüttelte den Kopf. »Hier gibt es keinen Haß.« Er lauschte in den Wind. »Nach ihren Städten zu urteilen, waren sie ein schönes und philosophisches Volk. Sie akzeptierten, was auf sie zukam. Sie nahmen den Tod ihrer Rasse hin, das wissen wir zumindest, und zwar ohne Verzweiflungskrieg in letzter Minute, der noch ihre Städte in Schutt und Asche gelegt hätte. Bis jetzt ist jede Stadt, die wir gesehen haben, völlig intakt gewesen. Wahrscheinlich stehen sie uns so wenig ablehnend gegenüber wie Kindern, die auf ihrem Rasen spielen und deren Wesen sie kennen und verstehen. Ganz abgesehen davon werden *wir* vielleicht noch zum Guten verändert.

Haben Sie die seltsame Stille unter den Männern bemerkt, Spender, ehe Biggs ihnen seine Fröhlichkeit aufzwang? Sie sahen recht bescheiden und erschreckt aus. Im Angesicht all dieser Relikte erkennen wir, daß es mit uns gar nicht so weit her ist; wir sind doch nur windelbepackte Kinder, die laut und unbekümmert mit Raketen und Atomen spielen. Aber eines Tages wird auch die Erde so sein wie der Mars heute. Diese Erkenntnis wird uns ernüchtern, eine Lektion in Zivilisation aus erster Hand. Wir werden vom Mars lernen. Und jetzt Kopf hoch und zurück ins lustige Spiel. Die Fünfzig-Dollar-Strafe gilt.«

Mit der Party stand es nicht allzu gut. Der Wind wehte von der toten See herein. Er umstrich die Männer und umstrich den Kapitän und Jeff Spender, die zur Gruppe zurückkehrten. Der Wind wehte den Staub auf und zerrte an der schimmernden Rakete und zerrte am Akkordeon, und der Staub drang in die verbogene Mundharmonika. Der Staub geriet den Männern in die Augen, und der Wind legte einen hohen singenden Ton in die Luft. So plötzlich wie er gekommen war, erstarb er wieder.

Aber auch die Party war gestorben.

Die Männer standen steif vor dem dunklen, kalten Himmel.

»Los, Herrschaften, weiter!« Biggs kletterte munter aus dem Schiff; er hatte eine frische Uniform angezogen und mied Spenders Blick. Seine Stimme verlor sich wie in einem leeren Saal. Sie war mit einemmal allein. »Los doch!« ermunterte er seine Kameraden.

Niemand rührte sich.

»Mach schon, Whitie, deine Mundharmonika!«

Whitie blies einen Akkord, der sich komisch und falsch anhörte. Whitie wischte seine Harmonika ab und steckte sie in die Tasche.

»Was für'ne Party soll denn das sein?« wollte Biggs wissen.

Jemand drückte das Akkordeon zusammen. Das Instrument gab einen klagenden Laut von sich wie ein sterbendes Tier. Das war alles.

»Na gut, dann mach ich mit meiner Pulle eben allein weiter.« Biggs lehnte sich an die Rakete und trank aus seiner Flasche.

Spender beobachtete ihn. Lange Zeit rührte er keinen Muskel. Dann krochen seine zitternden Finger langsam an seinem Bein entlang zu der Pistole im Halfter und streichelten und beklopften die Lederklappe.

»Wer Lust hat, kann mit mir in die Stadt kommen«, verkündete der Kapitän. »Wir lassen bei der Rakete eine Wache zurück und nehmen vorsichtshalber unsere Waffen mit.«

Die Männer zählten ab. Vierzehn wollten mit, einschließlich Biggs, der sich lachend und seine Flasche schwenkend in die Gruppe einordnete. Sechs blieben zurück.

»Los geht's!« brüllte Biggs.

Die Gruppe marschierte schweigend ins Mondlicht hinaus und näherte sich den Außenbezirken der träumenden toten Stadt unter dem dahineilenden Doppelmond. Die Männer hatten zwei Schatten. Minutenlang atmeten sie überhaupt nicht, oder glaubten nicht zu atmen, während sie darauf warteten, daß sich etwas in der toten Stadt rührte, daß sich eine graue Gestalt erhob, irgendein alter geschichtsträchtiger Schemen, der auf einem alten gepanzerten Roß von unmöglichem, unglaublichem Geschlecht über den leeren Seegrund herangaloppierte.

Spender belebte die Straße mit Gestalten seiner Fantasie. Wie blaue Nebel bewegten sich Figuren durch die gepflasterten Gassen, und da waren murmelnde Geräusche und seltsame Tiere, die über den grauroten Sand huschten. Jedes Fenster füllte er mit einer Person, die sich herauslehnte und langsam, wie in einem zeitlosen Gewässer, irgendeiner sich bewegenden Form in den Tiefen unter den mondversilberten Türmen zuwinkte. Ein inneres Ohr vernahm Musik, und Spender versuchte sich die Form der Instrumente vorzustellen, die solche Töne hervorbringen konnten. Das Land war voller Gespenster.

»He!« brüllte Biggs hochaufgerichtet, die Hände als Schalltrichter um den Mund gelegt. »He, ihr Leute da in der Stadt!«

»Biggs!« sagte der Kapitän.

Biggs verstummte.

Sie gingen eine gepflasterte Straße entlang. Sie flüsterten nur noch, denn es war, als würden sie eine gewaltige offene Bibliothek oder ein Mausoleum betreten, in dem nur der Wind am Leben war und über dem die Sterne leuchteten. Der Kapitän sprach leise. Er überlegte, was aus den Einwohnern geworden sein mochte und wie sie wohl gewesen waren und welche Könige sie gehabt hatten und wie sie gestorben waren. Und er stellte leise die Frage, wie sie diese Stadt hatten bauen können, die so lange Zeit erhalten geblieben war, und ob sie wohl jemals zur Erde vorgedrungen waren. Waren sie vielleicht vor zehntausend Jahren die Vorfahren von Erdmenschen gewesen? Und hatten sie ähnlich geliebt und gehaßt wie wir und ähnlich dumme Dinge getan, wenn solche Dinge getan werden?

Niemand bewegte sich. Der Mondschein umfing sie und hielt sie gefangen; der Wind strich leise an ihnen vorbei.

»Lord Byron«, sagte Jeff Spender.

»Lord wer?« Der Kapitän drehte sich um und sah ihn an.

»Lord Byron, ein Dichter des neunzehnten Jahrhunderts. Er hat vor langer Zeit ein Gedicht geschrieben, das zu dieser Stadt paßt und dazu, wie den Marsianern jetzt zumute sein muß, wenn überhaupt noch welche am Leben sind. Die Verse könnten fast vom letzten marsianischen Dichter stammen.«

Die Männer standen reglos auf ihren Schatten.

Der Kapitän sagte: »Und wie lautet das Gedicht, Spender?«

Spender geriet in Bewegung und streckte den Arm aus, als müsse er in sein Gedächtnis greifen, um die Worte einzufangen; dann kam die Erinnerung, und mit leiser Stimme sagte er langsam die Verse auf, und die Männer lauschten:

Laß uns jetzt zur Ruhe kommen,
Es ist spät schon in der Nacht,
Hat die Lieb' uns auch benommen,
Scheint der Mond in heller Pracht.

Die Stadt war grau und reglos und ragte hoch auf. Die Gesichter der Männer waren dem Licht zugewandt.

Nutzt das Schwert die Scheide ab,
So die Seele meine Brust,
Ruhe, Herz, das ihn mir gab,
Ruhe jetzt, du Liebeslust.

Lieb' ist zwar die Nacht beschieden,
Vor der nahe Tag erwacht,
Doch sei Ruhe nun und Frieden,
Scheint der Mond in heller Pracht.

Stumm standen die Erdenmenschen im Zentrum der Stadt. Es war eine klare Nacht. Kein Geräusch war zu hören außer dem

Säuseln des Windes. Zu ihren Füßen erstreckte sich ein mit Mosaiken geschmückter Hof mit den Darstellungen seltsamer Tiere und Gestalten. Sie schauten darauf hinab.

Biggs stieß einen erstickten Laut aus. Seine Augen waren stumpf. Er hob die Hände an den Mund, würgte, schloß die Augen, beugte sich vor, und ein Schwall dicker Flüssigkeit schoß ihm in den Mund, strömte heraus, spritzte auf die Steine und besudelte die Kunstwerke. Zweimal brach es aus Biggs hervor. Ein scharfer saurer Geruch erfüllte die kühle Luft.

Niemand half Biggs, der sich immer wieder übergab.

Spender sah einen Augenblick lang zu. Dann wandte er sich um und entfernte sich in die Straßen der Stadt, allein im Mondlicht. Er drehte sich nicht um.

Sie kehrten um vier Uhr morgens zurück. Sie lagen auf Decken und schlossen die Augen und atmeten die stille Luft ein. Kapitän Wilder saß am Feuer und hielt es mit kleinen Holzstücken am Leben.

Zwei Stunden später öffnete McClure die Augen. »Wollen Sie nicht schlafen, Sir?«

»Ich warte auf Spender.« Der Kapitän lächelte schwach.

McClure überlegte. »Wissen Sie, Sir, ich glaube nicht, daß er überhaupt wiederkommt. Ich weiß nicht, woher ich das weiß, aber ich habe so ein merkwürdiges Gefühl, Sir; er kommt nicht wieder.«

McClure wälzte sich herum und schlief wieder ein. Das Feuer loderte kurz auf und erstarb.

Eine Woche verging, und Spender war nicht wiedergekommen. Der Kapitän schickte Suchtrupps aus, die jedoch zurückkehrten und sagten, sie wüßten nicht, wohin Spender verschwunden sein könnte. Er würde schon zurückkommen, wenn er dazu bereit wäre. Er sei sowieso ein Querkopf, sagten sie, ein chronischer Nörgler. Zur Hölle mit ihm!

Der Kapitän sagte nichts, trug jedoch alles in sein Logbuch ein...

Es war ein Morgen, der ein Montag oder Dienstag oder irgendein Tag hätte sein können. Biggs saß am Rand des Kanals und ließ die Füße ins kühle Wasser hängen, während er sein Gesicht der Sonne entgegenreckte.

Ein Mann kam das Ufer entlanggewandert und auf ihn zu, schließlich blieb der Mann stehen und warf seinen Schatten auf Biggs. Biggs blickte auf.

»Da soll mich doch... !« sagte Biggs.

»Ich bin der letzte Marsianer«, sagte der Mann und zog seine Waffe.

»Was hast du gesagt?« fragte Biggs.

»Ich bringe dich um.«

»Laß das. Was sollen diese Scherze, Spender?«

»Steh auf!«

»Um Himmels willen, steck die Kanone weg.«

Spender drückte nur einmal ab. Biggs saß noch einen Augenblick lang reglos da, ehe er vornüber kippte und ins Wasser fiel. Die Waffe hatte nur ein flüsterndes Summen ausgestoßen. Die Leiche trieb in der gleichgültig langsamen Kanalströmung. Sie machte ein hohles, gurgelndes Geräusch, das sofort wieder erstarb.

Spender steckte die Waffe wieder in den Halfter und ging lautlos weiter. Die Sonne schien auf den Mars herab. Er spürte, wie ihre Strahlen auf seinen Handrücken brannten und über seine Wangen glitten. Er rannte nicht; er ging langsam, als ob nichts Ungewöhnliches geschehen wäre. Er ging zur Rakete hinab, wo unter einem vom Koch errichteten Sonnenschutz einige Männer beim Frühstück saßen.

»Da kommt ja unser einsamer Wanderer«, sagte jemand.

»Hallo, Spender, lange nicht gesehen!«

Die vier Männer am Tisch betrachteten den schweigsamen Mann, der ihre Blicke erwiderte.

»Du und deine verdammten Ruinen«, lachte der Koch und rührte etwas Schwarzes in einem Krug. »Du stellst dich an wie ein Hund mit seinen vergrabenen Knochen.«

»Vielleicht«, sagte Spender, »habe ich dieses oder jenes herausgefunden. Was würdet ihr sagen, wenn ich euch versicherte, auf einen Marsianer gestoßen zu sein?«

Die vier Männer legten ihre Gabeln hin.

»Tatsächlich? Wo denn?«

»Lassen wir das. Ich möchte euch eine Frage stellen. Wie wäre euch als Marsianer zumute, wenn fremde Leute in euer Land eindrängen und es umzukrempeln begännen?«

»Das weiß ich genau«, sagte Cherokee. »Ich habe etwas Cherokee-Blut in den Adern. Mein Großvater hat mir viel über das Oklahoma-Gebiet erzählt. Wenn es da draußen wirklich einen Marsianer gibt, hat er mein volles Mitgefühl.«

»Und ihr anderen?« fragte Spender gespannt.

Niemand antwortete; das Schweigen war Antwort genug. Catch as catch can, greif zu, solange der Vorrat reicht, wenn dir jemand die Wange hinhält, schlag zu, und so weiter...

»Nun«, sagte Spender, »ich habe tatsächlich einen Marsianer gefunden.«

Die Männer starrten ihn aus zusammengekniffenen Augen an.

»Ganz oben in einer toten Stadt. Ich hätt's nicht für möglich gehalten. Ich habe nicht nach ihm gesucht. Ich weiß auch nicht, was er da wollte. Ich hatte etwa eine Woche in einem kleinen Tal gelebt und lernte, die alten Bücher zu lesen und die alten Kunstwerke zu betrachten. Und eines Tages sah ich den Marsianer. Er stand einen Moment da und war gleich darauf wieder verschwunden. Erst am nächsten Tag kam er zurück. Ich saß da und beschäftigte mich mit der alten Schrift, und da kam der Marsianer und rückte mir jedesmal ein Stückchen näher. Und an dem Tag, da ich die marsianische Sprache endlich entziffern konnte — es ist übrigens erstaunlich einfach, und man hat Bilddarstellungen zur Hilfe —, erschien der Marsianer vor mir und sagte: ›Gib mir deine Uniform und deine übrige Kleidung.‹ Und ich gab ihm alles, und dann sagte er: ›Gib mir deine Waffe‹, und ich gab ihm meine Waffe. Dann sagte er: ›Jetzt komm mit und sieh zu, was passiert.‹ Und der Marsianer ging geradewegs hierher ins Lager und ist jetzt hier.«

»Ich sehe keinen Marsianer«, sagte Cherokee.

NASA

»Es tut mir leid.«

Spender zog seine Pistole. Sie summte leise. Das erste Geschoß traf den Mann, der links am Tisch saß; die beiden nächsten fällten die Männer rechts und in der Mitte. Der Koch wandte sich entsetzt von seinem Feuer ab und bekam die vierte Kugel. Er stürzte rückwärts in die Flammen und rührte sich nicht mehr, während seine Kleidung Feuer fing.

Die Rakete stand in der Sonne. Drei Männer saßen beim Frühstück, die Hände und Gesichter auf dem Tisch, reglos, während das Essen vor ihnen kalt wurde. Cherokee, unverletzt, starrte Spender ungläubig und wie betäubt an.

»Du kannst mitkommen«, sagte Spender zu ihm.

Cherokee schwieg.

»Du kannst bei mir bleiben.« Spender wartete.

Schließlich gewann Cherokee wieder Gewalt über seine Zunge. »Du hast sie umgebracht«, keuchte er entsetzt und wagte es, die Männer ringsum anzuschauen.

»Sie haben es verdient.«

»Du bist ja wahnsinnig!«

»Vielleicht. Aber du kannst mitkommen.«

»Mitkommen, wozu?« schrie Cherokee mit aschfahlem Gesicht, während sich seine Augen mit Tränen füllten. »Los, los, verschwinde!«

Spenders Gesicht wurde starr. »Ich hätte angenommen, daß du von allen hier am ehesten verstehst...«

»Verschwinde!« Cherokee griff nach seiner Pistole.

Spender feuerte ein letztes Mal. Cherokee rührte sich nicht mehr.

Jetzt begann Spender zu schwanken. Er wischte sich mit der Hand über sein schwitzendes Gesicht. Er sah zur Rakete auf und begann plötzlich am ganzen Leibe zu zittern. Die körperliche Reaktion war so heftig, daß er sich kaum noch auf den Beinen halten konnte. Auf seinem Gesicht lag der Ausdruck eines Mannes, der aus einer Hypnose, aus einem entsetzlichen Traum erwacht. Er setzte sich einen Augenblick und befahl dem Zittern aufzuhören.

»Schluß! Schluß jetzt!« kommandierte er. Jede Faser seines Körpers vibrierte. »Schluß! Aufhören!« Mit ungeheurer Willenskraft bedrängte er seinen Körper, bis alles Zittern herausgepreßt war. Nun lagen seine Hände ruhig auf den reglosen Knien.

Er stand auf und schnallte sich mit umsichtigen Bewegungen einen tragbaren Versorgungstornister auf den Rücken. Einen Moment lang begann seine Hand wieder zu zittern, doch er sagte mit großer Entschlossenheit »Nein!«, und das Zittern verging. Dann marschierte er mit steifen Schritten in die Wüste hinaus, auf die heißen roten Hügel zu, allein.

Die Sonne brannte sich ihren Weg durch den Himmel. Eine Stunde später kletterte der Kapitän aus der Rakete, um sich Eier und Speck zu holen. Er wollte schon die vier Männer begrüßen, die am Tisch saßen, als er plötzlich innehielt und einen schwachen Brandgeruch wahrnahm. Er sah den Koch im Lagerfeuer liegen, und die vier anderen Männer saßen mit auf den Tisch gesunkenen Köpfen vor ihrem Essen, das kalt geworden war.

Gleich darauf kam Parkhill mit zwei anderen Männern heruntergeklettert. Der Kapitän stand ihnen im Weg, fasziniert von den stummen Männern und der Art, wie sie vor ihrem Frühstück saßen.

»Rufen Sie die anderen zusammen — alle«, sagte der Kapitän.

Parkhill rannte zum Kanalufer.

Der Kapitän berührte Cherokee. Cherokee drehte sich lautlos und fiel vom Stuhl. Die Sonne brannte in seinen kurzen Haaren und auf seinen hohen Backenknochen.

Die Männer kamen.

»Wer fehlt?«

»Nur Spender, wie gehabt. Biggs haben wir im Kanal gefunden.«

»Spender!«

Der Kapitän sah die Hügel, die sich im Tageslicht erhoben. Er verzog das Gesicht zu einer Grimasse, und die Sonne ließ seine Zähne aufblitzen. »Verdammt«, sagte er müde. »Warum ist er nicht gekommen und hat die Sache mit mir besprochen?«

»Er hätte mal mit *mir* sprechen sollen!« rief Parkhill mit blitzenden Augen. »Ich hätte ihm den verdammten Schädel zerschossen, bei Gott!«

Kapitän Wilder nickte zwei Männern zu. »Holen Sie die Schaufeln«, sagte er.

Es wurde ihnen sehr heiß beim Ausheben der Gräber. Ein warmer Wind wehte vom leeren See herüber und blies ihnen den Staub in die Gesichter, während der Kapitän die Seiten der Bibel umblätterte. Als der Kapitän das Buch schloß, begann einer der Männer den Sand mit langsamen Bewegungen auf die eingewickelten Gestalten hinabzuschaufeln.

Sie gingen zur Rakete zurück, ließen den Mechanismus ihrer Gewehre klicken, schnallten sich dicke Granaten auf den Rücken und überprüften die Pistolen in ihren Halftern. Jedem wurde ein Stück Hügel zugeteilt. Der Kapitän gab seine Befehle mit leiser Stimme und ohne die Hände zu bewegen, die wie tot an seinen Seiten herabhingen.

»Gehen wir«, sagte er.

Spender sah hier und dort im Tal die dünnen Staubfahnen aufsteigen und wußte, daß die Verfolgung organisiert und im Gange war. Er klappte das dünne Silberbuch zu, in dem er — entspannt auf einem flachen Felsen sitzend — gelesen hatte. Die Seiten des Buchs waren aus hauchdünnem reinem Silber und handgemalt in Schwarz und Gold. Das Buch behandelte eine zehntausend Jahre alte Philosophie, und er hatte es in einer Villa in irgendeiner marsianischen Talstadt gefunden. Widerstrebend legte er den Band zur Seite.

Eine Zeitlang hatte er gedacht: Was soll's? Ich bleibe sitzen und lese, bis sie kommen und mich erschießen.

Seiner ersten Reaktion auf das Erschießen der sechs Männer am Morgen waren eine betäubte Leere, dann Übelkeit und schließlich eine seltsame innere Ruhe gefolgt. Aber auch die friedliche Stimmung ging vorüber, denn er sah den Staub, der sich von den Füßen der Verfolger erhob, und er spürte, wie der Groll zurückkehrte.

Er trank einen Schluck kalten Wassers aus einer Gürtelflasche. Dann stand er auf, reckte sich, gähnte und lauschte auf das friedvolle Paradies des Tales. Wie schön es wäre, hier mit einigen Freunden von der Erde das Leben zu beschließen, ohne Lärm und Sorgen!

In der einen Hand trug er das Buch, mit der anderen hielt er die Pistole schußbereit. An einem kleinen, schnellen Bach voller weißer Kiesel zog er sich aus, watete hinein und wusch sich kurz. Er ließ sich Zeit, ehe er sich anzog und seine Waffe wieder zur Hand nahm.

Die Schießerei begann gegen drei Uhr nachmittags. Spender war nun schon hoch im Gebirge. Sie folgten ihm durch drei kleine marsianische Bergdörfer. Verstreut wie Kieselsteine, erhoben sich oberhalb der Orte einzelne Villen an schönen Stellen, wo alte Familien einen Bach oder ein grünes Fleckchen gefunden und ein gekacheltes Becken, eine Bibliothek und einen Innenhof mit pulsierender Fontäne angelegt hatten. Spender schwamm eine halbe Stunde in einem der Becken, das von den jahreszeitlich bedingten Niederschlägen gefüllt war, und wartete darauf, daß ihn seine Verfolger einholten.

Schüsse peitschten, als er die kleine Villa verließ. Terrassensteine splitterten zwanzig Fuß hinter ihm, explodierten. Er begann zu traben, suchte Deckung hinter einer Reihe kleiner Felsen, zielte sorgfältig und streckte mit seinem ersten Schuß einen der Männer nieder.

Spender wußte, daß sie nun ein Netz bilden würden, um ihn zu fangen, einen Kreis. Sie würden ihn umgehen und sich heranschleichen und ihn schließlich erwischen. Es war seltsam, daß die Granaten nicht eingesetzt wurden. Kapitän Wilder hätte ohne weiteres den Befehl geben können.

Aber ich bin viel zu nett, um in Stücke gerissen zu werden, dachte Spender. Das ist jedenfalls die Meinung des Kapitäns. Er will mich haben, aber nur mit *einem* Loch im Körper. Ist das nicht komisch? Er will, daß mein Tod eine saubere Sache ist und keine Schweinerei. Warum? Weil er mich versteht. Und weil er mich versteht, ist er bereit, gute Männer aufs Spiel zu setzen, damit ich nur einen sauberen Kopfschuß kriege. Das ist doch die Antwort, oder?

Neun, zehn Schüsse wurden dicht hintereinander abgefeuert. Überall um ihn herum spritzten Felssplitter. Spender schoß gleichmäßig und warf ab und zu einen Blick auf das Silberbuch in seiner Hand.

Der Kapitän rannte durch das heiße Sonnenlicht, ein Gewehr in den Händen. Spender verfolgte seinen Lauf durch das Pistolenvisier, doch er feuerte nicht. Statt dessen schwenkte er die Waffe zur Seite, schoß die Spitze eines Felsens ab, hinter dem Whitie lag, und hörte einen wütenden Aufschrei.

Plötzlich stand der Kapitän auf. Er hatte ein weißes Taschentuch in der Hand. Er sagte etwas zu seinen Männern und kam, nachdem er sein Gewehr zur Seite gestellt hatte, langsam den Hang herauf. Spender blieb in seiner Deckung liegen und stand schließlich auf, die Pistole schußbereit erhoben.

Der Kapitän kam heran und setzte sich auf einen Fels, ohne Spender auch nur einmal anzusehen.

Der Kapitän griff in seine Hemdentasche. Spenders Finger krampften sich um die Pistole.

Der Kapitän sagte: »Zigarette?«

»Danke.« Spender nahm eine.

»Feuer?«

»Hab ich selbst.«

Schweigend rauchten sie ein paar Züge.

»Warm«, sagte der Kapitän.

»Ja.«

»Haben Sie's bequem hier oben?«

»Durchaus.«

»Was meinen Sie, wie lange halten Sie durch?«

»Zwölf Männer lang allemal.«

»Warum haben Sie uns heute morgen nicht alle getötet, als Sie noch die Gelegenheit dazu hatten? Es wäre möglich gewesen.«

»Ich weiß. Aber mir wurde schlecht. Wenn einem an einer Sache wirklich liegt, macht man sich meist etwas vor, man sagt sich, alle anderen hätten unrecht. Als ich mit dem Töten begonnen hatte, wurde mir klar, daß meine Opfer nur Narren waren und ich sie gar nicht umbringen dürfte. Aber es war schon zu spät. Ich konnte dann nicht weitermachen, und da bin ich hier herausgegangen, wo ich mir wieder etwas vormachen und mich wieder richtig in Wut hineinsteigern kann.«

»Und haben Sie sich hineingesteigert?«

»Nicht sehr weit. Es reicht aber.«

Der Kapitän betrachtete seine Zigarette. »Warum haben Sie's getan?«

Langsam legte Spender seine Pistole vor sich auf den Boden. »Weil ich erkannt habe, daß das, was wir überhaupt jemals erreichen können, nicht besser sein wird als die Errungenschaften der Marsianer. Sie haben Schluß gemacht, wo wir schon vor hundert Jahren hätten aufhören müssen. Ich bin durch die Städte gegangen, und ich kenne diese Leute, und ich wäre froh, wenn ich sie meine Vorfahren nennen könnte.«

»Das ist eine schöne Stadt hier.« Der Kapitän nickte und sah sich um.

»Das ist es nicht allein. Ja, ihre Städte sind gut. Sie verstanden es, die Kunst in ihr Leben einzubeziehen. Für die Amerikaner war das immer etwas Absonderliches. Kunst war etwas, das man allenfalls im Zimmer des verrückten Sohnes duldete. Kunst war etwas, das man höchstens in kleinen Dosen, vielleicht vermischt mit etwas Religion, zu sich nahm. Die Marsianer aber haben Kunst *und* Religion und einfach alles als etwas Selbstverständliches.«

»Sie glauben also, die Marsianer wußten ihr Leben wirklich zu meistern, ja?«

»Meiner Meinung nach schon.«

»Und aus diesem Grund haben Sie damit angefangen, Menschen zu töten.«

»Als Kind hat mich meine Familie mal nach Mexico City mitgenommen. Ich werde nie vergessen, wie sich mein Vater benahm — laut und groß. Und meine Mutter mochte die Menschen dort nicht, weil sie dunkel waren und sich nicht genug wuschen. Und meine Schwester wollte mit den meisten nicht einmal sprechen.

Ich war der einzige, dem der Aufenthalt wirklich Spaß machte. Und ich kann mir richtig vorstellen, wie meine Mutter und mein Vater zum Mars kommen und sich hier genauso aufführen.

Dem durchschnittlichen Amerikaner ist alles Fremde suspekt. Wenn keine Chicagoer Installationen vorhanden sind, ist es nichts. Stellen Sie sich das vor! Gott, wenn man sich das nur mal *vorstellt!* Und dann — der Krieg. Sie haben vor unserer Abreise sicher auch die Reden im Kongreß gehört. Wenn alles klappt, hofft man drei nukleare Forschungszentren und Atombombendepots auf dem Mars zu errichten. Und das heißt, daß es mit dem Mars aus ist — mit all diesen herrlichen Relikten. Wie wäre Ihnen zumute, wenn ein Marsianer auf den Fußboden des Weißen Hauses kotzte?«

Der Kapitän sagte nichts; er hörte nur zu.

Spender fuhr fort: »Und dazu kommen noch die anderen mächtigen Interessengruppen. Die Leute vom Bergbau und von der Touristik. Wissen Sie noch, was mit Mexico passierte, als Cortez und seine überaus netten Freunde aus Spanien eintrafen? Eine ganze Zivilisation wurde vernichtet durch gierige, selbstgerechte, intolerante Frömmler. Die Geschichte wird Cortez das niemals verzeihen.«

»Sie haben aber heute auch nicht gerade ethisch gehandelt«, warf der Kapitän ein.

»Was sollte ich tun? Eine Diskussion mit Ihnen anfangen? Es läuft doch in jedem Fall darauf hinaus, daß ich gegen das ganze fiese, zerstörerische, gierige Establishment der Erde stehe. Die Leute werden die schmutzigen Atombomben hier heraufschaffen und um Stützpunkte kämpfen, von denen aus man Krieg führen kann. Reicht ein zugrundegerichteter Planet nicht aus — müssen sie auch noch ein fremdes Nest beschmutzen? Diese engstirnigen Schwätzer! Als ich hier heraufkam, fühlte ich mich nicht nur frei von ihrer sogenannten Kultur, ich fühlte mich auch frei von ihrer Ethik und ihren Sitten. Ich dachte, ich hätte mich aus ihrem Bezugssystem gelöst. Ich brauchte hier nur alle umzubringen und könnte dann mein eigenes Leben leben — dachte ich.«

»Aber so einfach war es dann doch nicht«, sagte der Kapitän.

»Nein. Nach dem fünften Toten heute morgen stellte ich fest, daß ich gar nicht so völlig neugeboren war, gar nicht so sehr marsianisch. Ich konnte nicht so einfach alles fortwerfen, was mir auf der Erde anerzogen wurde. Inzwischen fühle ich mich aber wieder ziemlich gefestigt. Ich werde Sie alle umbringen. Das dürfte die nächste Raketenreise um gut fünf Jahre verzögern. Außer dieser gibt es zur Zeit keine Rakete. Die Leute auf der Erde warten vielleicht ein, zwei Jahre, und wenn sie von uns nichts hören, haben sie bestimmt Angst, eine neue Rakete zu bauen. Sie werden sich zweimal soviel Zeit lassen und Hunderte von Versuchen durchführen, um sich gegen einen weiteren Fehlschlag zu sichern.«

»Da haben Sie recht.«

»Dagegen würde bei Ihrer Rückkehr ein positiver Bericht die Invasion des Mars erheblich beschleunigen. Wenn ich Glück habe, erreiche ich die Sechzig. Ich werde stets zur Stelle sein, wenn die Expeditionen auf dem Mars landen, vielleicht eine im Jahr. Sie werden immer nur aus einem Schiff bestehen, und die Mannschaften maximal aus zwanzig Mann. Wenn ich mich dann mit ihnen angefreundet und ihnen erklärt habe, daß unsere Rakete eines Tages explodiert ist — ich beabsichtige sie nächste Woche in die Luft zu jagen, wenn ich mit meiner Arbeit hier fertig bin —, bringe ich sie nacheinander um. So wird der Mars zumindest im nächsten halben Jahrhundert noch unberührt bleiben. Vielleicht geben die Leute auf der Erde ihre Versuche nach einer gewissen Zeit auch auf. Wissen Sie noch, wie zurückhaltend man schließlich dem Bau von Zeppelinen gegenüberstand, als sie immer wieder in Flammen aufgingen?«

»Sie haben sich das alles gut überlegt«, gab der Kapitän zu.

»Allerdings.«

»Und doch sind wir in der Überzahl. In einer Stunde oder so sind Sie umzingelt. In einer Stunde sind Sie tot.«

»Ich habe unterirdische Gänge und ein Plätzchen zum Leben gefunden, das Sie niemals aufspüren werden. Ich ziehe mich für einige Wochen dorthin zurück, bis Ihre Aufmerksamkeit erlahmt. Dann komme ich wieder und nehme Sie aufs Korn — einen nach dem anderen.«

Der Kapitän nickte. »Erzählen Sie mir von Ihrer Zivilisation hier«, sagte er und machte eine Handbewegung, die die Bergstädte umfaßte.

»Sie verstanden es, mit der Natur zu leben und auszukommen. Sie wollten nicht um jeden Preis nur Menschen sein und keine Tiere. Das war unser Fehler bei Darwins Auftauchen. Wir hießen ihn und Huxley und Freud begeistert willkommen. Und dann stellten wir fest, daß Darwins Lehre sich nicht mit unseren Religionen vertrug. Oder zumindest glaubten wir, daß das so wäre. Wir waren töricht. Wir versuchten Darwin und Huxley und Freud zur Seite zu schieben. Aber sie wollten sich nicht mehr recht entfernen lassen. Wie die Idioten versuchten wir also, die Religion vom Sockel zu stoßen.

Das gelang uns ziemlich gut. Wir verloren unseren Glauben und gingen mit der Frage hausieren, was das Leben für einen Sinn hätte. Wenn die Kunst nur ein frustrierter Ausdruck der Sehnsucht, wenn die Religion nur Selbsttäuschung war — welchen Sinn hatte dann das Leben? Der Glaube hatte uns stets auf alles Antwort gegeben. Mit Freud und Darwin wurde das fortgespült. Wir waren und sind ein verlorenes Volk.«

»Und die Marsianer sind ein *gefundenes* Volk?« wollte der Kapitän wissen.

»Ja. Sie wußten Wissenschaft und Religion so miteinander zu verbinden, daß sie nebeneinander wirkten, daß sie sich nicht gegenseitig in Zweifel stürzten, sondern stärkten.«

»Das müßte ja ein idealer Zustand sein.«

»War es auch. Ich würde Ihnen gern zeigen, wie die Marsianer das vollbracht haben.«

»Meine Männer warten.«

»Wir sind in einer halben Stunde zurück. Geben Sie ihnen Bescheid, Sir.«

Der Kapitän zögerte. Dann stand er auf und rief einen Befehl hinab.

Spender führte ihn in ein kleines marsianisches Dorf aus kühlem, makellosem Marmor. Großartige Friese erstreckten sich überall an den Wänden — Friese mit schönen Tieren, weißpfotigen Katzenwesen und gelbgefächerten Sonnensymbolen — überall Standbilder von stierähnlichen Wesen und von Männern und Frauen und riesigen, wohlgestalteten Hunden.

»Da haben Sie Ihre Antwort, Kapitän.«

»Ich verstehe nicht...«

»Die Marsianer fanden das Geheimnis des Lebens bei den Tieren. Das Tier stellt das Leben nicht in Frage. Es lebt einfach. Sein ursächlicher Lebensgrund ist das Leben selbst; es genießt und liebt das Leben. Verstehen Sie — die Standbildsymbole, die tierischen Symbole, überall.«

»Kommt mir eher heidnisch vor.«

»Im Gegenteil, es handelt sich um Gottessymbole, um Symbole des Lebens. Auch auf dem Mars war der Mensch zu sehr Mensch geworden und nicht genug Tier. Und die Marsmenschen erkannten, daß sie, wenn sie überleben wollten, jene eine Frage nicht mehr stellen durften: *Warum leben wir?* Eine Frage, auf die das Leben selbst die Antwort war. Leben hieß, ein möglichst gutes Leben zu leben und weiteres Leben hervorzubringen. Die Marsianer erkannten, daß sie sich die Frage ›Warum leben wir überhaupt?‹ vor allem in einer Periode des Krieges und der Verzweiflung stellten — zu einer Zeit, da es keine Antwort gab. Aber als die Zivilisation wieder zur Ruhe gekommen und der Krieg beendet war, wurde die Frage auf andere Art sinnlos. Das Leben war jetzt etwas Gutes und machte Diskussionen unnötig.«

»Danach scheint es, als waren die Marsianer ziemlich naiv.«

»Nur wenn die Naivität von Vorteil war. Sie hatten es aufgegeben, unbedingt alles vernichten, alles in den Schmutz ziehen zu wollen. Sie verschmolzen Religion und Kunst und Wissenschaft miteinander, weil die Wissenschaft im Grunde nur die Erkundung eines Wunders ist, das wir uns niemals völlig erklären können, und weil in der Kunst eine Interpretation dieses Wunders zu sehen ist. Sie ließen es nicht zu, daß die Wissenschaft das Ästhetische und Schöne erdrückte. Und das ist nichts weiter als eine Sache des rechten Maßes. Ein Erdenmensch denkt: ›Auf diesem Bild gibt es in Wirklichkeit keine Farbe. Ein Wissenschaftler kann beweisen, daß Farbe nur aus einer bestimmten Beschaffenheit der Zellen an der Oberfläche des Materials resultiert, welches das Licht reflektiert. Deshalb ist die Farbe nicht *wirklich* ein Teil der Dinge, die ich sehe.‹ Ein Marsianer — und das ist viel klüger — würde sagen: ›Ein schönes Bild. Der Geist und die Hand eines beseelten Mannes haben es geschaffen. Seine Idee und die Farben entsprechen dem Leben. Dies Ding ist gut.‹«

Es entstand eine Pause. Unter der prallen Nachmittagssonne sah sich der Kapitän neugierig in der kleinen, stillen, kühlen Stadt um.

»Ich würde gern hier wohnen«, sagte er.

»Das können Sie, wenn Sie wollen.«

»Ausgerechnet *mich* fordern Sie dazu auf?«

»Würde einer von Ihren Männern das alles jemals wirklich begreifen? Die Burschen sind Zyniker von Beruf, und an ihnen ist Hopfen und Malz verloren. Warum wollen Sie mit ihnen zurückfliegen? Um den anderen zu zeigen, was Sie geschafft haben? Damit Sie sich wie die Smiths einen Gyro kaufen können? Um Musik zu hören mit ihrer Brieftasche? Da hinten ist ein kleiner Hof mit einer Spule marsianischer Musik, die mindestens fünfzigtausend Jahre alt ist. Man kann die Aufnahme noch abspielen. Musik, wie Sie sie in Ihrem ganzen Leben nicht hören werden. Sie sollten sich's mal anhören. Es gibt auch Bücher. Ich habe schon eine ganze Menge gelesen. Sie könnten sich niederlassen und lesen.«

»Das hört sich alles ganz herrlich an, Spender.«

»Aber Sie wollen nicht bleiben?«

»Nein. Trotzdem vielen Dank.«

»Und Sie werden mich auch nicht in Ruhe lassen. Ich muß Sie alle umbringen.«

»Sie sind sehr optimistisch.«

»Ich habe etwas, für das es sich zu kämpfen und zu leben lohnt; das macht mich zum besseren Kämpfer. Ich habe jetzt etwas, das einer Religion entspricht. Das ist, als ob ich noch einmal zu atmen lernte. Zu atmen und in der Sonne zu liegen und mich bräunen zu lassen. Und Musik zu hören und ein Buch zu lesen. Was hat dagegen Ihre Zivilisation zu bieten?«

Der Kapitän bewegte sich unruhig. Er schüttelte den Kopf. »Die Sache tut mir leid. Alles tut mir leid.«

»Mir auch. Ich sollte Sie wohl jetzt zurückbringen, damit Sie angreifen können.«

»Ja, es wäre wohl besser.«

»Kapitän, ich werde Sie nicht umbringen. Wenn alles vorbei ist, sind Sie noch am Leben.«

»Was?«

»Ich hatte mir von Anfang an vorgenommen, daß Ihnen nichts passieren soll.«

»Also...«

»Ich werde Sie als einzigen schonen. Wenn die anderen tot sind, ändern Sie vielleicht Ihre Meinung.«

»Nein«, sagte der Kapitän. »Es ist zuviel irdisches Blut in mir. Ich müßte die Jagd auf Sie fortsetzen.«

»Selbst wenn Sie die Chance hätten, hierzubleiben?«

»Es ist seltsam, aber ja, selbst dann. Den Grund weiß ich nicht. Ich habe mich auch nie danach gefragt. Na, da wären wir ja.« Sie waren zum Treffpunkt zurückgekehrt. »Kommen Sie freiwillig mit, Spender? Das ist mein letztes Angebot.«

»Nein, danke.« Spender hob eine Hand. »Noch etwas. Wenn Sie siegen sollten, tun Sie mir bitte einen Gefallen. Tun Sie Ihr möglichstes, damit dieser Planet nicht völlig umgekrempelt wird — jedenfalls nicht in den nächsten fünfzig Jahren. Die Archäologen sollen ihre Chance bekommen, ja?«

»Ja.«

»Und ein letztes — wenn es Ihnen hilft, dann stellen Sie sich vor, ich sei ein Verrückter, der an einem Sommertag übergeschnappt ist und seither nicht mehr richtig im Kopf ist. So fällt es Ihnen bestimmt leichter.«

»Ich denke darüber nach. Bis dann, Spender. Viel Glück.«

»Sie sind mir ein komischer Kauz«, sagte Spender, als der Kapitän im warmen Wind wieder hangabwärts ging.

Wie ein Verlorener kehrte der Kapitän zu seinen staubigen Männern zurück. Immer wieder starrte er mit zusammengekniffenen Augen in die Sonne und atmete heftig.

»Haben Sie etwas zu trinken?« fragte er. Er spürte eine Flasche, die in seiner Hand Kühle verbreitete. »Danke.« Er trank und wischte sich den Mund.

»Also«, sagte er. »Sehen Sie sich vor. Wir haben unendlich viel Zeit. Ich möchte keine weiteren Verluste. Wir müssen ihn umbringen. Er kommt nicht freiwillig. Sehen Sie zu, daß es möglichst ein sauberer Schuß wird. Keine Quälerei. Machen Sie schnell.«

»Ich puste ihm das Gehirn aus dem Schädel«, sagte Sam Parkhill.

»Nein, Sie schießen in die Brust«, sagte der Kapitän. Deutlich sah er Spenders starkes, entschlossenes Gesicht.

»Den Kopf!« sagte Parkhill nachdrücklich.

Der Kapitän reichte ihm mit ruckartiger Handbewegung die Flasche. »Sie haben gehört, was ich gesagt habe. In die Brust.«

Parkhill murmelte etwas Unverständliches.

»Los«, sagte der Kapitän.

Wieder trennten sie sich, zuerst langsam, dann im Laufschritt, dann wieder langsam an den heißen Hängen, wo sie überraschend auf kühle Grotten stießen, in denen es nach Moos roch, um dann ebenso plötzlich offene Stellen zu erreichen, wo es nach der Sonne duftete, die auf den Steinen brannte.

Ich hasse es, schlau zu sein, dachte der Kapitän, wenn ich mir gar nicht schlau vorkomme und es auch gar nicht sein *will.* Wenn ich gar nicht herumschleichen und Pläne machen und mir deswegen großartig vorkommen will. Ich hasse das Gefühl, zu glauben, ich täte etwas Rechtes, wenn ich mir dessen in Wirklichkeit gar nicht so sicher bin. Wer sind wir denn schon? Die Mehrheit? Ist das eine Antwort? Die Mehrheit ist immer heilig, nicht wahr? Immer, immer; sie irrt sich nie, keinen winzigen, unbedeutenden Augenblick lang irrt sie, nicht wahr? Auch in zehn Millionen Jahren nicht. Er dachte: Was ist denn diese Mehrheit, und wer gehört dazu? Und was denken diese Leute und wie sind sie zu dem geworden, was sie sind, und werden sie sich jemals ändern und wie zum Teufel bin ich in diese verdammte Mehrheit geraten? Mir ist nicht gut. Leide ich an Klaustrophobie, an Angst vor großen Menschenmengen, oder meldet sich nur mein gesunder Menschenverstand? Kann ein Mann recht haben, während die ganze übrige Welt ihren Standpunkt für richtig hält? Denken wir nicht darüber nach! Kriechen wir lieber herum und tun wir etwas Aufregendes und drücken wir einfach ab. Da, da und *da!*

Die Männer rannten weiter und duckten sich und hockten in den Schatten und entblößten die Zähne und keuchten, denn die Luft war dünn, und sie mußten immer mal wieder fünf Minuten ausruhen; keuchend und mit tanzenden schwarzen Punkten vor den Augen zehrten sie von der dünnen Luft, die nie genug schien, kniffen die Augen zusammen und standen schließlich wieder auf und hoben ihre Gewehre, um Löcher in die dünne Sommerluft zu schießen, Löcher voll Lärm und Hitze.

Spender verließ seine Stellung nicht und feuerte unregelmäßig.

»Seinen verdammten Schädel schieß ich ihm in Fetzen!« brüllte Parkhill und rannte bergauf.

Der Kapitän richtete sein Gewehr auf Sam Parkhill. Dann setzte er die Waffe ab und starrte sie entsetzt an. »Was wolltest du tun?« fragte er seine willenlose Hand und das Gewehr.

Er hätte Parkhill beinahe in den Rücken geschossen.

»Gott steh mir bei!« flüsterte er.

Er sah Parkhill weiterrennen und in Deckung fallen.

Spender wurde langsam von einem losen Netz von Männern eingeschlossen. Hinter zwei Felsen lag er am Hügelkamm und grinste vor Erschöpfung in der dünnen Luft, große Schweißinseln unter den Armen. Der Kapitän konnte die beiden Felsen sehen. Zwischen ihnen klaffte eine etwa zehn Zentimeter breite Lücke, die den Blick auf Spenders Brust freigab.

»He, du!« brüllte Parkhill. »Hier hast du 'ne Ladung in den Kopf!«

Kapitän Wilder wartete. Los, Spender, hau ab, dachte er. Verzieh dich, wie du's gesagt hast. Du hast nur noch ein paar Minuten. Verschwinde und komm später wieder. Los. Du hast es gesagt. Verschwinde. Verschwinde in den Tunneln, die du angeblich gefunden hast, und lebe ein paar Monate und Jahre dort und lies deine schönen Bücher und bade in deinen Tempelbecken. Los, Mann, ehe es zu spät ist.

Spender rührte sich nicht vom Fleck.

Was ist los mit ihm? fragte sich der Kapitän.

Wilder nahm sein Gewehr. Er beobachtete die von Deckung zu Deckung hastenden Männer. Er sah zu den Türmen des kleinen, sauberen Marsdorfes hinüber, die wie liebevoll geschnitzte Schachfiguren im Nachmittag standen. Er sah die Felsen und die Lücke, die Spenders Brust freigab.

Parkhill preschte mit wütendem Gebrüll weiter vor.

»Nein, Parkhill«, murmelte der Kapitän. »Ich kann es nicht zulassen, daß Sie es tun. Auch die anderen nicht. Nein, keiner von euch. Nur ich.« Er legte das Gewehr an und zielte.

Werde ich mich sauber fühlen hinterher? dachte er. Ist es recht, daß ausgerechnet ich es tue? Ja. Ich weiß, was ich tue und aus welchem Grund, und es ist richtig, weil ich mich für die richtige Person halte, dies zu tun. Ich hoffe und bete, daß ich damit leben kann.

Er nickte Spender zu. »Los!« forderte er mit lautem Flüstern, das niemand hörte. »Ich gebe dir noch dreißig Sekunden. Dreißig Sekunden!«

Die Uhr tickte an seinem Arm. Der Kapitän sah ihr beim Tikken zu. Die Männer rannten. Spender rührte sich nicht. Die Uhr tickte sehr lange; sie tickte in das Ohr des Kapitäns. »Los, Spender, verschwinden Sie!«

Die dreißig Sekunden waren vorbei.

Er legte das Gewehr an und zielte; er atmete tief ein. »Spender«, sagte er laut beim Ausatmen.

Und drückte den Abzug.

Es geschah nichts weiter, als daß im Sonnenlicht eine schwache Wolke pulverisierten Felsgesteins aufstieg. Die Echos des Schusses verhallten.

Der Kapitän stand auf und rief seinen Männern zu: »Er ist tot!« Die anderen glaubten ihm nicht. Von ihren Stellungen aus hatten sie die Lücke zwischen den Felsen nicht sehen können. Sie sahen ihren Kapitän den Hang hinaufrennen und hielten ihn entweder für sehr mutig oder für wahnsinnig.

Wenige Minuten später folgten sie ihm.

Sie versammelten sich um den Toten, und jemand sagte: »In die Brust?«

Der Kapitän schaute hinab. »In die Brust«, sagte er. Er sah, daß sich die Felsen unter Spender verfärbt hatten. »Ich möchte nur wissen, warum er gewartet hat. Ich möchte wissen, warum er nicht geflohen ist, wie er es wollte. Warum er geblieben ist und sich hat umbringen lassen«, fragte er leise.

Im Tode noch hielt Spender eine Hand um das Gewehr geklammert und die andere um das silberne Buch, das in der Sonne glitzerte.

Hat er es vielleicht meinetwegen getan? fragte sich der Kapitän. Weil ich meinerseits nicht nachgeben wollte? War Spender der Gedanke zuwider, mich umzubringen? Unterscheide ich mich überhaupt von den anderen hier? Liegt es daran? Hatte er das Gefühl, mir trauen zu können? Welche andere Antwort gäbe es?

Keine. Er hockte neben dem leblosen Körper.

Ich muß damit fertig werden, dachte er. Ich darf ihn jetzt nicht im Stich lassen. Wenn er in mir etwas gesehen hat, das ihm sehr ähnlich war, und wenn er mich deswegen nicht umbringen konnte — dann steht mir wirklich etwas bevor! Das ist es, ja, das ist es! Ich bin ein zweiter Spender, ein neuer Spender — aber ich überlege, ehe ich schieße. Ich schieße überhaupt nicht, ich töte nicht. Ich manipuliere Leute. Und er konnte mich nicht umbringen, weil ich — wenn auch mit etwas anderem Vorzeichen — er selbst war.

Der Kapitän spürte die Sonnenstrahlen auf seinem Hals. Er hörte sich sagen: »Wenn er nur gekommen wäre und sich mit mir ausgesprochen hätte, ehe er jemanden umbrachte, hätten wir das Problem sicher klären können.«

»Was denn klären?« fragte Parkhill. »Was hätten wir mit Typen wie dem schon klären können?«

Die Hitze sang auf dem Land, über den Felsen, am blauen Himmel. »Sie haben wohl recht«, sagte der Kapitän. »Wir wären niemals richtig zusammengekommen. Ja, vielleicht Spender und ich allein. Aber Spender und Sie und die anderen — nein, niemals. Er hat es jetzt besser. Geben Sie mir noch einen Schluck aus der Wasserflasche.«

Es war der Kapitän, der schließlich den leeren Sarkophag als Begräbnisstätte vorschlug. Sie hatten einen alten marsianischen Friedhof gefunden. Sie legten Spender in einen zehntausend Jahre alten Silbersarg, die Hände auf der Brust gefaltet. Sie betrachteten sein friedliches Gesicht.

Einen Augenblick lang standen sie noch in dem alten Gewölbe beieinander. »Es wäre sicher gut, wenn Sie mal von Zeit zu Zeit an Spender denken würden«, sagte der Kapitän.

Sie verließen das Gewölbe und schlossen die Marmortür.

Am nächsten Nachmittag machte Parkhill in einer der toten Städte Zielübungen und zerschoß Kristallfenster und die Spitzen zerbrechlicher Türme. Der Kapitän erwischte Parkhill dabei und schlug ihm die Zähne ein.

August 2001: Die Siedler

Die Menschen der Erde kamen auf den Mars.

Sie kamen, weil sie Angst hatten oder keine Angst hatten, weil sie glücklich oder unglücklich waren, weil sie sich wie Pilger oder nicht wie Pilger vorkamen. Jeder hatte seinen Grund. Sie ließen böse Frauen oder unschöne Arbeitsbedingungen oder unangenehme Städte zurück; sie kamen, um etwas zu finden oder einer Sache zu entkommen oder etwas zu gewinnen, um etwas auszugraben oder etwas zu vergraben oder um an nichts mehr denken zu müssen. Sie kamen mit kleinen Träumen oder großen Träumen oder überhaupt ohne Illusionen. Doch in vielen Städten deutete der Finger der Regierung von vierfarbigen Plakaten: ES GIBT ARBEIT FÜR DICH IM HIMMEL: KOMM AUF DEN MARS! Und die Männer kamen, zuerst nur wenige, eine Handvoll, denn die meisten spürten bereits die große Krankheit in sich, ehe die Rakete überhaupt ins All gestartet war. Und diese Krankheit hieß *Einsamkeit,* denn wenn man seine Heimatstadt zur Faust und dann zur Zitrone schwinden sieht, wenn sie dann nur noch stecknadelgroß ist und schließlich im feurigen Rückstoß untergeht, dann hat man das Gefühl, überhaupt niemals geboren zu sein. Man ist im Nirgendwo, ringsherum Weltall, nichts Vertrautes umgibt einen, nur andere fremde Menschen. Und wenn Illinois, Iowa, Missouri oder Montana in Wolkenmeeren versinken und wenn dann auch die Vereinigten Staaten zu einer nebelhaften Insel zusammenschrumpfen und der gesamte Planet Erde zu einem schmutzigen und ausgedienten Baseball wird, dann ist man wirklich allein, allein in den Gefilden des Alls, auf dem Weg zu einer Welt, die man sich einfach nicht vorstellen kann.

Es war also kaum verwunderlich, daß sich zuerst nur wenige meldeten. Die Zahl wuchs jedoch ständig im Verhältnis zu der Zahl der Menschen, die bereits auf dem Mars waren. Und je mehr heraufkamen, desto sicherer fühlte man sich. Die ersten Einsamen jedoch waren noch auf sich allein gestellt...

Dezember 2001: Der grüne Morgen

Als die Sonne unterging, ließ er sich am Wegrand nieder und bereitete ein einfaches Mahl und lauschte auf das Prasseln des Feuers, während er die Bissen in den Mund schob und nachdenklich darauf herumkaute. Der heutige Tag hatte sich kaum von den dreißig vorangegangenen unterschieden; in der Dämmerung hatte er zahlreiche saubere Löcher gegraben, hatte die Samen hineingelegt und Wasser von den schimmernden Kanälen herbeigetragen. Jetzt erfüllte bleierne Müdigkeit seinen schmächtigen Körper, und er lag da und beobachtete den Himmel, der mit der hereinbrechenden Dunkelheit ständig seine Farbe veränderte.

Er hieß Benjamin Driscoll, und er war einunddreißig Jahre alt. Sein Herzenswunsch war ein grüner Mars, ein Mars voller Bäume und Blattwerk, das Luft und immer mehr Luft hervorbrachte und von Jahr zu Jahr weiter wuchs; ein Mars voller Bäume, die im kochenden Sommer die Städte abschirmten und im Winter den scharfen Wind abhielten. Ein Baum konnte viel Gutes tun: er konnte farbenfroh leuchten, Schatten spenden, Früchte tragen oder ein Spielplatz für Kinder sein, ein ganzes Himmelsuniversum, in dem man herumklettern und von dem man sich herabbaumeln lassen konnte; ein Gebilde voller Früchte und Spaß, das war ein Baum. Aber vor allem gaben die Bäume kühle Luft für die Lungen ab, und ein sanftes Rauschen für das Ohr, wenn man des Nachts in seinem schneeweißen Bett lag und von dem Geräusch in Schlaf gewiegt wurde.

Er lag still da und horchte die dunkle Erde ab, die sich auf den Morgen vorbereitete und auf die Sonne und den Regen, der noch ausstand. Er legte das Ohr an den Boden und hörte ganz leise schon die Schritte der kommenden Jahre, und er stellte sich die Samen vor, die er heute gelegt hatte, Samen, die grün aufkeimten und sich des Himmels bemächtigten, die einen Ast nach dem anderen sprießen ließen, bis der ganze Mars ein Nachmittagswald, ein leuchtender Obstgarten geworden war.

Früh am Morgen, wenn sich die kleine Sonne schwach zwischen den runzligen Hügeln erhob, würde er aufstehen und ein kleines Frühstück zu sich nehmen; dann würde er das Feuer austreten und sich mit seinen Rucksäcken auf den Weg machen. Er würde prüfen, graben, die Samen oder Keimlinge einpflanzen, die Löcher zuklopfen und wässern; er würde weitergehen und leise vor sich hin pfeifen und zum klaren Himmel aufschauen, der einem warmen Mittag entgegenleuchtete.

»Du brauchst die Luft«, sagte er zu seinem nächtlichen Feuer. Das Feuer war ein lebhafter Gesell, der einem heftig antwortete, der dicht neben einem ruhte, wenn man schlief, während seine rosafarbenen Augen in der kühlen Nacht warm leuchteten. »Wir alle brauchen die Luft. Die Luft ist dünn hier auf dem Mars. Man wird zu schnell müde. Es ist, als lebte man sehr hoch in den Anden Südamerikas. Man atmet ein und hat nichts in den Lungen, ganz unbefriedigend.«

Er betastete seinen Brustkasten, der in den letzten dreißig Tagen gewaltig gewachsen war. Um mehr Luft aufnehmen zu können, würden alle eine Lungenerweiterung hinnehmen müssen. Oder es mußten mehr Bäume gepflanzt werden.

»Und deshalb bin ich hier«, sagte er. Das Feuer prasselte. »In der Schule habe ich mal eine Geschichte über Johnny Apfelkern gehört, der durch Amerika marschierte und Apfelbäume pflanzte. Ich tue noch mehr. Ich pflanze Eichen, Ulmen und Ahornbäume, Bäume jeder Gattung, Espen und Zedern und Kastanien. Ich erzeuge nicht nur Früchte für den Magen, sondern auch Luft für die Lungen. *Stell* dir nur all die Luft vor, die diese Bäume machen, wenn sie erst mal groß sind!«

Er dachte an seine Ankunft auf dem Mars. Wie tausend andere hatte er in einen stillen Morgen hinausgestarrt und gedacht: Wie passe ich hierher? Was soll ich hier? Was mache ich? Gibt es Arbeit für mich?

Dann war er ohnmächtig geworden.

Jemand hatte ihm ein Ammoniakfläschchen unter die Nase gehalten, und er war hustend wieder zu sich gekommen.

»Sie brauchen keine Befürchtungen zu haben«, sagte der Arzt.

Was war los?«

»Die Luft ist hier ziemlich dünn. Einige vertragen das nicht. Ich glaube, Sie müssen wieder zurück zur Erde.«

»Nein!« Er setzte sich auf, und er spürte sofort, wie ihm beinahe wieder schwarz vor Augen wurde und der Mars sich zweimal unter ihm drehte. Seine Nüstern blähten sich, und er zwang seine Lungen, das Nichts zu schlürfen. »Ich schaffe es schon«, keuchte er. »Ich muß hierbleiben!«

Sie ließen ihn liegen, und er schnappte nach Luft wie ein Fisch, und er dachte: Luft, Luft, Luft. Sie schicken mich zurück wegen der Luft. Und er wandte den Kopf und betrachtete die marsianischen Felder und Hügel. Er kniff die Augen zusammen, und als das Bild scharf geworden war, bemerkte er sofort, daß es keine Bäume gab, überhaupt keine Bäume, nirgendwo, wohin man auch blickte. Das Land war sich selbst überlassen, eine Landschaft aus schwarzem Lehm, doch es wuchs nichts darauf, nicht einmal Gras. Luft, dachte er und dachte an den dünnen Stoff, der ihm in der Nase pfiff. Luft, Luft! Und kein Baum und kein Grashalm war zu sehen — nicht einmal auf den Hügelkuppen oder an den schattigen Hängen oder bei den kleinen Bächen. Natürlich! Er hatte das Gefühl, daß ihm die Antwort nicht aus dem Gehirn zufloß, sondern aus seinen Lungen und seinem Hals. Der Gedanke belebte ihn wie ein plötzlicher Sauerstoffstoß. Bäume und Gras. Er betrachtete seine Hände und drehte sie hin und her. Er wollte Bäume und Gras pflanzen. Das sollte seine Arbeit hier sein — der Kampf gegen den Umstand, der seinen weiteren Aufenthalt hier in Frage stellen konnte. Er wollte einen gärtnerischen Privatkrieg gegen den Mars führen. Dort überall erstreckte sich der alte Boden mit seinen Pflanzen, die so alt waren, daß sie sich totgewachsen hatten. Was wäre, wenn nun neue Pflanzenformen eingeführt wurden? Bäume von der Erde, große Mimosen und Weiden und Magnolien und herrliche Eukalyptusbäume. Was würde dann passieren? Die Reichtümer an Mineralien im Boden ließen sich nicht einmal erahnen; unangetastete Reichtümer, weil die alten einheimischen Pflanzen, die Farne, Blumen, Büsche und Bäume eines Todes aus Erschöpfung gestorben waren.

»Laßt mich raus!« rief er. »Ich muß mit dem Koordinator sprechen.«

Er und der Koordinator hatten einen ganzen Vormittag über grünwachsende Dinge gesprochen. Es konnte Monate, vielleicht Jahre dauern, bis man mit systematischen Anpflanzungen beginnen konnte. Bisher wurden die Nahrungsmittel tiefgekühlt in fliegenden Eiszapfen hochgebracht; nur hier und dort unterhielten die Gemeinden kleine hydroponische Gärten.

»Zunächst«, sagte der Koordinator, »ist das also ihre Privatangelegenheit. Wir beschaffen ihnen zwar an Material, was wir können; viel wird es aber nicht sein. Der Platz an Bord einer Rakete ist heute verdammt kostbar. Da unsere ersten Städte Bergbaugemeinden sind, wird man wenig Sympathie für Ihre Baumanpflanzungen aufbringen, fürchte ich...«

»Aber Sie lassen mich gewähren?«

Man ließ ihn. Er bekam ein Motorrad, das er schwer mit Samen und Schößlingen belud. Er hatte es in einem engen, versteckten Tal zurückgelassen und war zu Fuß über Land gegangen.

Das war vor dreißig Tagen gewesen, und er hatte sich nicht umgeschaut. Denn das hätte ihm das Herz schwergemacht. Das Wetter war überaus trocken, und es war nicht anzunehmen, daß von dem Samen schon etwas aufgegangen war. Vielleicht war überhaupt sein ganzes Unternehmen, die dreißig Tage des Bükkens und Schaufelns, vergeblich gewesen. Er hielt den Blick starr nach vorn gerichtet und folgte — auf den Regen wartend — dem Lauf des flachen breiten Tals unter der Sonne, fort von der ersten Stadt.

Wolken zogen sich über den ausgetrockneten Bergen zusammen, als er die Decke über die Schultern zog, um zu schlafen. Der Mars war so unwägbar wie die Zeit selbst. Er spürte, wie die kahlen Hügel sich abkühlten in der frostigen Nacht. Er dachte an den schweren, tiefschwarzen Boden, ein Boden, der so schimmernd schwarz war, daß er sich in der Faust zu regen schien, ein fruchtbarer Boden, der so hohe Bohnenpflanzen hervorbringen mochte, daß selbst Riesen von der Spitze schreiend zu Tode stürzten.

Das Feuer zerfiel unruhig zu schläfriger Asche. Die Luft zitterte vom fernen Rollen eines Wagenrades. Donner? Plötzlich lag der Geruch von Wasser in der Luft. Heute nacht, dachte er und streckte die Hand aus, als warte er auf die ersten Regentropfen. Heute nacht.

Er erwachte von einer Berührung auf der Stirn.

Ein dicker Tropfen rann ihm über die Nase in den Mund. Ein zweiter Tropfen traf ihn ins Auge und trübte die Sicht. Ein dritter klatschte auf sein Kinn.

Der Regen.

Rein und sanft, so nieselte er aus dem hohen Himmel herab, ein besonderes Elixier mit dem Geschmack von Zaubersprüchen und Sternen und Luft, ein Regen, der voller pfeffergrauen Staubs war und wie alter leichter Sherry auf der Zunge zerging.

Regen.

Er setzte sich auf. Er ließ seine Decke zu Boden fallen, während sein einfaches blaues Hemd fleckig wurde, während der Regen sich zu festeren Tropfen verdichtete. Das Feuer sah aus, als tanzte ein unsichtbares Tier darauf herum und erdrückte es, bis es nur noch aus wütendem Rauch bestand. Der Regen rauschte herab. Die gewaltige schwarze Himmelskuppel zerplatzte in sechs pulvrig-blaue Teile, eine herrlich gesprungene Glasur, und brach ein. Er sah zehn Milliarden Regenkristalle, die eben lange genug verhielten, um von der elektrischen Entladung fotografiert zu werden. Dann wieder Dunkelheit und Wasser.

Er war bis auf die Haut durchnäßt, doch er hielt das Gesicht dem Regen entgegen und ließ das Wasser lachend auf seine Lider trommeln. Er schlug in die Hände und stand auf und ging um sein kleines Lager herum, und es war ein Uhr früh.

Es regnete gleichmäßig zwei Stunden lang und hörte dann auf. Die Sterne erschienen wieder, frischgewaschen und klarer denn je.

Mr. Benjamin Driscoll nahm trockene Kleidung aus seinem Cellophanbeutel und zog sich um. Dann legte er sich wieder hin und schlief zufrieden weiter.

Langsam stieg die Sonne über die Hügel. Sie überflutete still das Land mit ihrem Licht und weckte Mr. Driscoll.

Er wartete einen Augenblick mit dem Aufstehen. Er hatte einen endlosen heißen Monat lang angestrengt gearbeitet und gewartet, und im Aufstehen drehte er sich endlich um und sah in die Richtung, aus der er gekommen war.

Es war ein grüner Morgen.

Soweit er sehen konnte, verdeckten Bäume den Himmel. Nicht ein Baum, nicht zwei Bäume, nicht ein Dutzend, sondern all die unzähligen tausend Bäume, deren Samen oder Keimlinge er gesetzt hatte. Und es waren keine kleinen Bäume, keine Schößlinge oder zarten Gewächse, sondern große Bäume, riesige Bäume, zehn-Mann-hohe Bäume, über und über grün und gewaltig und rund und voll Saft; Bäume mit metallisch schimmernden Blättern, flüsternde Bäume, eine breite Reihe von Bäumen, die sich über die Hügel zog; Zitronenbäume, Linden, Rotholzbäume und Mimosen und Eichen und Ulmen und Espen, Kirschbäume, Ahornbäume, Eschen, Apfelbäume, Orangenbäume, Eukalyptusbäume, von einem turbulenten Regen zum Leben entfacht, genährt von einem fremden, magischen Boden; Bäume, die selbst jetzt noch zusehends neue Äste entwickelten und Blüten aufgehen ließen.

»Unmöglich!« rief Mr. Benjamin Driscoll.

Aber das Tal und der ganze Morgen waren grün.

Und die Luft!

Von überallher kam die neue Luft wie ein Strom: Sauerstoff, der von den grünen Bäumen herüberwehte. Er schimmerte förmlich in kristallenen Wolken. Sauerstoff, frischer, reiner, grüner, kalter Sauerstoff, der das Tal in ein Flußdelta verwandelte. Gleich mußten die Türen in den Ortschaften aufspringen, und die Menschen würden durch das neue Sauerstoffwunder eilen; sie würden schnüffeln und probieren, während sich ihre Wangen röteten und sie sich am Sauerstoff verkühlten, während ihre Lungen angeregt wurden, die Herzen höherschlugen und die müden Körper sich zu einem Tanz aufrafften.

Mr. Driscoll gönnte sich einen langen tiefen Schluck von der grünen feuchten Luft und fiel in Ohnmacht.

Als er wieder zu sich kam, waren bereits fünftausend neue Bäume der Sonne entgegengewachsen.

Februar 2002: Die Heuschrecken

Die Raketen setzten die knochentrockenen Wiesen in Brand, verwandelten Felsgestein in Lava, Holz in Asche und Wasser in Dampf; sie ließen Sand und Kieselerde zu grünem Glas werden, das überall herumlag wie grüne Spiegelscherben, in denen die Invasion reflektiert wurde. Die Raketen kamen wie dröhnende Trommelschläge von Trommeln, die in der Nacht angeschlagen wurden. Die Raketen kamen wie die Heuschrecken; sie schwärmten herab und ließen sich auf ihren rosa Rauchblüten nieder. Und aus den Raketen stürmten Männer. Sie trugen Hämmer in den Händen, mit denen sie die fremde Welt in eine Form bringen wollten, die ihrem Auge vertraut war, mit denen sie all das Fremdartige fortzuknüppeln gedachten. Ihre Münder waren mit Nägeln gespickt, so daß sie stahlgezähnten Raubtieren glichen, und sie spuckten sich hastig in ihre emsigen Hände, während sie einfache Holzhäuser zurechtzimmerten und die Dächer mit Schindeln deckten, die die unheimlichen Sterne auslöschen sollten, während sie grüne Fensterrollos einpaßten, damit die Nacht nicht hereindrang. Und als die Zimmerleute weitergeeilt waren, kamen die Frauen mit ihren Blumentöpfen und Spitzendeckchen und Pfannen, und sie machten Lärm in der Küche, um das Schweigen des Mars zu übertönen, der draußen vor der Tür und vor dem zugezogenen Fenster wartete.

In kaum sechs Monaten war ein halbes Dutzend kleiner Städte auf dem nackten Planeten entstanden, Städte voller summender, flackernder Neonröhren und gelber elektrischer Birnen. Alles in allem kamen etwa neunzigtausend Menschen auf den Mars, und auf der Erde packten bereits die nächsten hunderttausend ihre Sachen...

August 2002: Nächtliche Begegnung

Vor der Fahrt in die blauen Berge hielt Tom Gomez noch an der entlegenen Tankstelle.

»Ziemlich einsam hier draußen, wie?« fragte Tom.

Der alte Mann wischte über die Windschutzscheibe des kleinen Lastwagens. »Es geht.«

»Wie gefällt es Ihnen auf dem Mars, Opa?«

»Gut. Gibt immer etwas Neues. Als ich letztes Jahr raufkam, hab ich keine großen Dinge erwartet und keine Ansprüche gestellt und wollte mich auch nicht überraschen lassen. Wir müssen die Erde vergessen, wir müssen vergessen, wie es da unten war. Wir müssen uns ansehen, was wir hier haben und wie *anders* alles ist. Das Wetter zum Beispiel. Schon das Wetter macht mir hier verdammt Spaß. Ist eben *marsianisches* Wetter. Heiß wie die Hölle am Tage, kalt wie die Hölle in der Nacht. Ich beschäftige mich viel mit den andersartigen Blumen und dem andersartigen Regen. Ich wollte mich auf dem Mars zur Ruhe setzen, mir ein Plätzchen suchen, wo alles anders ist. Ein alter Mann braucht das. Das junge Volk will nichts mehr von ihm wissen, und seine Altersgenossen langweilen ihn zu Tode. Also hielt ich es für das beste, mir ein Fleckchen zu suchen, das so *anders* ist, daß ich nur die Augen aufzumachen brauche und schon etwas zu sehen habe. Hier die Tankstelle hab ich mir besorgt. Wenn das Geschäft zu lebhaft wird, suche ich mir weiter oben eine andere alte Straße, auf der es noch ruhiger ist und wo ich ausreichend verdiene und noch Zeit habe, all das Fremde in mich aufzunehmen.«

»Sie machen's richtig, Opa«, sagte Tom. Seine braunen Hände ruhten locker auf dem Steuerrad. Er fühlte sich wohl. Er hatte zehn Tage hintereinander in einer der neuen Kolonien gearbeitet und hatte jetzt zwei Tage frei und war auf dem Weg zu einer Party.

»Mich überrascht gar nichts mehr«, sagte der alte Mann. »Ich sehe mich nur um. Ich registriere. Wenn man den Mars nicht so nehmen kann, wie er ist, sollte man gleich wieder zur Erde fliegen. Hier oben ist alles verrückt — der Boden, die Luft, die Kanäle, die Eingeborenen (ich hab noch keine gesehen, aber es sollen sich ja noch welche herumtreiben), die Uhren. Sogar meine Uhr ist komisch. Auch die Zeit ist völlig verdreht. Manchmal komme ich mir vor, als wäre ich ganz allein, als gäbe es außer mir keine Seele auf dem ganzen verdammten Planeten. Ich könnte in solchen Momenten glatt *wetten*, allein zu sein. Manchmal komme ich mir etwa acht Jahre alt vor, ganz winzig zusammengequetscht, und alles ist riesig. Mein Gott, hier ist wirklich der richtige Ort für einen alten Mann. Hält mich munter und zufrieden. Wissen Sie, was der Mars ist? Er ähnelt einem Geschenk, das ich vor siebzig Jahren zu Weihnachten gekriegt hab — weiß nicht, ob Sie so etwas schon mal gesehen haben. Kaleidoskope hießen die Dinger, eckige glitzernde Glasstücke und Stoff und Perlen und schönes Zeug. Man hielt es ins Sonnenlicht und schaute hindurch, und es stockte einem der Atem. Was für Formen! Also, so ist auch der Mars. Genießen Sie ihn. Lassen Sie ihn, wie er ist. Mein Gott, wissen Sie, daß diese Straße hier von den Marsianern vor über sechzehn Jahrhunderten gebaut wurde und immer noch gut in Schuß ist? Das wären ein Dollar und fünfzehn Cents, vielen Dank und gute Nacht.«

Tom fuhr leise lachend auf der alten Landstraße weiter.

Es war eine lange Straße, die in die Dunkelheit zwischen den Hügeln führte, und er hielt das Steuer und langte dann und wann in seinen Eßkorb und nahm sich ein Bonbon. Er war etwa eine Stunde gleichmäßig gefahren, und es war kein anderer Wagen auf der Straße und kein Licht, nur die Straße, die unter ihm dahinraste, das Summen, das Dröhnen, und der Mars dort draußen, so ruhig. Der Mars war immer ruhig, doch heute war er stiller als je zuvor. Die Wüstenstriche und leeren Seen glitten an ihm vorüber, und die Sterne bewegten sich über den Bergen.

Es lag heute abend ein Geruch von *Zeit* in der Luft. Er lächelte und verweilte bei der Fantasievorstellung. Ein interessanter Gedanke. Wie roch die Zeit überhaupt? Nach Staub und Uhren und Menschen. Und wenn man sich fragte, welches Geräusch die Zeit machte, so klang sie wie Wasser, das in einer dunklen Höhle dahinströmt, und wie weinende Stimmen und Erdschollen, die auf hohle Sargdeckel fallen, und wie Regen. Um den Gedanken weiterzuspinnen, *wie sah die Zeit aus?* Die Zeit sah aus wie Schneefall in einem schwarzen Raum oder wie ein Stummfilm in einem alten Kino oder wie hundert Milliarden Gesichter, die wie unzählige Neujahrsballons herabsinken, immer tiefer hinab ins Nichts. Ja, so roch und klang die Zeit und so sah sie aus. Und heute — Tom hielt eine Hand in den Fahrtwind des Lastwagens — heute abend konnte man die Zeit beinahe *fühlen.*

Er steuerte seinen Wagen zwischen Hügeln aus Zeit. In seinem Nacken begannen sich die kleinen Härchen aufzurichten, und er starrte angestrengt nach vorn.

Er erreichte eine kleine tote Marsstadt, stellte den Motor ab und ließ die Stille von allen Seiten auf sich eindringen. Er saß da, ohne zu atmen, und betrachtete die weißen Gebäude im Mondlicht. Unbewohnt seit Jahrhunderten. Vollkommen und makellos. Zerstört, gewiß — aber gleichwohl vollkommen.

Er startete den Motor und fuhr noch etwa eine Meile, ehe er wieder stoppte, ausstieg und seinen Eßkorb zu einem kleinen Vorsprung trug, von dem aus er die eben durchfahrene Stadt überschauen konnte. Er öffnete seine Thermosflasche und goß sich eine Tasse Kaffee ein. Ein Nachtvogel flog vorüber. Tom fühlte sich ausgezeichnet.

Etwa fünf Minuten später ertönte ein Geräusch. Oben in den Hügeln, wo sich die alte Straße dahinschlängelte, war eine Bewegung zu sehen und ein schwaches Licht, dann hörte er ein Murmeln.

Tom wandte sich langsam um, seinen Kaffeebecher in der Hand.

Zwischen den Hügeln tauchte ein seltsames Etwas auf.

Es war eine Maschine, die aussah wie ein jadegrünes Insekt, wie eine Heuschrecke — ein Gebilde, das zierlich durch die frische Luft eilte. Überall an seinem Körper schimmerten undeutlich zahllose Diamanten und Rubine, deren Facettenaugen lebhaft glitzerten. Die sechs Beine der Maschine erzeugten auf der alten Straße ein Geräusch wie leiser, schwächer werdender Regen, und auf dem Rücken der Maschine saß ein Marsianer mit Augen wie geschmolzenes Gold. Er sah auf Tom herab, als ob er in einen Brunnen schaute.

Tom hob automatisch die Hand und dachte: Hallo! Die Lippen bewegte er nicht, denn das Wesen war tatsächlich ein Marsianer. Doch Tom hatte in den blauen Flüssen der Erde geschwommen, während Fremde seines Weges kamen, und er hatte schon oft mit fremden Menschen in fremden Häusern gegessen, und stets war das Lächeln seine Waffe gewesen. Eine Pistole hatte er nicht bei sich. Und er spürte auch jetzt kein Verlangen danach, trotz des kleinen Angstknotens, der sich in der Gegend seines Herzens zusammenzog.

Auch die Hände des Marsianers waren leer. Einen Augenblick lang schauten sie sich durch die Kälte an.

Schließlich rührte sich Tom.

»Hallo!« rief er.

»Hallo!« rief der Marsianer in seiner Sprache.

Sie verstanden einander nicht.

»Haben Sie ›Hallo‹ gesagt?« fragten beide.

»Was haben Sie gesagt?« fragten sie, jeder in seiner Sprache.

Ihr Gesichtsausdruck verdüsterte sich.

»Wer sind Sie?« fragte Tom auf englisch.

»Was machen Sie hier?« fragte der Fremde auf Marsianisch; seine Lippen bewegten sich.

»Wohin wollen Sie?« fragten sie und sahen ratlos aus.

»Ich heiße Tom Gomez.«

»Ich heiße Muhe Ca.«

Keiner der beiden verstand die Namen, doch als sie sich auf die Brust klopften, wurde die Bedeutung der Worte klar.

Und dann lachte der Marsianer. »Moment!« Tom spürte eine Berührung am Kopf, doch keine Hand hatte ihn angefaßt. »Na bitte!« sagte der Marsianer auf englisch. »Das ist schon besser!«

»Sie haben meine Sprache gelernt! So schnell?«

»Kleinigkeit!«

Das nun folgende Schweigen machte beide verlegen, und sie schauten auf den Becher Kaffee, den Gomez in der Hand hielt.

»Neu?« fragte der Marsianer und beäugte ihn und den Kaffee und meinte vielleicht beides.

»Darf ich Ihnen etwas zu trinken anbieten?« fragte Tom. »Bitte.«

Der Marsianer glitt von seiner Maschine.

Ein zweiter Becher wurde hervorgeholt und gefüllt, dampfend voll. Tom hielt ihn dem Fremden hin.

Ihre Hände trafen sich — und fuhren wie Nebelschwaden durcheinander hindurch.

»Gott im Himmel!« rief Tom und ließ den Becher fallen. »Im Namen der Götter!« sagte der Marsianer in seiner Sprache.

»Haben Sie das gesehen?« flüsterten beide.

Sie waren entsetzt und fröstelten.

Der Marsianer bückte sich, um den Becher aufzuheben, doch er konnte ihn nicht greifen, er griff durch ihn hindurch.

»Jesus!« sagte Tom.

»Das kann man wohl sagen.« Der Marsianer versuchte mehrmals, den Becher zu fassen, doch vergeblich. Schließlich richtete er sich auf und überlegte einen Augenblick. Dann zog er ein Messer aus dem Gürtel.

»He! Lassen Sie das!« brüllte Tom.

»Irrtum — fangen sollen Sie es!« sagte der Marsianer und warf das Messer. Tom legte die Hände zusammen. Das Messer fiel durch ihn hindurch zu Boden. Tom bückte sich, um es aufzuheben, doch er konnte es nicht greifen und fuhr zurück.

Jetzt sah er den Marsianer vor dem Hintergrund des Himmels.

»Die Sterne!« sagte er.

»Die Sterne!« sagte der Marsianer, der seinerseits Tom anschaute.

Die Sterne schimmerten deutlich durch den Körper des Fremden, und sie waren eingewoben in sein Fleisch wie Lichtflecken in der dünnen, phosphoreszierenden Membran eines gallertartigen Fisches. Im Magen und in der Brust des Marsianers flackerten Sterne wie violette Augen und funkelten durch seine Handgelenke wie Juwelen.

»Sie sind ganz durchsichtig!« sagte Tom.

»Und Sie auch!« sagte der Marsianer und trat zurück.

Tom befühlte seinen Körper und war beruhigt, als er die Wärme spürte. *Ich* bin wenigstens lebendig, dachte er.

Der Marsianer berührte sich an der Nase und an den Lippen. »Mein Körper ist real«, sagte er halblaut. »*Ich* lebe.«

Tom starrte den Fremden an. »Aber wenn *ich* wirklich bin, müssen *Sie* tot sein.«

»Nein!«

»Ein Gespenst!«

»Ein Phantom!«

Sie zeigten aufeinander, während das Licht der Sterne in ihren Gliedern wie Dolchklingen und Eiszapfen und Glühwürmchen brannte. Dann fingen sie wieder an, sich zu betasten, und beide fanden nichts Ungewöhnliches, außer daß sie erhitzt, erregt, betäubt, verblüfft waren und der andere, ah! dieser andere da drüben ein irreales, gespenstisches Prisma, in dem das gebündelte Licht ferner Welten aufblitzte.

Ich bin betrunken, dachte Tom. Ich darf morgen niemandem davon erzählen, nein, nein.

Sie standen auf der alten Straße. Keiner bewegte sich.

»Woher kommen Sie?« fragte der Marsianer schließlich.

»Von der Erde.«

»Was ist das?«

»Da!« Tom deutete mit einem Kopfnicken zum Himmel.

»Wann?«

»Wir sind vor über einem Jahr gelandet, wissen Sie das nicht?«

»Nein.«

»Und von Ihren Leuten sind alle tot — bis auf wenige Ausnahmen. Vertreter Ihrer Rasse sind selten, wissen Sie das?«

»Das ist nicht wahr.«

»Jawohl, tot! Ich habe die Toten selbst gesehen. Schwarz, in den Zimmern, überall in den Häusern, Alle tot, Tausende.«

»Das ist ja zum Lachen! Wir *leben* doch!«

»Mein Lieber, Sie haben eine Invasion am Hals und wissen es nicht. Sie müssen entkommen sein.«

»Ich bin nicht entkommen; es gab überhaupt keinen Grund

zur Flucht. Was soll Ihr Gerede? Ich bin eben jetzt auf dem Weg zu einem Fest unten im Kanal bei den Eniallbergen. Ich war gestern abend schon dort. Sehen Sie nicht die Stadt?« Der Marsianer hob den Arm.

Tom folgte der Bewegung und sah die Ruinen. »Aber die ist doch schon seit vielen tausend Jahren verlassen.«

Der Marsianer lachte. »Verlassen? Ich habe gestern dort übernachtet!«

»Und ich bin letzte Woche dort gewesen und vorletzte Woche, und eben bin ich wieder durchgefahren. Sie liegt in Schutt und Asche! Sehen Sie nicht die eingestürzten Säulen?«

»Eingestürzt? Natürlich sehe ich sie, ganz deutlich sogar im Mondlicht, aber es ist doch alles in Ordnung mit ihnen.«

»Überall liegt Staub auf den Straßen.«

»Die Straßen sind sauber!«

»Die Kanäle sind leer.«

»Die Kanäle sind voller Lavendelwein!«

»Alles ist tot!«

»Alles lebt!« widersprach der Marsianer und lachte noch lauter. »Sie täuschen sich, wirklich. Sehen Sie dort die Jahrmarktlichter? Dort finden Sie Boote so schlank wie Frauen und wunderschöne Frauen, die so schmal wie Boote sind, Frauen mit sandfarbenem Haar, Frauen mit Feuerblumen in den Händen. Deutlich sehe ich die kleinen Gestalten, die in den Straße herumlaufen. Und dahin will ich jetzt, zum Fest. Wir sind bestimmt die ganze Nacht auf dem Wasser; wir singen und trinken und lieben uns. *Sehen* Sie's denn nicht?«

»Mein Lieber — diese Stadt ist so tot wie nur irgend etwas. Fragen Sie doch die Leute aus meiner Gruppe. Ich will heute abend noch zur Grünen Stadt — Das ist die neue Kolonie, die wir gerade an der Illinois-Landstraße gebaut haben. Sie müssen sich irren. Wir haben dreihunderttausend Meter Oregon-Bretter heraufgeschafft und ein paar Tonnen guter Stahlnägel, und daraus wurden die beiden schönsten Dörfer zusammengezimmert, die man sich nur vorstellen kann. Heute abend weihen wir einen der Orte ein. Raketen kommen von der Erde und bringen unsere

Frauen und Freundinnen. Es findet ein großer Tanz auf der Tenne statt, und es gibt Whiskey...«

Der Marsianer war unruhig geworden. »Und das alles soll da drüben...?«

»Da stehen die Raketen.« Tom führte den anderen auf den Hang und deutete hinab. »Sehen Sie's?«

»Nein.«

»Verdammt, da sind sie doch! Sehen Sie nicht die langen silbrigen Körper?«

»Nein!«

Jetzt lachte Tom. »Sie sind ja blind!«

»Ich kann sehr gut sehen. Sie sind derjenige, der nichts wahrnimmt.«

»Aber Sie sehen doch wenigstens die neue *Stadt,* ja?«

»Ich sehe nur einen Ozean bei Ebbe, das ist alles.«

»Mein Lieber, das Wasser ist vor viertausend Jahren verdunstet.«

»Wirklich, nun reicht es aber.«

»Es stimmt, lassen Sie sich's gesagt sein.«

Der Marsianer machte ein sehr nachdenkliches Gesicht. »Noch mal. Sie sehen die Stadt nicht so, wie ich sie beschreibe? Die weißen Säulen, die schlanken Boote, die festlichen Lichter — oh, wie deutlich ich das alles sehe! Und hören Sie mal! Ich kann das Singen hören. Es ist gar nicht weit.«

Tom lauschte und schüttelte den Kopf. »Nein.«

»Und andererseits sehe ich nicht, was Sie mir beschreiben. Also...«

Wieder erschauderten sie. Ein eisiger Hauch fuhr ihnen über den Rücken.

»Wäre es möglich...«

»Was?«

»Haben Sie gesagt ›vom Himmel‹?«

»Erde.«

»Erde, ein Name, nichts«, sagte der Marsianer. »*aber* ... als ich vor einer Stunde über den Paß kam —« er fuhr sich mit der Hand über den Nacken —»war mir plötzlich...«

»Kalt?«

»Ja.«

»Und jetzt?«

»Das gleiche. Komisch. Es war alles so seltsam«, sagte der Marsianer, »das Licht, die Berge, die Straße. Ich spürte das Seltsame, ich spürte die Straße, das Licht, und einen Augenblick lang hatte ich das Gefühl, ganz allein zu sein auf dieser Welt.«

»Ich auch!« sagte Tom, und ihm war plötzlich, als spräche er mit einem lieben, alten Freund, dem er sich anvertraute und mit dem er sich an dem Thema erwärmte.

Der Marsianer schloß die Augen und öffnete sie wieder.

»Das kann nur eins bedeuten. Die *Zeit*. Ja. Sie sind ein Gespenst aus der Vergangenheit!«

»Nein, *Sie* kommen aus der Vergangenheit«, sagte der Mann von der Erde, der in Ruhe überlegt hatte.

»Sie sind ihrer Sache so *sicher*. Wie wollen Sie beweisen, wer aus der Vergangenheit stammt und wer aus der Zukunft? Welches Jahr haben wir?«

»Zweitausendundeins!«

»Was bedeutet mir das?«

Tom überlegte und zuckte die Achseln. »Nichts.«

»Ich hätte Ihnen genausogut sagen können, daß wir das Jahr 4 462 853 S.E.C. haben. Das bedeutet nichts, absolut nichts für Sie. Wo ist die Uhr, die uns den Stand der Sterne anzeigt?«

»Aber die Ruinen sind der Beweis! Sie beweisen, daß ich die Zukunft bin; sie beweisen, daß *ich* lebe und Sie tot sind!«

»Aber mein ganzer Körper widerlegt das. Mein Herz schlägt, mein Magen ist hungrig, mein Mund hat Durst. Nein, nein, keiner von uns ist tot oder lebendig. Wir stehen eher zwischen diesen beiden Polen. Zwei Fremde, die sich in der Nacht begegnen, das ist es. Zwei Fremde bei einer zufälligen Begegnung. Ruinen, haben Sie gesagt?«

»Ja. Haben Sie Angst?«

»Wer möchte schon in die Zukunft schauen, wer möchte das *wirklich*? Man kann sich ohne weiteres mit der Vergangenheit auseinandersetzen, aber wenn man sich vorstellt — die Säulen sind — *eingestürzt,* sagen Sie? Und der See ohne Wasser, und die Kanäle trocken und die jungen Mädchen tot und die Blumen verwelkt?« Der Marsianer schwieg einen Augenblick, dann blickte er in die Ferne. »Aber da *sind* sie doch! Ich *sehe* sie! Reicht das nicht? Was Sie auch sagen, man wartet in diesem Moment auf mich.«

Und auf Tom warteten die fernen Raketen und die Stadt und die Frauen von der Erde. »So kommen wir nie auf einen Nenner«, sagte er.

»Wenn wir uns *darüber* einig sind, ist das schon etwas«, sagte der Marsianer. »Was macht es schon aus, ob wir wissen, wer die Vergangenheit und wer die Zukunft darstellt, solange wir nur beide leben. Was kommen muß, kommt — morgen oder in zehntausend Jahren. Woher wollen Sie wissen, daß jene Tempel nicht die zerfallenen Reste *Ihrer* Zivilisation sind, zehntausend Jahre in der Zukunft? Sie wissen es nicht, also forschen Sie auch nicht weiter. Aber die Nacht ist kurz. Da unten brennen die festlichen Feuer, und die Vögel fliegen am Himmel.«

Tom streckte die Hand aus. Der Marsianer tat es ihm nach.

Ihre Hände berührten sich nicht; sie verschmolzen miteinander.

»Werden wir uns wiedersehen?«

»Wer weiß? Vielleicht in einer anderen Nacht wie dieser.«

»Ich würde gern Ihr Fest mitmachen.«

»Und ich wünschte, ich könnte Ihre neue Stadt besuchen und mir die Schiffe ansehen, von denen Sie gesprochen haben, und die Menschen. Ich würde gern wissen, was alles so passiert ist.«

»Auf Wiedersehen«, sagte Tom.

»Gute Nacht.«

Auf seinem grünen Metallfahrzeug ritt der Marsianer still in die Hügel. Der Mann von der Erde wendete seinen Wagen und schlug ebenso wortlos die andere Richtung ein.

»Himmel, was für ein Traum!« seufzte Tom, die Hände auf das Steuerrad gelegt, und dachte an die Raketen, die Frauen, an den scharfen Geschmack des Whisky, die Virginia-Tänze und die Party.

Was für eine seltsame Vision, dachte der Marsianer, während er durch die Dunkelheit ritt, und er dachte an sein Fest, an die Kanäle, die Boote, die goldäugigen Frauen und die Lieder.

Die Nacht war dunkel, Die Monde waren untergegangen. Das Sternenlicht glänzte auf die leere Landstraße herab, auf der nichts mehr zu sehen oder zu hören war, absolut nichts. Und so blieb es die ganze kalte dunkle Nacht hindurch.

Oktober 2002: Das Ufer

Der Mars war ein fernes Ufer, und die Menschen landeten daran in Wellen. Jede Welle war anders, und jede war stärker. Die erste Welle brachte Männer, die an weiträumige Landschaften und Kälte und Einsamkeit gewöhnt waren, die Präriewölfe und Viehtreiber, die kein überflüssiges Gramm am Leibe trugen, an deren Gesichtern die Jahre gezehrt hatten, deren Augen wie Nagelköpfe und deren Hände wie alte Handschuhe waren, zum Zupakken bereit. Der Mars konnte ihnen nichts anhaben, denn sie waren für die Ebenen und Prärien geboren, wie sie es auf dem Mars gab. Sie kamen und machten die Welt etwas weniger geräumig, damit die anderen den Mut zum Nachkommen fanden. Sie setzten in die leeren Fensterhöhlen Scheiben ein und zündeten dahinter die Lichter an.

Sie waren die ersten Männer.

Wer die ersten Frauen sein würden, wußten alle.

Die zweite Welle von Männern hätte aus anderen Ländern kommen müssen, Menschen mit anderen Akzenten und Vorstellungen. Aber die Raketen waren amerikanisch, und dabei blieb es, während die Menschen in Europa und Asien und Südamerika und Australien und im Inselreich zurückgelassen wurden von den Kerzenflammen der Raketen. Denn in der übrigen Welt tobte der Krieg oder stand vor dem Ausbruch.

So bestand auch die zweite Welle aus Amerikanern. Und sie kamen aus den Mietskasernen und Straßenschluchten, und sie genossen die Gesellschaft schweigsamer Männer aus den ländlichen Staaten — Männer, die mit dem Schweigen etwas anzufangen wußten und die ihnen überreich Frieden schenkten nach all den Jahren, die sie eingezwängt in New York verbracht hatten.

Und mit der zweiten Welle kamen auch Männer, die nach Blick und Gebärde zu urteilen auf dem Weg zu Gott zu sein schienen...

Februar 2003: Interim

Zum Bau der zehnten Stadt wurden fünftausend Meter Pinienbretter aus Oregon heraufgeschafft, dazu fünfundzwanzigtausend Meter kalifornischer Rotholzbretter, und man zimmerte am Ufer der steinernen Kanäle eine saubere kleine Stadt zusammen. An Sonntagabenden schimmerten durch die getönten Fenster der Kirchen rote und blaue und grüne Lichter, und es waren Stimmen zu hören, die die numerierten Lieder sangen. »Wir singen jetzt Nr. 79. Wir singen jetzt Nr. 94.« Und in manchen Häusern war das strenge Klappern einer Schreibmaschine zu hören — ein Romancier am Werk — oder das Kratzen der Feder eines Dichters; oder es gab überhaupt kein Geräusch, dann gingen vielleicht andere Dinge vor. In mancher Beziehung war es, als hätte ein gewaltiges Erdbeben die Wurzeln und Keller einer Iowa-Stadt ausgerissen und als hätte ein fantastischer Wirbelwind wie aus dem Zauberland Oz die ganze Stadt zum Mars getragen und sanft wieder abgesetzt...

April 2003: Die Musiker

Die Jungen unternahmen weite Ausflüge ins marsianische Land. Sie hatten duftende Tüten bei sich, in die sie während der langen Wanderung dann und wann die Nase steckten, um das saftige

Aroma des Schinkens und der Pickles in Mayonnaise zu genießen und um sich das Gurgeln des Orangensafts in den wärmer werdenden Flaschen anzuhören. Sie schwangen ihre Einkaufsbeutel, die voller gewaschener, saftiger grüner Zwiebeln und duftender Leberwurst und rotem Ketchup und Weißbrot waren, und sie stachelten sich gegenseitig an, die strengen Ermahnungen ihrer Mütter zu mißachten. Sie rannten los und brüllten:

»Wer zuerst da ist, darf zutreten!«

Sie machten ihre Wanderungen im Sommer ebenso wie im Herbst oder Winter. Im Herbst war es am schönsten, weil man sich da wie auf der Erde vorstellen konnte, durch das Herbstlaub zu rascheln.

Ein wilder Haufen, so erschienen sie auf den marmornen Plätzen an den Kanälen, rotwangige Jungen mit achatblauen Augen, die einander nach Zwiebeln riechende Kommandos zuflüsterten. Nachdem sie die verbotene Totenstadt erreicht hatten, war es vorbei mit dem lauten »Wer zuletzt ankommt, ist ein Feigling!« oder »Der erste darf den Musiker machen!« Nein, die tote Stadt lag jetzt offen vor ihnen da, und sie glaubten von drinnen ein leises Rascheln wie von Herbstblättern zu hören. Dicht aneinandergepreßt wagten sie sich schrittweise vor, Stöcke in den Händen, und sie dachten an ihre Eltern, die ihnen gesagt hatten: »Geht nicht dorthin! Nein, nicht in die alten Städte! Nehmt euch auf euren Wanderungen in acht! Ihr bekommt Schläge wie noch nie, wenn wir euch erwischen! Wir sehen uns eure Schuhe an!«

Und da standen sie nun in der toten Stadt, ein Haufen Jungen, den mitgebrachten Proviant halb aufgegessen, und sie machten sich mit schrillen Stimmen gegenseitig Mut.

»Habt ihr vielleicht Angst, ihr Duckmäuser?« Und plötzlich raste einer los in das nächste Steinhaus, polterte durch die Tür ins Wohnzimmer und in das Schlafzimmer, wo er, ohne richtig hinzuschauen, um sich trat, wo er einen wilden Tanz vollführte und die schwarzen Blätter durch die Luft fliegen ließ, dünn und brüchig wie der Stoff, aus dem der mitternächtliche Himmel gemacht ist. Sechs andere folgten ihm, und der erste Junge war stets der Musiker, der auf den weißen xylophonartigen Knochen unter der äußersten Lage schwarzer Flocken spielte. Ein großer Schädel rollte hervor, ein weißer Schneeball; wie sie *schrien*! Rippen wie Spinnenbeine gaben dumpfe Harfentöne von sich, und die schwarzen Flocken der Sterblichkeit wirbelten hochauf im Takt des wilden Tanzes; die Jungen stießen sich an und fielen in die Blätter, in den Tod, der die Toten zu dürren Flocken hatte werden lassen, in ein Spiel von Jungen, in deren Mägen Orangensaft gurgelte.

Und dann ins nächste Haus, in siebzehn andere Häuser, wobei sie keinen Augenblick vergaßen, daß die Städte durch Feuerwehrleute von ihren Schrecken befreit wurden, von antiseptischen Kriegern mit Schaufeln und Eimern, die die ebenholzschwarzen Haut- und Fleischreste und die pfefferminzfarbenen Knochen umgruben und langsam, aber sicher das Entsetzliche vom Normalen trennten; sie mußten ihr Spiel also intensiv genießen, die Jungen, denn die Feuerwehr würde bald hier sein!

Schweißüberströmt verschlangen sie ihre letzten Brote. Nach einem letzten Tritt, einem letzten schrägen Konzert, einer letzten herbstlichen Jagd durch die Blätterhaufen gingen sie nach Hause.

Die Mütter suchten ihre Schuhe ab nach schwarzen Flocken, die — wenn sie gefunden wurden — zu kochendheißen Desinfektionsbädern und väterlichen Prügeln führten.

Gegen Ende des Jahres hatten die Feuerwehrleute alle Herbstblätter und weißen Xylophone fortgeharkt und begraben, und mit dem Jux war es aus.

Juni 2003: Mit dem Kopf in den Wolken

»Hast du schon gehört?«

»Was denn?«

»Die Nigger, die Nigger!«

»Was ist mit denen?«

»Sie verschwinden, verziehen sich, hauen ab — hast du's nicht gehört?«

»Was meinst du damit, sie hauen ab? Wie wär denn das möglich?«

»Sie können's, sie schaffen's, sie tun es schon!«

»Nur ein paar?«

»*Jeder* einzelne verdammte Nigger hier im Süden!«

»Nein!«

»Doch!«

»Das muß ich sehen. Ich glaub's einfach nicht. Wohin ziehen sie denn — nach Afrika?«

Schweigen.

»Auf den Mars.«

»Du meinst den Planeten Mars?«

»Ja.«

Die Männer standen im heißen Schatten der Veranda vor dem Eisenwarengeschäft. Einer unterbrach sein Pfeifenanzünden. Ein anderer spuckte in den heißen Staub.

»Sie können doch nicht einfach abhauen, können sie nicht.«

»Sie tun's aber.«

»Woher hast du das?«

»Man hört's überall, wurde gerade vor einer Minute im Radio durchgegeben.«

Die Männer, eine Reihe staubiger Standbilder, gerieten in Bewegung.

Samuel Teece, der Besitzer des Eisenwarenladens, lachte unsicher. »Hab mich schon gewundert, was mit Silly ist. Ich hab ihn vor einer Stunde mit dem Fahrrad weggeschickt. Er ist von Mrs. Bordmann noch nicht wieder zurück. Meinst du, der schwarze Dummkopf ist geradewegs zum Mars geradelt?«

Die Männer schnaubten durch die Nase.

»Ich kann nur sagen, daß er gut daran täte, mir mein Fahrrad zurückzubringen. Klauereien laß ich mir von keinem gefallen, bei Gott!«

»Hört doch mal!«

Im Umdrehen stießen die Männer ungeschickt zusammen.

Weit hinten schien ein Deich gebrochen. Eine warme schwarze Flut schwemmte heran und umschloß die Stadt. Zwischen den blendend weißen Ufern der Läden, zwischen dem Schweigen der Bäume strömte es schwarz dahin. Der Fluß wogte zäh wie Zuckersirup über die zimtfarben staubige Straße. Er drang langsam vor, sehr langsam, und er bestand aus Männern und Frauen und Pferden und bellenden Hunden und aus kleinen Jungen und Mädchen. Und die Kehlen der Menschen, die ein Teil der Flut waren, machten das Geräusch eines Flusses — eines sommerlichen Flusses, der unaufhaltsam dahingurgelte und strömte. Und in dem langsamen, schwarzen Strom, der den weißen Schimmer des Tages durchschnitt, blitzten muntere weiße Punkte auf, Augen, elfenbeinfarbene Augen, die nach vorn gerichtet waren oder schnelle Blicke zur Seite warfen, während der Fluß, der lange und endlose Fluß, aus der alten Richtung in ein neues Bett einschwenkte. Aus den verschiedensten Zuflüssen gespeist, waren Rinnsale und Bäche aus Farbe und Bewegung entstanden, die zusammentrafen und zu einem großen Fluß wurden. Und in der Flut schwammen zahlreiche Dinge mit: alte, träge schlagende Standuhren, emsig tickende Küchenuhren, gakkernde Hühner in Käfigen, schreiende Säuglinge; in den großen Wirbeln fanden sich zudem Esel und Katzen und dann und wann ein großer Berg geplatzter Matratzen mit hervorstehenden Sprungfedern und herausquellenden Füllungen, dazu Kästen und eichengerahmte Großvaterbilder — der Fluß schwemmte alles vorbei, während die Männer wie nervöse Jagdhunde auf der Veranda des Eisenwarenladens saßen, mit verkrampften leeren Händen. Es war zu spät, sich gegen die Flut zu stemmen.

Samuel Teece traute seinen Augen nicht. »Teufel, wie lassen die sich befördern? Wie kommen die zum Mars?«

»Raketen«, sagte Großvater Quartermain.

»Ausgerechnet die! Woher hätten die wohl Raketen?«

»Sie haben gespart und sich die Dinger gebaut.«

»Davon weiß ich ja gar nichts.«

»Anscheinend haben die Nigger alles geheimgehalten und selbst an den Raketen gearbeitet, wer weiß wo — vielleicht in Afrika.«

»Dürfen sie denn das?« fragte Samuel Teece und ging auf der Veranda auf und ab. »Gibt's denn dagegen kein Gesetz?«

»Sie erklären uns ja nicht gleich den Krieg«, sagte Großvater leise.

»Wo kommen wir da hin, verdammt noch mal, so im geheimen für sich zu arbeiten und Ränke zu schmieden?« brüllte Teece.

»Es heißt, alle Nigger der Stadt sollen sich draußen am Loon-See versammeln. Die Raketen kommen um ein Uhr, nehmen sie an Bord und bringen sie zum Mars.«

»Wir müssen den Gouverneur anrufen und die Bürgerwehr zusammentrommeln!« rief Teece. »Sie hätten uns Bescheid sagen müssen!«

»Da kommt deine Frau, Teece.«

Wieder wandten sich die Männer um.

Und in der windstillen Helle der Straße erschien die erste weiße Frau, gefolgt von anderen; ihre Gesichter waren ratlos, ein paar weinten, die meisten beherrschten sich. Sie alle kamen, um mit ihren Männern zu sprechen. Sie stießen die Schwingtüren der Bars auf und gingen hinein. Sie betraten kühle, stille Lebensmittelläden. Sie verschwanden in Drogerien und Garagen. Und eine, Mrs. Clara Teece, stellte sich zu den Männern auf die staubige Veranda des Eisenwarenladens und sah blinzelnd zu ihrem ärgerlich dreinblickenden Mann auf, während hinter ihr der schwarze Fluß weiterströmte.

»Es geht um Lucinda, Pa; du mußt mitkommen!«

»Wegen einer verdammten Schwarzen gehe ich nicht extra nach Hause!«

»Sie verläßt uns. Was soll ich ohne sie anfangen?«

»Kannst dich mal selbst um den Haushalt kümmern. Ich schmeiße mich nicht auf die Knie, damit sie hierbleibt.«

»Aber sie gehört doch fast zur Familie«, klagte Mrs. Teece.

»Schrei hier nicht so herum! Ich will nicht, daß du in aller Öffentlichkeit herumheulst wegen eines gottverdammten...«

Ein leises Schluchzen seiner Frau brachte ihn zum Schweigen. Sie betupfte sich die Augen. »Ich hab ihr immer wieder gesagt,

›Lucinda‹, hab ich gesagt, ›du bleibst, und ich erhöhe deinen Lohn, und du kannst zwei Abende in der Woche frei haben, wenn du willst‹, aber sie war fest entschlossen! Noch nie hab ich sie so gesehen, und ich sagte: ›Liebst du mich denn nicht mehr, Lucinda?‹ Und sie sagte, doch, aber sie müßte gehen, weil es eben sein müßte. Sie hat das Haus saubergemacht und Staub gewischt und das Mittagessen auf den Tisch gestellt, und dann ging sie zur Tür — und stand da mit einem Bündel links und einem Bündel rechts und schüttelte mir die Hand und sagte: ›Leben Sie wohl, Mrs. Teece.‹ Dann ging sie. Und da stand das Mittagessen auf dem Tisch, und wir alle waren viel zu durcheinander, um überhaupt davon zu essen. Es steht jetzt noch da und ist längst kalt.«

Teece ballte wütend die Faust, als wollte er sie schlagen. »Himmel, Herrgott, Frau, mach, daß du nach Hause kommst. Stehst hier herum und machst dich zum Gespött der Leute...!«

»Aber Pa...«

Er marschierte in das heiße Halbdunkel des Ladens. Sekunden später kam er mit einer silberglänzenden Pistole zurück.

Seine Frau war gegangen.

Der schwarze Fluß ergoß sich zwischen den Gebäuden und raschelte und knarrte und schlurfte gleichmäßig dahin. Er strömte überraschend leise, und über allem lag eine große Ruhe und Gelassenheit; kein Gelächter, kein wildes Herumtanzen, nur eine gleichmäßige, zielstrebige, endlos scheinende Flut.

Teece setzte sich auf die Kante seines Stuhls. »Wenn einer der Kerle lacht, bei Gott, bring ich alle um.«

Die Männer warteten.

Leise strömte der Fluß durch den verträumten Mittag.

»Mir scheint, du mußt deine Rüben bald selber hacken, Sam«, sagte Großvater und lachte leise.

»Auf Weiße schießen kann ich auch ganz gut.« Teece sah Großvater nicht an. Großvater wandte den Kopf und hielt den Mund.

»Einen *Moment*!« Samuel Teece sprang von der Veranda und

griff einem Pferd in die Zügel, auf dem ein großer Neger ritt. »Los, Belter, steig sofort ab!«

»Ja, Sir.« Belter glitt herab.

Teece musterte ihn von oben bis unten. »Also, was soll das? Was hast du vor?«

»Nun, Mr. Teece...«

»Du denkst wohl, du kannst absausen wie in dem Lied — wie geht das doch? ›Hoch, hoch — mit dem Kopf in die Wolken‹, das ist es doch, nicht?«

»Ja, Sir.« Der Neger wartete.

»Du weißt, daß du mir fünfzig Dollar schuldest, Belter?«

»Ja, Sir.«

»Und du willst dich davonmachen? Bei Gott, ich geb dir die Peitsche!«

»In der Aufregung ist es mir entfallen, Sir.«

»Ist ihm entfallen.« Teece blinzelte den Männern auf der Veranda boshaft zu. »Bei Gott, Mister, weißt du, was du machst?«

»Nein, Sir.«

»Du bleibst hier und arbeitest die fünfzig Piepen ab, oder ich will nicht mehr Samuel Teece heißen.« Wieder wandte er sich um und lächelte vertraulich zu den im Schatten Sitzenden hinüber.

Belter warf einen Blick auf den Fluß hinter sich, auf jenen dunklen Fluß, der sich endlos zwischen den Läden hindurch ergoß, der von Rädern und Pferden und staubigen Schuhen getragen wurde, jenen dunklen Fluß, dem er entrissen worden war. Er begann zu zittern. »Lassen Sie mich weiterziehen, Mr. Teece. Ich schicke Ihnen das Geld von oben, ich versprech's Ihnen!«

»Hör zu, Belter.« Teece ergriff die Hosenträger des Mannes und zupfte daran herum wie an zwei Harfensaiten; dabei schnaubte er verächtlich zum Himmel und zeigte mit knochigem Finger direkt auf Gott. »Belter, weißt du überhaupt, wie's da oben aussieht?«

»Was man so erfährt...«

»Was man so erfährt! Himmel! Habt ihr das gehört? Was man so erfährt!« Er schwang den Mann an seinen Hosenträgern müßig hin und her und schnipste ihm mit den Fingern in das schwarze Gesicht. »Belter, du fliegst höher und immer höher wie eine Feuerwerksrakete, und peng! Da schwirrst du dann in verkohlten Stücken rum, überall im Weltall verstreut. Die verrückten Wissenschaftler wissen doch überhaupt nichts — sie bringen euch alle um!«

»Das ist mir egal.«

»Freut mich zu hören. Denn du weißt ja sicher, was es da auf dem Planeten Mars gibt! Ungeheuer mit riesigen Augen so groß wie Pilzen. Du hast doch die Bilder auf den utopischen Magazinen gesehen, die's überall an den Kiosken gibt, nicht? Also! Die Monster springen dich an und saugen dir das Mark aus den Knochen!«

»Das ist mir egal, völlig egal ist mir das.« Belter sah, wie der Strom vorüberglitt und ihn zurückließ. Schweiß glitzerte auf seiner schwarzen Stirn. Er schien kurz vor dem Zusammenbruch zu stehen.

»Und kalt ist es da oben; Luft gibt es nicht. Du fällst um und zappelst wie ein Fisch auf dem Trockenen und schnappst nach Luft und stirbst, du schnappst nach Luft und stirbst. *Magst* du das?«

»Ich mag vieles nicht, Sir. Bitte, Sir, lassen Sie mich ziehen. Ich bin schon spät dran.«

»Ich laß dich ziehen, wenn *ich* Lust dazu habe. Wir quatschen hier höflich weiter, bis ich sage, daß du gehen kannst, und das weißt du sehr gut. Reisen willst du, ja? Also Mr. Mit-dem-Kopf-in-die-Wolken, du scherst dich jetzt nach Hause und arbeitest die fünfzig Piepen ab, die du mir schuldest. Kostet dich glatt zwei Monate!«

»Aber wenn ich's abarbeite, verpasse ich die Rakete, Sir!«

»Wär das nicht schade?« Teece versuchte, bekümmert dreizusehen.

»Ich gebe Ihnen mein Pferd, Sir.«

»Ein Pferd ist vor dem Gesetz kein Pfand. Du bleibst hier, bis ich mein Geld habe.« Teece lachte innerlich. Er fühlte sich ausgesprochen wohl.

Eine kleine Gruppe Schwarzer hatte sich inzwischen um sie

versammelt und das Gespräch verfolgt. Während nun Belter mit gesenktem Kopf zitternd dastand, trat ein alter Mann vor.

»Mister?«

Teece warf ihm einen ungeduldigen Blick zu. »Was ist?«

»Wieviel schuldet Ihnen dieser Mann, Mister?«

»Das geht Sie verdammt nichts an!«

Der alte Mann wandte sich an Belter. »Wieviel, mein Sohn?«

»Fünfzig Dollar.«

Der alte Mann streckte den Leuten in der Gruppe seine schwarzen Hände entgegen. »Ihr seid fünfundzwanzig. Jeder gibt mir schnell zwei Dollar, wir haben keine Zeit mehr zu verlieren.«

»Einen *Augenblick*!« rief Teece, hochaufgerichtet, starr.

Das Geld kam zusammen. Der alte Mann zählte es in seinen Hut und reichte ihn Belter. »Mein Sohn«, sagte er, »du verpaßt die Rakete nicht!«

Belter sah lächelnd in den Hut. »Nein, Sir.«

Teece brüllte: »Du gibst das Geld sofort zurück!«

Belter verbeugte sich respektvoll und hielt ihm das Geld hin, und als Teece es nicht nehmen wollte, legte er es ihm zu Füßen in den Staub. »Da haben Sie Ihr Geld, Sir«, sagte er. »Vielen Dank.« Lächelnd stieg er wieder in den Sattel, trieb sein Pferd an und dankte dem alten Mann, der mit ihm ritt, bis sie verschwunden waren.

»Hurensohn«, flüsterte Teece und starrte wie erblindet in die Sonne. »Hurensohn.«

»Nimm das Geld, Samuel«, sagte eine Stimme von der Veranda.

Und überall geschah ähnliches. Barfüßige weiße Jungen kamen herbeigerannt. »Wer etwas hat, hilft den anderen, die nichts haben! Und so kommen *alle* frei! Habe einen reichen Mann gesehen, der einem Armen zweihundert Dollar gab, damit er jemand freikaufen konnte. Habe gesehen, wie einer einem anderen zehn Dollar gab, fünf Dollar, sechzehn, viel Geld, überall, jedermann!«

Die Weißen hatten einen bitteren Geschmack im Mund. Ihre Augen schienen zugeschwollen, als hätten sie ihre Gesichter zu lange dem Wind und dem Sand und der Hitze ausgesetzt.

Samuel Teece kochte vor Wut. Er stieg wieder auf die Veranda und starrte auf die vorüberziehenden Menschenmassen. Er schwenkte seine Pistole. Und als er dann auch etwas tun mußte, begann er hinabzubrüllen, begann er jeden Neger anzubrüllen, der zu ihm aufschaute. »Peng! Und wieder eine Rakete ins All!« brüllte er so laut, daß alle ihn hören konnten. »Peng! Bei Gott!« Die schwarzen Köpfe duckten sich nicht und ließen sich auch nicht anmerken, ob seine Worte verstanden wurden, doch Blicke glitten hastig über ihn dahin und wurden wieder gesenkt. »Und peng! Alle Raketen stürzen ab! und ihr schreit und sterbt! Peng! Allmächtiger, bin ich froh, daß ich hier auf der guten alten festen Erde bleiben darf!«

Pferde trabten vorbei und wirbelten Staub auf. Die Federungen alter Wagen quietschten.

»Peng!« Seine Stimme war allein in der Hitze und versuchte den Staub und den grellen Sonnenhimmel zu erschrecken. »Bumm! Nigger, überall Nigger! Aus den Raketen rausgeschleudert wie ein Fischschwarm, von einem Meteor getroffen, bei Gott! Der Weltraum ist voller Meteore. Wißt ihr das? Natürlich! Dick wie Schrot, peng! Die schießen eure Blechraketen ab wie Enten, wie Tontauben. Alte Sardinendosen voller schwarzem Zeug. Knallen tut's wie 'ne Salve, peng, peng peng! Zehntausend Tote hier, zehntausend Tote da! Die schweben dann im All, um die Erde rum, endlos herum, kalt und weit draußen, Herrgott! Habt ihr das gehört, ihr da!«

Schweigen. Der Fluß war breit, und noch war kein Ende abzusehen. Nachdem er in der letzten Stunde in alle Hütten eingedrungen war und alle wertvollen Dinge herausgespült hatte, führte er jetzt Uhren und Waschbretter und Seidenbündel und Gardinenstangen die Straße hinab, einem fernen schwarzen Meer entgegen.

Die Flut überschritt ihren Höhepunkt. Es war zwei Uhr, als die Ebbe einsetzte. Bald war der Fluß ausgetrocknet, und die Stadt lag wieder still da; eine dünne Staubschicht senkte sich auf die Läden, die dort sitzenden Männer, die großen heißen Bäume.

Schweigen.

Die Männer auf der Veranda lauschten.

Als sie nichts hörten, streiften ihre Gedanken und ihre Fantasie über das Land ringsum. Noch am Morgen waren die Wiesen von dem üblichen Lärm erfüllt gewesen. Hier und dort, der alten Gewohnheit folgend, hatte es Gesang gegeben und leises Gelächter unter Mimosenästen, dazu das Lachen der Negerkinder im klaren Wasser, Bewegung und gebückte Gestalten auf den Feldern, Lachen und Rufe aus den einfachen Hütten, die frisch und grün berankt waren.

Jetzt schien ein neuer Wind über das Land hingefahren zu sein und es aller Geräusche beraubt zu haben. Nichts war übriggeblieben. Türgerippe hingen in ihren Lederscharnieren. Gummireifen, von den Jungen als Schaukel benutzt, hingen verlassen in der reglosen Luft unter den Bäumen. Die Waschsteine an den Flüssen waren verwaist, und die Felder mit Wassermelonen lagen einsam da, und die verborgenen Säfte ihrer Früchte erhitzten sich in der Sonne. In den verlassenen Hütten begannen Spinnen neue Netze zu weben, und Staubschlieren sanken von durchlöcherten Dächern herab durch goldene Sonnenfinger. Hier und dort glomm, in der Eile vergessen, ein Feuer, das wie in plötzlicher Lust am trockenen Skelett einer schäbigen Hütte emporzüngelte. In der stillen Luft lag das Geräusch eines leise schwelenden Brandes.

Die Männer saßen auf der Veranda des Eisenwarenladens, ohne zu blinzeln, ohne zu schlucken.

»Kann mir nicht vorstellen, warum sie ausgerechnet *jetzt* abhauen. Wo doch alles für sie besser geworden ist. Ich meine, sie haben doch jeden Tag mehr Rechte gekriegt. Was *wollen* sie denn noch? Die Pro-Kopf-Steuer gibt's nicht mehr, und immer mehr Staaten verabschieden Anti-Lynch-Gesetze, und überall Gleichberechtigung. Was wollen sie denn *noch*? Sie verdienen fast so gut wie die Weißen — und trotzdem ziehen sie ab.«

Am Ende der leeren Straße kam ein Fahrrad in Sicht.

»Da soll mich doch der Teufel ... Teece, da kommt dein Silly.«

Das Fahrrad kam vor der Veranda zum Stehen. Ein siebzehnjähriger Negerjunge saß im Sattel, ein Junge, der fast nur aus Armen und langen Beinen und einem runden Melonenkopf zu bestehen schien. Er sah zu Samuel Teece auf und lächelte.

»Dich hat also dein schlechtes Gewissen zurückgetrieben.«

»Nein Sir, ich wollte Ihnen nur das Fahrrad zurückbringen.«

»Was ist los, hat man dich nicht in die Rakete gelassen?«

»Nein, Sir, das ist es nicht.«

»Lassen wir das Thema! Steig ab — ich laß mir nicht mein Eigentum klauen!« Er versetzte dem Jungen einen Stoß. Das Fahrrad stürzte um. »Geh rein und putz das Messing.«

»Bitte?« Der Junge riß die Augen auf.

»Du hast richtig gehört. Da ist auch eine Waffensendung gekommen, die ausgepackt werden muß, und eine Kiste Nägel von Natchez...«

»Mr. Teece.«

»Und eine Kiste mit Hämmern ist kaputt...«

»Mr. Teece, Sir!«

»Bist du *immer* noch da?« Teece starrte den Jungen wütend an.

»Mr. Teece, hätten Sie was dagegen, wenn ich mir den Tag frei nehme?« fragte er entschuldigend.

»Und morgen und übermorgen und überübermorgen auch«, sagte Teece.

»Ich fürchte ja, Sir.«

»Du hast auch wirklich Grund zum Fürchten, Junge. Komm her!« Er führte den Jungen auf die Veranda und nahm ein Stück Papier aus seinem Schreibtisch. »Kennst du das?«

»Sir?«

»Das ist dein Arbeitspapier! Unterschrieben hast du es, hier ist dein Kreuz, nicht wahr? Los, antworte!«

»Das hab ich nicht unterschrieben, Mr. Teece.« Der Junge zitterte. »So ein Kreuz kann jeder machen.«

»Hör mir gut zu, Silly. — Vertrag: ›Ich werde vom 15. Juli 2001 an zwei Jahre für Mr. Teece arbeiten, und wenn ich aufhören will, kündige ich einen Monat vorher und arbeite so lange weiter, bis ein Nachfolger gefunden ist.‹ Da.« Teece schlug mit der Hand auf das Papier; seine Augen blitzten. »Wenn du Schwierigkeiten machst, gehen wir vor Gericht.«

»Das kann ich nicht«, jammerte der Junge, und Tränen liefen ihm übers Gesicht. »Wenn ich heute nicht mitfliege, komme ich überhaupt nicht weg.«

»Ich weiß, wie dir zumute ist, Silly; ja, ich fühle mit dir. Aber wir werden dich gut behandeln und dir ordentlich zu essen geben, Junge. Und jetzt geh rein und fang mit der Arbeit an und vergiß den ganzen Unsinn! So ist's recht.« Teece grinste und klopfte dem Jungen auf die Schulter.

Der Junge wandte sich um und sah die alten Männer auf der Veranda an. Er konnte kaum noch etwas erkennen vor Tränen. »Vielleicht ... vielleicht könnte einer der Herren...« Die Männer sahen den Jungen an, dann Mr. Teece, und schließlich starrten sie hoch in die heißen staubigen Schatten über der Veranda.

»Du meinst, ein *weißer* Mann soll deine Stelle übernehmen, Junge?« fragte Teece eisig.

Großvater Quartermain nahm seine roten Hände von den Knien. Nachdenklich schaute er zum Horizont und fragte: »Wie wär's mit mir, Teece?«

»Was?«

»Ich übernehme Sillys Arbeit.«

Auf der Veranda herrschte Schweigen.

Teece hielt sich ganz still. »Großvater«, sagte er warnend.

»Laß den Jungen gehen. Ich mache dein Messing sauber.«

»Würden Sie das tun, würden Sie das wirklich tun?« Silly rannte zu Großvater, tränenüberströmt, und er lachte ungläubig.

»'türlich.«

»Großvater«, sagte Teece, »halt dich da raus, verdammt noch mal.«

»Gib dem Kleinen eine Chance, Teece.«

Teece trat vor und packte den Jungen am Arm. »Er gehört mir. Ich schließe ihn bis heute abend hinten im Haus ein.«

»Nicht, Mr. Teece!«

Der Junge begann zu schluchzen. Sein Weinen erfüllte die

Veranda. Er hatte die Augen zugekniffen. Am Ende der Straße erschien ein alter keuchender Ford und kam näher. Er brachte eine letzte Ladung Farbiger. »Da kommt meine Familie, Mr. Teece, o bitte, bitte, o Gott, ich bitte Sie!«

»Teece«, sagte einer der anderen Männer auf der Veranda und stand auf. »Laß ihn gehen.«

Ein zweiter stand auf. »Das meine ich auch.«

»Und ich auch«, sagte ein dritter.

»Was soll's denn?« Sie sprachen jetzt alle. »Laß ihn in Ruhe, Teece.«

»Laß ihn gehen.«

Teece tastete nach der Pistole in seiner Tasche. Als er die Gesichter der Männer sah, zog er die Hand wieder aus der Tasche und ließ die Pistole, wo sie war, und sagte: »So steht es also?«

»Ja, so steht es«, sagte jemand.

Teece ließ den Jungen los. »Also gut. Verschwinde.« Er machte eine Kopfbewegung nach hinten. »Aber glaub ja nicht, daß du deinen Kram hierlassen kannst, damit er mir das Haus verschandelt.«

»Nein, Sir!«

»Du räumst deinen Schuppen hinten säuberlich aus und verbrennst alles.«

Silly schüttelte den Kopf. »Ich nehm's mit.«

»Das wird man aber kaum an Bord der Rakete lassen.«

»Ich nehm's mit«, beharrte der Junge leise.

Er rannte durch den Laden nach hinten. Die Männer hörten, wie er ausfegte und saubermachte und aufräumte, und einen Augenblick später kam er wieder zum Vorschein, die Hände voller Kreisel und Murmeln und alter staubiger Drachen und sonstigem Kram, der sich im Laufe der Jahre angesammelt hatte. Schon hielt der alte Ford vor dem Haus, und Silly stieg ein, und die Tür wurde zugeschlagen. Teece stand auf der Veranda und lächelte bitter. »Was fängst du denn an *da oben*?«

»Etwas *Neues*«, sagte Silly. »Ich mache einen eigenen Eisenwarenladen auf.«

»Verdammt noch mal, hast du meinen Beruf erlernt, damit du

mir eines Tages fortlaufen und Gebrauch davon machen kannst?«

»Nein, Sir, ich hatte ja keine Ahnung, daß so etwas passieren würde, Sir, aber dann ist es geschehen. Und ich kann nichts dafür, daß ich etwas gelernt habe, Mr. Teece.«

»Vermutlich habt ihr auch Namen für eure Raketen?«

Sie blickten nervös auf die Uhr am Armaturenbrett.

»Ja, Sir.«

»Zum Beispiel ›Elias im feurigen Wagen‹, ›Großer Wagen und Kleiner Wagen‹, ›Glaube, Hoffnung, Liebe‹ — wie?«

»Ja — wir haben Namen für die Schiffe, Mr. Teece.«

»›Gottessohn und Heiliger Geist‹ — das würde mich nicht wundern! Sag, Junge, habt ihr auch eine, die ›Erste Baptisten‹ heißt?«

»Wir müssen uns beeilen, Mr. Teece.«

Teece lachte. »Habt ihr auch eine, die ›Steig herab‹ heißt, und ›Schöner Himmelswagen‹?«

Der Ford setzte sich in Bewegung. »Leben Sie wohl, Mr. Teece.«

»Habt ihr auch eine mit Namen ›Laßt die Würfel fallen‹?«

»Leben Sie wohl, Mister!«

»Und ›Über den Jordan‹! Ha! Also, rein mit dir in die Rakete, Junge, hinauf in den Himmel, zieh los und krepier irgendwo da draußen, ist *mir* doch egal!«

Der Wagen ruckelte durch den Staub davon. Der Junge stand auf, legte die Hände um den Mund und rief Teece zu: »Mr. Teece! Mr. Teece, was machen Sie von nun an in der Nacht? Was *tun* Sie in der Nacht, Mr. Teece?«

Schweigen. Der Wagen wurde kleiner. Dann war er verschwunden. »Was, zum Teufel, hat er gemeint?« überlegte Teece. »Was ich in der Nacht mache...?«

Er sah zu, wie sich der Staub setzte, plötzlich fiel es ihm ein.

Er dachte an die Nächte, da ihn die Männer von zu Hause abholten, mit angezogenen, spitz aufragenden Knien und mit Gewehren, die noch spitzer aufragten, eine Wagenladung von Kranichen unter den Sommernachtsbäumen, ein Funkeln im Blick.

Die Hupe blökte, und er schlug die Tür zu, das Gewehr in der Hand, und er lachte leise vor sich hin, und sein Herz schlug so schnell wie bei einem Zehnjährigen, und sie fuhren durch die Sommernacht, ein Stück aufgerolltes Hanfseil auf dem Wagenboden, während die gefüllten Patronenschachteln die Manteltaschen der Männer ausbeulten. Wie viele Nächte waren das gewesen in all den Jahren, wie viele Nächte, in denen der Wind durch den Wagen brauste, das Haar über die bösen Augen wehte, während sie einen Baum aussuchten, einen guten starken Baum, und an eine Hüttentür klopften...

»*Das* hat der Hurensohn also gemeint!« Teece stürzte ins Sonnenlicht hinaus. »Komm zurück, du Bastard! Was ich in der Nacht mache? Du verdammter, frecher Huren...«

Es war eine gute Frage. Übelkeit überkam ihn, und er fühlte sich leer. Ja, was *tun* wir jetzt in der Nacht? fragte er sich. Wenn *sie* alle verschwunden sind, was machen wir da? Er fühlte sich absolut leer und wie erstarrt.

Er holte die Pistole aus der Tasche, überprüfte das Magazin.

»Was hast du vor, Sam?« fragte jemand.

»Ich bringe den Hurensohn um!«

Großvater sagte: »Reg dich nicht unnötig auf.«

Aber Samuel Teece war schon um das Haus gelaufen. Einen Augenblick später fuhr er seinen offenen Wagen in die Einfahrt. »Will jemand mit?«

»Ich«, sagte Großvater und stand auf.

»Noch jemand?«

Niemand sagte etwas.

Großvater stieg ein und schlug die Tür zu. Samuel Teece jagte den Wagen in einer großen Staubwolke auf die Straße. Schweigend rasten sie unter dem hellen Himmel dahin. Auf den verdorrten Wiesen flimmerte die Hitze.

An einer Kreuzung hielten sie an. »Wohin sind sie gezogen, Großvater?«

Großvater kniff die Augen zusammen. »Geradeaus vermutlich. «

Sie fuhren weiter. Unter den Sommerbäumen klang das Brummen des Wagens ganz verlassen. Die Straße war leer, und im Weiterfahren bemerkten sie etwas Seltsames. Teece fuhr langsamer und beugte sich hinaus. Seine gelben Augen blitzten.

»Verdammt, Großvater, sieh mal, was die Schweinehunde gemacht haben.«

»Was denn?« fragte Großvater und schaute hinaus.

Sorgfältig am Rand der leeren Landstraße abgelegt, säuberlich zu Bündeln und Haufen gestapelt, sah er alte Rollschuhe, Tücher voller Trödelkram, ein Paar alter Schuhe, ein Wagenrad, stapelweise Hosen und Mäntel und abgetragene Hüte, orientalisch anmutende Glasstücke, die einst im Wind geklimpert hatten, rosa Geranien in Blechdosen, Teller mit wächsernen Früchten, kartonweise Südstaatgeld, Bottiche, Waschbretter, Wäscheleinen, Seife, ein Fahrrad, eine Heckenschere, einen Spielzeugwagen, einen Springteufel in einer Schachtel, ein buntes Fenster aus der Baptistenkirche, einen ganzen Satz Bremsfelgen, Radioröhren, Matratzen, Sofas, Schaukelstühle, Salbentöpfe, Spiegel. Keiner dieser Gegenstände war einfach hingeworfen worden, nein, er war vorsichtig und behutsam hingelegt, mit einem Sinn für das Dekorative, abgelegt am Rande der Straße, als wäre hier eine ganze Stadt mit vollen Händen gewandert, als wären beim Klang einer gewaltigen bronzenen Trompete alle Gegenstände dem Staub überantwortet worden, als wären alle Erdbewohner, alle, geradewegs in den blauen Himmel entfleucht.

»Nicht verbrennen wollte er das Zeug, hat er gesagt«, rief Teece wütend. »Nein, er wollte es nicht verbrennen, wie ich gesagt habe, er mußte es mitnehmen und hier liegen lassen, wo sie es alle noch einmal auf der Straße sehen können, all das Zeug zusammen. Die Nigger halten sich für ganz schlau.«

Er begann in wilden Schlangenlinien zu fahren; Meile um Meile legte er so auf der Straße zurück und zerschmetterte, zerbrach, zerstreute die Bündel aus Papier, Schmuckkästen, Spiegeln, Stühlen. »Da, verdammt noch mal, *da*!«

Der vordere Reifen stieß einen pfeifenden Schrei aus. Der Wagen taumelte haltlos von der Straße in einen Graben und schleuderte Teece gegen die Scheibe.

»Hurensohn!« Er klopfte sich den Staub ab und stieg aus. Fast weinte er vor Wut.

Er sah die stille, leere Straße hinab. »Jetzt kriegen wir sie nie, nie!« So weit er sehen konnte, erstreckten sich die Bündel und Häufchen wie kleine verlassene Reliquienschreine im warmen Wind des späten Nachmittags.

Eine Stunde später trafen Teece und Großvater, müde von dem Fußmarsch, wieder beim Eisenwarenladen ein. Die Männer saßen noch immer dort und lauschten ins Leere und starrten in den Himmel. Als Teece sich gesetzt hatte und seine Stiefel auszog, rief jemand: »Schaut!«

»Verdammt, *nein*!« sagte Teece.

Aber die anderen blickten auf. Und sie sahen die goldenen Schnüre, die fernab in den Himmel stiegen. Lange Flammen hinter sich herziehend, verschwanden sie.

Auf den Baumwollfeldern wehte der Wind müßig zwischen den schneeweiß behangenen Stauden. Auf anderen Feldern, weiter entfernt, lagen die Wassermelonen in der Sonne, unberührt, gestreift wie Katzen.

Die Männer auf der Veranda setzten sich, sahen sich an, betrachteten die frischen gelben Hanfseile, die säuberlich zusammengerollt in den Regalen des Ladens lagen, warfen einen Blick auf die Gewehrpatronen, die messingglänzend in ihren Schachteln ruhten, betrachteten die silberglitzernden Pistolen und langen schwarzen, metallschimmernden Flinten, die ganz oben reglos im Schatten hingen. Jemand steckte sich einen Strohhalm zwischen die Zähne. Ein anderer zeichnete etwas in den Staub.

Dann hielt Samuel Teece triumphierend seinen leeren Stiefel hoch, drehte ihn um, starrte ihn an und sagte: »Habt ihr gemerkt? Bis ganz zum Schluß, bei Gott, hat er ›Mister‹ gesagt!«

2004-2005: Die Namen

Sie kamen in das fremde blaue Land und gaben ihm ihre Namen. Da gab es den Hinkstonbach und die Lustig-Straße und einen Schwarzen Fluß und einen Driscoll-Wald und einen Peregrineberg und die Wilder-City — Namen von Menschen und menschlichen Errungenschaften. Da war die Stelle, wo Marsianer die ersten Erdenmenschen umbrachten, und sie hieß Rote Stadt, was auf das vergossene Blut hindeuten sollte. Und wo die Zweite Expedition vernichtet worden war, stand eine Stadt, die ›Zweiter Versuch‹ hieß, und an all den anderen Orten, wo die Männer ihre feuerspeienden Raketen niedergesetzt und das Land verbrannt hatten, blieben Namen zurück wie Asche-Village, und natürlich gab es auch ein Spendergebirge und eine Nathaniel-York-City...

Die alten marsianischen Namen waren Namen des Wassers und der Luft und der Hügel gewesen. Namen von Schneefällen, die sich südlich in die steinernen Kanäle ergossen und die leeren Seen füllten, und Namen von begrabenen Zauberern und Türmen und Obelisken. Und die Raketen zertrümmerten die Namen wie herabsausende Hammerschläge, zerbrachen den Marmor, zerpulverten die irdenen Meilensteine mit den alten Städtenamen — Städte, deren Schutt jetzt neue große Schilder eingerammt wurden mit neuen Namen, in denen Wörter wie EISEN und STAHL und ALUMINIUM und ELEKTRIZITÄT und KORN und DETROIT vorkamen — die technischen und metallisch klingenden Wörter von der Erde.

Und als die Städte vollendet und benannt waren, kamen die Friedhöfe an die Reihe und erhielten ebenfalls ihre Namen: Grüner Hügel, Moos-Stadt, Gesegneter Abschied, und die ersten Toten wurden begraben...

Als jedoch alles sauber und an Ort und Stelle war, als die Sicherheit ein Höchstmaß erreicht hatte und die Städte gut eingerichtet und die Einsamkeit zurückgedämmt war, kamen die Anspruchsvollen von der Erde. Sie kamen, um Partys zu feiern oder Ferien zu machen, um Schmuck zu kaufen, Fotos zu schießen oder die ›Atmosphäre‹ zu genießen; sie kamen, um soziologische Gesetze zu studieren oder anzuwenden, sie brachten Sterne und Abzeichen und Regeln und Vorschriften, sie brachten etwas von dem Verwaltungsapparat mit sich, der die Erde wie ein unheimliches, fremdes Gewächs überwuchert hatte, und sie ließen es auch auf dem Mars wachsen, wo immer es Wurzeln schlagen wollte. Sie begannen das Leben und die Lektüre anderer Leute zu planen und zu beaufsichtigen, sie begannen Anweisungen zu erteilen und eben jene Menschen am Gängelband zu führen, die zum Mars gekommen waren, um nicht mehr kommandiert und bevormundet und herumgestoßen zu werden.

Und so war es unvermeidlich, daß sich einige zu wehren begannen...

April 2005: Ascher II

»›Einen geschlagenen Tag lang, starr, trüb, tonlos und tief im Herbste des Jahres, war ich allein, zu Pferde, unter dem bedrükkend lastenden Wolkenhimmel, durch einen ungewöhnlich öden Strich Landes dahingeritten; und fand mich endlich, da die Schatten des Abends sich anschickten heraufzuziehen, angesichts des melancholischen Hauses Ascher...‹.«

Mr. William Stendahl unterbrach sein Zitat. Vor ihm auf einem niedrigen schwarzen Hügel stand das Haus, und sein Grundstein trug die Inschrift 2005 n. Chr.

Mr. Bigelow, der Architekt, sagte: »Es ist fertig. Hier ist der Schlüssel, Mr. Stendahl.«

Wortlos standen die beiden Männer im stillen Herbstnachmittag. Bauzeichnungen raschelten im Gras zu ihren Füßen.

»Das Haus von Ascher«, sagte Mr. Stendahl angenehm berührt. »Geplant, gebaut, gekauft, bezahlt. Oh, wie *entzückt* Mr. Poe davon wäre!«

Mr. Bigelow kniff die Augen zusammen. »Ist alles nach Wunsch, Sir?«

»Ja!«

»Stimmen die Farben? Sind sie *trostlos* und *schrecklich*?«

»*Sehr* trostlos und *sehr* schrecklich.«

»Die Wände sind — *kalt*?«

»Ja, in erstaunlichem Maße!«

»Der See — ist er ›schwarz und unheimlich‹ genug?«

»Überaus schwarz und unheimlich.«

»Und das Riedgras — wir haben es gefärbt, müssen Sie wissen — ist es richtig grau und schwarz?«

»Scheußlich!«

Mr. Bigelow betrachtete seine Baupläne und las vor: »Erzeugt das ganze Gebäude ›ein eisiges Gefühl, ein bedrückendes Herzklopfen, eine Trübsal der Gedanken‹? Das Haus, der See, das Land, Mr. Stendahl?«

»Mr. Bigelow, der Bau ist jeden Cent wert, den er kostet. Mein Gott, es ist alles wunderschön!«

»Vielen Dank. Ich mußte immerhin ohne Vorkenntnisse arbeiten. Gott sei Dank hatten Sie Ihre eigenen Raketen zur Verfügung, sonst hätten wir die meisten Sachen nicht durchbekommen. Wie Sie bemerken, herrscht ein ständiges Zwielicht — das Land, in dem stets Oktober ist, öde, steril, tot. Hat uns ganz schön Arbeit gemacht. Wir mußten alles abtöten. Zehntausend Tonnen DDT. Keine Schlange, kein Frosch, keine marsianische Fliege ist mehr am Leben! Immer nur Zwielicht, Mr. Stendahl, darauf bin ich besonders stolz. Es gibt versteckte Maschinen, die löschen die Sonne aus. Es wird immer angemessen ›trübe‹ sein.«

Stendahl genoß sie in vollen Zügen: Die Trübsal, die Düsterkeit, die übelriechenden Dämpfe, die ›Atmosphäre‹ — es war alles so wohlabgewogen! Und das Haus erst! Ein einziger modriger Schrecken — dazu der entsetzliche See, die stinkenden Pilzkolonien, der fortgeschrittene Zerfall! Plastik oder nicht — wer ahnte schon die Wahrheit?

Er sah zum herbstlichen Himmel auf. Irgendwo da oben, weit entfernt, war die Sonne. Irgendwo war es April auf dem Planeten Mars, ein heller Monat mit blauem Himmel. Irgendwo über ihm brannten Raketen herab, um einen wunderbaren toten Planeten zu zivilisieren. Ihr kreischender Lärm drang nur gedämpft in diese trübe, abgeschirmte Welt, in diesen alten, alten Herbst.

»Nachdem meine Arbeit nun getan ist«, sagte Mr. Bigelow unsicher, »möchte ich mir gern die Frage erlauben, was Sie mit all dem anfangen wollen.«

»Mit Ascher? Haben Sie's noch nicht erraten?«

»Nein.«

»Bedeutet Ihnen der Name Ascher überhaupt nichts?«

»Nein.«

»Wie steht es dann mit dem Namen Edgar Allan Poe? Kennen Sie den?«

Mr. Bigelow schüttelte den Kopf.

»Natürlich.« Mit einer Mischung aus Bestürzung und Verachtung schnaubte Mr. Stendahl durch die Nase. »Wie konnte ich erwarten, daß Sie Poe kennen! Er ist schon vor langer Zeit gestorben, noch vor Lincoln. Alle seine Bücher wurden im Großen Feuer verbrannt. Das war vor dreißig Jahren — 1975.«

»Aha«, sagte Mr. Bigelow wissend. »Einer von *denen*!«

»Ja, einer von denen, Bigelow. Er und Lovecraft und Hawthorne und Ambroise Bierce und all die Schreckens- und Fantasiegeschichten — und im gleichen Aufwasch wurden auch alle Zukunftserzählungen verbrannt. Erbarmungslos. Ein neues Gesetz. Dabei fing alles so harmlos an. In den fünfziger und sechziger Jahren waren es nur Lappalien. Man begann Zensur auszuüben auf Comic Strips und dann auf Kriminalromane und natürlich auf Filme; Zensur auf diese oder jene Weise, durch diese oder jene Gruppe, Zensur nach politischer Tendenz, religiösen Vorurteilen, nach Wünschen der Gewerkschaften; es gab immer eine Minderheit, die sich vor irgend etwas fürchtete, und eine breite Mehrheit, die Angst hatte vor dem Dunklen, vor der Zukunft, vor der Vergangenheit, die auch Angst hatte vor der Gegenwart, vor sich selbst und vor ihrem eigenen Schatten.«

»Ich verstehe.«

»Man hatte Angst vor dem Wort ›Politik‹ (das, wie ich höre, mit der Zeit in gewissen reaktionären Kreisen gleichbedeutend mit Kommunismus wurde, und es war lebensgefährlich, das Wort in den Mund zu nehmen!), und es wurde hier eine Schraube angezogen und da eine Schraube angezogen, es wurde gestoßen und gezerrt, und Kunst und Literatur waren bald nur noch ein großer Karamelstrang, der zerfilzt, zu Zöpfen zerrissen, zu Knoten verschlungen und in alle Richtungen zerstreut wurde, bis er keine Spannkraft und keinen Geschmack mehr hatte. Dann standen die Filmkameras still, und die Theater wurden dunkel, und die Druckereien stießen keinen Niagarafall an Lesestoff mehr aus, sondern nur noch ein paar harmlose Tropfen ›reinen‹ Materials. Oh, das Wort ›Flucht‹ galt als radikal, kann ich Ihnen sagen.«

»Wirklich?«

»Allerdings. Jeder Mensch, so hieß es, müsse der Wirklichkeit ins Auge sehen, müsse den Augenblick bewältigen. Und was dieser Maxime nicht entsprach, mußte verschwinden. All die herrlichen Erfindungen und Fantasieflüge der Literatur waren zum Untergang verdammt. Sie wurden 1975 eines Sonntagmorgens an einer Bibliothekswand aufgereiht; der Nikolaus und der kopflose Reiter und Schneewittchen und Rumpelstilzchen und Frau Holle — oh, was war das für ein Wehklagen! —, und sie wurden alle erschossen, und die papiernen Schlösser wurden verbrannt, ebenso wie die verzauberten Frösche und alten Könige und die Leute, die glücklich und zufrieden bis an ihr Lebensende lebten (denn natürlich war es eine Tatsache, daß *niemand* glücklich und zufrieden bis an sein Lebensende lebte!), und ›Es war einmal‹ wurde zu einem ›Es wird nie mehr!‹. Und die Asche der Verzauberten Rikscha wurde zusammen mit den Trümmern aus dem Lande Oz verstreut, die gute Glinda und Ozma wurden zu Filets verarbeitet, Polychrome zerrte man in einem Spektroskop auseinander, und Jack Kürbiskopf wurde beim Biologenball mit Baiser serviert! Die große Bohnenpflanze ging unter den Hufen des Amtsschimmels zugrunde. Dornröschen erwachte vom Kusse eines Wissenschaftlers und starb an der Injektion, die er ihr gab. Und Alice mußte etwas aus einer Flasche trinken, das sie so klein machte, daß sie nicht einmal mehr ›Merkwürdig, merkwürdig‹

sagen konnte, und man zerschmetterte ihren Spiegel, womit auch das Leben des Roten Königs und der Austern ausgelöscht wurde.«

Er ballte die Fäuste. Herrgott, wie nahe ihm das ging! Er war rot angelaufen und schnappte nach Luft.

Mr. Bigelow erstaunte der lange Ausbruch. Er blinzelte und sagte schließlich: »Es tut mir leid, aber ich weiß nicht, wovon Sie sprechen. Das sind alles nur nichtssagende Namen für mich. Soweit ich das beurteilen kann, war die Verbrennung doch recht sinnvoll.«

»Raus!« brüllte Stendahl. »Sie haben Ihre Arbeit getan — lassen Sie mich jetzt allein, Sie Idiot!«

Mr. Bigelow rief seine Zimmerleute zusammen und verschwand.

Mr. Stendahl stand allein vor seinem Haus.

»Hört!« sagte er zu den unsichtbaren Raketen. »Ich bin zum Mars gekommen, um euch ›sauber‹ denkenden Leuten zu entkommen, aber tagtäglich vermehren sich eure Heerscharen auch hier — wie die Fliegen, die zum verwesenden Fleisch kommen. Also werd ich's euch zeigen. Ich erteile euch eine schöne Lektion für das, was ihr Mr. Poe auf der Erde angetan habt. Von heute an müßt ihr euch vorsehen. Das Haus Ascher steht bereits!«

Und er schüttelte drohend die Faust gen Himmel.

Die Rakete landete. Federnden Schrittes trat ein Mann heraus. Er betrachtete das Haus, und in seinen grauen Augen stand ein mißbilligender, beunruhigter Ausdruck. Er überquerte den Graben, der das Haus umgab, und trat vor den kleinen Mann hin.

»Sind Sie Mr. Stendahl?«

»Ja.«

»Mein Name ist Garret. Ich bin Ermittler der Moralbehörde.«

»Ah, dann sind Sie also auch endlich zum Mars vorgedrungen? Ich hatte mich schon gefragt, wie lange das noch dauern würde.«

»Wir haben letzte Woche die Arbeit aufgenommen und gedenken den Mars in Kürze so zu reinigen wie die Erde.«

Der Mann machte mit seinem Ausweis eine gereizte Bewegung zum Haus hin. »Vielleicht erzählen Sie mir mal etwas *darüber*, Stendahl.«

»Es ist ein Gespensterschloß, wenn Sie so wollen.«

»Das gefällt mir nicht, Stendahl. Das Wort ›Gespenster‹ gefällt mir nicht!«

»Ganz einfach. Im Jahre unseres Herrn 2005 habe ich ein mechanisches Heiligtum gebaut. Darin schwirren metallene Fledermäuse, die von Elektronenstrahlen gesteuert werden, und Messingratten rasen in Kunststoffkellern herum, und weiße Robotskelette tanzen; es gibt Robotvampire, Harlekine, Wölfe und weiße Gespenster, aus Chemie und Fantasie erschaffen. Ich wohne dort.«

»Das hatte ich geahnt«, sagte Garrett und lächelte zurückhaltend. »Ich fürchte, wir werden das Ganze einreißen müssen.«

»Ich wußte, daß Sie auftauchen würden, sobald Sie erfuhren, was hier vorging.«

»Ich wäre schon eher gekommen, aber die Moralbehörde wollte erst Ihre Absichten kennen, ehe sie etwas unternahm. Wir können die Abbruchfirma und die Feuerwehr schon zum Abend hier haben. Um Mitternacht ist das ganze Haus bis auf den Keller runtergerissen. Mr. Stendahl, Sie kommen mir ein wenig wie ein Narr vor. Sie verschwenden schwerverdientes Geld für derartigen Unsinn. Das Ganze muß Sie doch mindestens drei Millionen Dollar gekostet haben...«

»Sogar vier Millionen! Aber, Mr. Garrett, ich habe als junger Mann fünfundzwanzig Millionen geerbt und kann es mir wirklich leisten, damit herumzuwerfen. Trotzdem ist es außerordentlich schade, daß Sie, nachdem das Haus erst seit einer Stunde fertiggestellt ist, schon mit Ihren Abbruchkommandos angerückt kommen. Dürfte ich nicht mal mit meinem Spielzeug spielen — sagen wir, wenigstens vierundzwanzig Stunden lang?«

»Sie kennen den Buchstaben des Gesetzes. Es dürfen keine Bücher und Häuser hergestellt werden, die die Existenz vor Gespenstern, Vampiren, Feen oder sonstigen Fantasiegebilden vortäuschen.«

»Sie werden als nächstes auch noch Babbits verbrennen!«

»Sie haben uns schon viel Kummer gemacht, Mr. Stendahl. Steht alles in den Unterlagen. Vor zwanzig Jahren auf der Erde. Sie und Ihre Bibliothek.«

»Ja, ich und meine Bibliothek. Und ein paar andere Männer wie ich. O ja, Poe ist schon seit vielen Jahren vergessen, und Oz und die anderen Wesen. Aber ich hatte mein kleines Versteck. Wir, ein paar Privatleute, hatten unsere Bibliotheken noch zur Verfügung, bis Ihre Männer mit den Flammenwerfern kamen und meine fünfzigtausend Bücher zerrissen und verbrannten. So wie Sie auch die Hexennacht vor Allerheiligen verboten und den Filmproduzenten sagten, daß sie sich an Ernest Hemingway halten müßten, wenn sie unbedingt etwas machen wollten. Himmel, wie oft ist *Wem die Stunde schlägt* eigentlich schon verfilmt worden! In dreißig verschiedenen Versionen hat's das gegeben, und alle waren sie realistisch! O ja, der Realismus! Realismus über alles! Ich spucke drauf!«

»Es hat keinen Sinn, daß Sie so verbittert sind.«

»Mr. Garrett, Sie müssen doch einen umfassenden Bericht abfassen, nicht wahr?«

»Ja.«

»Dann sollten Sie der Vollständigkeit halber auch mal hereinkommen und sich umsehen. Es dauert nur eine Minute.«

»Gut, Gehen Sie voraus. Und versuchen Sie keine Tricks. Ich bin bewaffnet.«

Die Tür zum Haus von Ascher öffnete sich quietschend. Ein feuchter Windhauch schlug ihnen entgegen. Ein gewaltiges Seufzen und Stöhnen war zu hören. Ein unterirdischer Atem in verlassenen Katakomben.

Eine Ratte huschte über den Steinfußboden. Garrett schrie auf und versetzte ihr einen Tritt. Die Ratte fiel auf den Rücken, und aus ihrem Nylonpelz löste sich ein unglaublicher Schwarm metallischer Fliegen.

»Erstaunlich!« Garrett bückte sich interessiert.

In einer Nische saß eine alte Hexe und hielt ihre zitternden Hände über einen Satz orange und blau bedruckter Tarockkarten. Sie ließ ihren Kopf herumrucken, zischte Garrett aus zahnlosem Mund etwas zu und klopfte auf ihre speckigen Karten.

»Tod!« rief sie.

»Also, *solche* Dinge habe ich gemeint«, sagte Garrett.

»Schrecklich.«

»Sie dürfen sie später persönlich verbrennen.«

»O wirklich?« Garrett war angenehm berührt. Dann runzelte er die Stirn. »Ich muß sagen, Sie tragen das alles mit bemerkenswerter Gelassenheit.«

»Es war genug, dieses Haus überhaupt zu bauen. Und sagen zu können, daß ich's geschafft habe. Sagen zu können, daß ich in einer modernen, zweifelnden Welt eine mittelalterliche Atmosphäre schaffen konnte.«

»Ich kann mir nicht helfen, aber ich hege fast so etwas wie Bewunderung für Ihr Genie, Sir.« Garrett beobachtete eine Nebelwolke, die flüsternd vorüberschwebte und die Gestalt einer wunderschönen, durchsichtigen Frau angenommen hatte. In einem feuchten Korridor arbeitete eine Maschine. Wie Zuckerwatte entströmten ihr die Nebelschwaden und wallten murmelnd durch die stillen Flure.

Ein Menschenaffe erschien aus dem Nichts.

»Achtung!« rief Garrett.

»Keine Angst!« Stendahl tätschelte dem Tier die schwarze Brust. »Ein Roboter. Kupferskelett und so weiter, wie bei der Hexe. Sehen Sie?« Er stülpte den Pelz zurück, und der Metallkörper wurde sichtbar.

»Ja.« Garrett streckte furchtsam die Hand aus und streichelte das Ding. »Aber warum? Mr. Stendahl, *warum* das alles? Was hat Sie dazu getrieben?«

»Die Bürokratie, Mr. Garrett. Aber ich habe leider keine Zeit zu weiteren Erklärungen. Die Regierung wird die Antwort sowieso schnell genug finden.« Er nickte dem Affen zu. »Also los!«

Und der Affe tötete Mr. Garrett.

»Sind wir bald soweit, Pikes?«

Pikes blickte von der Tischplatte auf. »Jawohl, Sir.«

»Ich muß Sie zu Ihrer Arbeit beglückwünschen.«

»Dafür werde ich bezahlt, Mr. Stendahl«, sagte Pikes leise, lüpfte das Plastikkleid des Roboters und bettete das Glasauge in die Gummimuskeln. »Das wär's.«

»Das Ebenbild Mr. Garretts.«

»Was machen wir mit *ihm*, Sir?« Pikes nickte zu der Bahre hinüber, auf der der echte Mr. Garrett ruhte — tot.

»Wir werden ihn verbrennen, Pikes. Wir wollen doch nicht, daß zwei Mr. Garretts herumgeistern, nicht wahr?«

Pikes rollte Mr. Garrett zum Verbrenner. »Leben Sie wohl.« Er stieß Mr. Garrett hinein und schlug die Tür zu.

Stendahl wandte sich an den Roboter Garrett. »Du hast deine Befehle, Garrett?«

»Jawohl, Sir.« Der Roboter richtete sich auf. »Ich soll zur Moralbehörde zurückkehren und einen ergänzenden Bericht anfertigen. Der Eingriff ist um mindestens achtundvierzig Stunden zu verzögern. Angeblich stelle ich noch weitere Ermittlungen an.«

»Richtig, Garrett. Auf Wiedersehen.«

Der Roboter eilte zu Garretts Rakete, stieg ein und flog davon.

Stendahl wandte sich um. »Und jetzt, Pikes, versenden wir die restlichen Einladungen für heute abend. Wir werden uns herrlich amüsieren, meinen Sie nicht auch?«

»In Anbetracht der Tatsache, daß wir zwanzig Jahre darauf warten mußten — ja!«

Sieben Uhr. Stendahl sah auf die Uhr. Es war fast Zeit. Er drehte das Sherryglas in der Hand. Leise setzte er sich. Von den Eichenbalken hoch oben blinzelten Fledermäuse herab und kreischten heiser, ihre empfindlichen Metallkörper unter künstlichem Fleisch verborgen. Er hob sein Glas und prostete ihnen zu. »Auf unseren Erfolg.« Dann lehnte er sich zurück, schloß die Augen und überdachte noch einmal seinen Plan. Welch ein Hochgenuß auf seine alten Tage — dæ Rache an der antiseptischen Regierung für ihren literarischen Terror und Verbrennungswahn. Oh, wie die Wut und der Haß im Laufe der Jahre gewachsen waren! Wie der Plan in seinem betäubten Geist langsam

Gestalt annahm bis zu jenem Tag vor drei Jahren, da er Pikes kennenlernte!

Ah, ja, Pikes. Pikes, den eine Bitterkeit erfüllte, bodenlos wie ein tiefer schwarzer Brunnen gefüllt mit ätzender grünschillernder Säure. Wer war dieser Pikes? Der größte von allen! Pikes, der Mann mit den zehntausend Gesichtern, eine Furie, eine Rauchwolke, ein täuschender Nebel, ein weißer Regenschauer, eine Fledermaus, ein dürstender Schlund, ein Monstrum — das alles war Pikes! War er besser als Lon Chaney der Ältere? Stendahl überlegte. Nächtelang hatte er Chaney in den uralten Filmen betrachtet. Ja, besser als Chaney war er. Auch besser als jener andere alte Darsteller — wie hieß er doch gleich? Karloff? Weitaus besser! Lugosi? Kein Vergleich! Nein, es gab nur einen Pikes, ein Mann, der all seiner Illusionen beraubt war; er wußte nicht, wo er hingehörte, er hatte kein Publikum mehr. Es war ihm sogar untersagt, sich selbst im Spiegel etwas vorzuspielen!

Armer, unmöglicher, geschlagener Pikes! Wie muß es für dich gewesen sein, Pikes, in der Nacht, da man dir deine Filme nahm, da man sie wie Gedärme aus dem Projektor zerrte, als risse man sie dir aus dem Leib, da man sie zu wilden Haufen zusammenraffte, um sie in den Ofen zu stecken und zu verbrennen? Ja. Ja. Stendahl spürte, wie seine Hände kalt wurden in sinnloser Wut. Was war natürlicher, als daß sie eines Tages zusammenkamen und über zahllosen Tassen Kaffees unzählige Nächte lang diskutierten und daß aus all dem Reden und bitteren Ränkeschmieden eines hervorging — das Haus von Ascher!

Eine große Kirchenglocke ertönte. Die Gäste kamen.

Lächelnd ging er ihnen entgegen.

Voll ausgewachsen und doch ohne Erinnerung, so warteten die Roboter. In waldgrüner Kleidung, in frosch- und farnfarbener Seide warteten sie. Sie hatten sonnengelbes oder sandgelbes Haar und warteten. Geölt lagen sie da, mit Knochen aus bronzenen Röhren, in Gallerte gebettet. In Särgen für die Nicht-Toten und die Nicht-Lebenden, in Bretterkisten warteten die Metronome auf ihr Startzeichen. Es roch nach Schmiermittel und geschliffenem Messing. Es war still wie auf einem Friedhof. In Geschlechter aufgeteilt, aber geschlechtslos — Roboter. Mit Namen versehen, doch namenlos, mit allen inneren und äußeren Eigenschaften des Menschen außer der Menschlichkeit, so starrten die Roboter zu den genagelten Deckeln ihrer FOB-Kisten auf und verharrten in einer Totenstarre, die kein richtiger Tod war, da sie nie ein Leben gekannt hatten. Und plötzlich war überall das Knirschen herausgezogener Nägel zu hören. Deckel wurden angehoben. Schatten lagen über den Kisten, und eine Hand drückte Schmieröl aus einer Kanne. Nun wurde eine Uhr in Gang gesetzt, ein schwaches Ticken. Es folgten eine zweite und eine dritte, bis der ganze Raum ein gewaltiger surrender Uhrenladen geworden war. Murmelaugen wurden gerollt, Gummilider öffneten sich, Nasenflügel zitterten. Die Roboter, die das Fell von Affen trugen und den weißen Pelz von Kaninchen, erhoben sich: Tweedledum folgte Tweedledee. Mockturtle, Haselmaus, die Gestalten Ertrunkener, aus Salz und Tünche bestehend, schwankend; Erhenkte mit blauen Hälsen und hochgerollten Augen wie Muschelfleisch, Wesen aus Eis und schimmerndem Flitterwerk, Tonzwerge und agile Elfen. Tick-tack-Ruggedo, der Nikolaus mit selbstgemachtem Schneehauch, Blaubart mit flammendem Backenbart, Schwefelwolken, aus denen grüne Feuerspitzen hervorstachen; schließlich kam eine gewaltige schuppige Schlange, ein Drache mit einem Hochofen in seinem Bauch, durch die Tür gerollt und schrie und tickte und bellte und schwieg und blies und erzeugte einen seltsamen Hauch. Zehntausend Kistendeckel fielen zu. Der Uhrenladen zog in das Haus von Ascher ein. Die Nacht war verzaubert.

Ein warmer Hauch strich über das Land. Die Gästeraketen landeten; sie verbrannten den Himmel und ließen den Herbst zu Frühling werden.

Männer in Abendkleidung verließen die Raketen, und ihre Frauen folgten ihnen, die Frisuren sorgfältig aufgetürmt.

»Das ist also Ascher!«

»Aber wo ist die Tür?«

In diesem Augenblick erschien Stendahl. Die Frauen lachten und redeten durcheinander. Mr. Stendahl hob eine Hand, um sie zum Schweigen zu bringen. Er wandte sich um, blickte zu einem hohen Schloßfenster auf und rief:

»Rapunzel, Rapunzel, laß dein Haar herunter!«

Und oben lehnte sich ein wunderschönes Mädchen in den Nachtwind und ließ ihr goldenes Haar herab. Und das Haar faserte auseinander und wurde zu einer Leiter, auf der die Gäste lachend in das Haus stiegen.

Welch berühmte Soziologen! Welch kluge Psychologen! Welch außerordentlich wichtige Politiker, Bakteriologen und Neurologen! Da standen sie, eingeschlossen von dumpfen Mauern.

»Seien Sie herzlich willkommen, Sie alle!«

Mr. Tryon, Mr. Owen, Mr. Dunne, Mr. Lang, Mr. Steffen, Mr. Fletcher und zwei Dutzend mehr.

»Kommen Sie herein, kommen Sie!«

Miß Gibbs, Miß Pope, Miß Churchill, Miß Blunt, Miß Drummond und zahlreiche andere Frauen in strahlender Aufmachung.

Wichtige, sehr wichtige Leute waren das, Mitglieder der Gesellschaft zur Verbannung fantastischer Literatur, Befürworter des Verbots von Hexennacht und Guy-Fawkes-Tag, Fledermausmörder, Bücherverbrenner, Stützen der Moral; gute, saubere Bürger, sie alle — Bürger, die gewartet hatten, bis die letzten toten Marsianer fortgeräumt und begraben waren, bis die Städte erbaut und die Landstraßen repariert und alles sicher gemacht worden war. Dann erst, nachdem ein großes Maß an Sicherheit erreicht war, kamen die Spielverderber, die Menschen mit Quecksilber in den Adern und jodfarbenen Augen; sie kamen, um ihre Moralprinzipien zu verfechten und jedermann ihre Vorstellung des Guten aufzudrängen. Und sie waren seine Freunde! Ja, umsichtig hatte er jede dieser Persönlichkeiten im letzten Jahr auf der Erde kennengelernt und sich zum Freund gemacht!

»Willkommen in den Landen des Todes!« rief er.

»Hallo, Stendahl, was *soll* das alles?«

»Sie werden sehen. Ziehen Sie sich um. Sie finden die Kabinen hier drüben. Ziehen Sie die Kostüme an, die darin auf Sie warten. Männer auf dieser Seite, Frauen auf der anderen.«

Die Leute sahen sich unsicher an.

»Ich weiß nicht, ob wir bleiben sollen«, sagte Miß Pope. »Das alles gefällt mir nicht. Es ist fast wie — Blasphemie.«

»Unsinn — ein *Kostüm*ball!«

»Kommt mir trotzdem unrecht vor.« Mr. Steffens rümpfte die Nase.

»Nun stellen Sie sich nicht so an!« Stendahl lachte. »Vergnügen Sie sich! Morgen ist alles vorbei. Gehen Sie in die Kabinen!«

Das Haus sprühte vor Farbe und Leben; Harlekine rannten hin und her mit ihren Schellenkappen, und weiße Mäuse tanzten winzige Quadrillen zur Musik von Zwergen, die mit ihren winzigen Bögen über winzige Geigen strichen, und Flaggen flatterten an verkohlten Balken, während dunkle Wolken von Fledermäusen vor gähnenden Öffnungen schwebten, aus denen Wein hervorströmte — kühler, köstlicher, schäumender Wein. Ein Bach zog sich durch die sieben Räume des Maskenballs. Man nippte daran und stellte fest, daß er aus Sherry war. Die Gäste strömten aus den Kabinen, in ein anderes Zeitalter versetzt, die Gesichter hinter Dominos verborgen, wobei schon das Aufsetzen der Maske ihnen das Recht nahm, mit Fantastik und Horror zu hadern. Die Frauen schwebten in roten Kleidern durch die Räume und lachten, die Männer tanzten formvollendet. Und an den Wänden lauerten Schatten, deren Ursprung nicht zu erkennen war, und hier und dort hingen Spiegel, in denen sich nichts spiegelte. »Vampire, wir alle!« lachte Mr. Fletcher. »Tot!«

Sieben Räume gab es, von verschiedener Farbe — einer war blau, der andere purpur, der dritte grün, der vierte orange, dann ein weißer Raum, der sechste war violett und der siebente mit schwarzem Samt ausgeschlagen, und im schwarzen Raum stand eine ebenholzschwarze Uhr, die laut die Stunden schlug. Durch all diese Räume eilten die Gäste, nun doch betrunken, und mischten sich unter die mechanischen Fantasiegestalten, mischten sich unter die Haselmäuse und verrückten Hutmacher, die Trolle und Riesen, die schwarzen Katzen und weißen Königinnen, und unter ihren tanzenden Füßen vibrierte der Fußboden im Rhythmus eines gewaltigen, verborgenen, gefährlichen Herzschlags.

»Mr. Stendahl!«

Ein Flüstern.

»Mr. Stendahl!«

Ein Ungeheuer mit einem Totenkopf erschien an seiner Seite. Es war Pikes. »Ich muß Sie allein sprechen.«

»Was ist?«

»Hier.« Pikes öffnete seine Skeletthand. Halb zerschmolzene Zahnräder und Bolzen lagen darin.

Stendahl betrachtete sie lange. Dann zog er Pikes in einen Korridor. »Garrett?« flüsterte er.

Pikes nickte. »Er hat vertretungsweise einen Roboter geschickt. Ich habe eben erst den Verbrenner gereinigt und dabei *das* gefunden.«

Eine Zeitlang starrten die beiden auf die verhängnisvollen Zahnräder.

»Das bedeutet, daß die Polizei jeden Augenblick hier sein kann«, sagte Pikes. »Unser Plan ist hin.«

»Ich weiß nicht.« Stendahl warf einen Blick auf die durcheinanderwirbelnden gelb und blau und orange gekleideten Menschen. Die Musik schwebte durch die vernebelten Räume. »Ich hätte ahnen müssen, daß Garrett so klug war, nicht persönlich zu kommen. Aber Moment mal!«

»Was ist?«

»Nichts. Nichts ist los. Garrett hat uns einen Roboter geschickt, und wir haben ihm einen zurückgeschickt. Wenn er nicht gerade genau hinschaut, wird er den Austausch gar nicht bemerken.«

»Natürlich!«

»Und dann kommt er bestimmt *persönlich,* nachdem er nun annehmen muß, daß keine Gefahr besteht. Er könnte praktisch jeden Augenblick erscheinen, höchstpersönlich! Hol mehr Wein, Pikes!«

Die große Glocke schlug an.

»Ich wette mit Ihnen, daß er das schon ist. Gehen Sie und lassen Sie Mr. Garrett herein.«

Rapunzel ließ ihr goldenes Haar hinab.

»Mr. Stendahl?«

»Mr. Garrett? Der *echte* Mr. Garrett?«

»Genau der.« Garrett betrachtete mißtrauisch die modrigen Wände und das ausgelassene Fest. »Ich dachte, ich sehe mir Ihren Fall mal persönlich an. Auf Roboter kann man sich ja nicht verlassen. Besonders nicht auf die Roboter anderer Leute. Ich habe auch vorsichtshalber gleich ein Abbruchkommando bestellt. Sie sind in einer Stunde hier und zerlegen diesen fürchterlichen Laden in seine Einzelteile.«

Stendahl verbeugte sich. »Vielen Dank für Ihre Ankündigung.« Er machte eine Handbewegung. »Bis es soweit ist, können Sie unser Schauspiel noch genießen. Etwas Wein?«

»Nein, vielen Dank. Was geht hier eigentlich vor? Wie tief kann ein Mensch noch sinken?«

»Sehen Sie sich's doch an, Mr. Garrett.«

»Mord«, sagte Garrett.

»Ein schändlicher Mord«, sagte Stendahl.

Eine Frau schrie. Miß Pope kam angerannt; ihr Gesicht war kreidebleich. »Etwas Entsetzliches ist passiert! Ich habe gesehen, wie Miß Blunt von einem Affen erwürgt und in den Kamin gestopft wurde!«

Sie blickten hinüber und sahen das lange gelbe Haar aus dem Rauchfang hängen. Garrett schrie auf.

»Entsetzlich!« schluchzte Miß Pope und hörte plötzlich auf zu weinen. Sie blinzelte und wandte sich verblüfft um. »Miß Blunt!«

»Ja«, sagte Miß Blunt, die hinter ihr stand.

»Aber ich habe doch eben gesehen, wie Sie in den Kamin gestopft wurden!«

»Nein!« lachte Miß Blunt. »Das war nur ein Roboter mit meinen Zügen. Eine gute Nachbildung!«

»Aber ... aber...«

»Weinen Sie nicht, mein Schatz. Ich bin heil und gesund. Lassen Sie mal sehen. Da bin ich ja wirklich. Im Kamin. Wie Sie schon sagten. Ist das nicht lustig?«

Und Miß Blunt ging lachend weiter.

»Möchten Sie etwas trinken, Garrett?«

»Ich glaube schon. Das hat mich doch ziemlich erschüttert. Mein Gott, was für ein Haus! Das verdient es wirklich, eingerissen zu werden. Einen Moment dachte ich...«

Garrett leerte sein Glas.

Wieder ertönte ein Schrei. Mr. Steffen wurde von vier weißen Kaninchen eine Treppe hinabgetragen, die wie durch Zauber im Fußboden erschien. In eine Grube wurde Mr. Steffen geschafft, wo er gefesselt auf die rasiermesserscharfe Klinge eines großen Pendels starrte, das jetzt über ihm aufblitzte, immer tiefer ausschlug und seinem mißhandelten Körper immer näher rückte.

»Bin *ich* das da unten?« fragte Mr. Steffen dicht neben Garrett. Er beugte sich vor. »Seltsam, sich selbst sterben zu sehen.«

Das Pendel vollführte eine letzte Schwingung.

»Wie realistisch«, sagte Mr. Steffen und wandte sich ab.

»Noch einen Drink, Mr. Garrett?«

»Ja, bitte.«

»Es dauert nicht mehr lange. Das Abbruchkommando muß jeden Augenblick eintreffen.«

»Gott sei Dank!«

Und wieder ein Schrei, zum drittenmal.

»Was ist denn jetzt?« fragte Garrett aufgescheucht.

»Jetzt bin ich an der Reihe«, sagte Miß Drummond. »Schaut.«

Und eine zweite Miß Drummond, eine laut schreiende Miß Drummond wurde in einen Sarg eingeschlossen und in einer ausgehobenen Grube unter dem Fußboden beerdigt.

»Also, *daran* erinnere ich mich«, sagte der Beamte der Moralbehörde atemlos. »Das stammt aus den alten verbotenen Büchern. Die Beerdigung bei lebendigem Leibe. Und das andere da auch, die Grube und das Pendel, und der Affe und der Kamin — natürlich, die Morde in der Rue Morgue. Aus einem Buch, das ich verbrannt habe, ja!«

»Noch einen Drink, Garrett. Na, halten Sie schon Ihr Glas still.«

»Mein Gott, Sie haben vielleicht eine Fantasie!«

Sie standen da und sahen zu, wie fünf weitere Menschen starben — einer im Schlund eines Drachens und vier andere in der Schwärze des Burggrabens.

»Würde es Sie interessieren, zu sehen, was wir für *Sie* vorgesehen haben?« fragte Stendahl.

»Natürlich«, sagte Garrett. »Kommt's noch darauf an? Wir jagen den Laden sowieso gleich in die Luft. Entsetzlich!«

»Dann kommen Sie mit. Hier entlang.«

Und er führte Garrett durch eine Falltür im Fußboden in die Tiefe, durch zahlreiche Gänge, über Wendeltreppen immer tiefer hinab in die Erde, in die Katakomben.

»Was wollen Sie mir da unten zeigen?« fragte Garrett.

»Ihren Tod.«

»Eines Doppelgängers?«

»Ja. Und noch etwas anderes.«

»Was denn?«

»Den Amontillado«, sagte Stendahl und ging voraus; dabei hielt er eine helle Laterne hoch. Skelette ragten unter Sargdekkeln hervor, reglos. Garrett hielt sich mit angeekelt verzogenem Gesicht die Nase zu.

»Den was?«

»Haben Sie noch nie vom Amontillado gehört?«

»Nein.«

»Erkennen Sie das denn nicht?« Stendahl deutete auf eine Zelle.

»Sollte ich das?«

»Oder das hier?«

Stendahl holte lächelnd eine Maurerkelle unter seinem Umhang hervor.

»Was ist das für ein Ding?«

»Kommen Sie«, sagte Stendahl.

Sie betraten die Zelle. Im Dunkel legte Stendahl dem Halbbetrunkenen Ketten an.

»Um Gottes willen, was machen Sie?« rief Garrett und rasselte mit seinen Fesseln.

»Ich übe mich in Ironie. Sie dürfen einen Mann nicht unterbrechen, wenn er gerade ironisch ist, das wäre nicht höflich. Fertig!«

»Sie haben mich in Ketten gelegt!«

»Na und?«

»Was haben Sie vor?«

»Ich lasse Sie allein.«

»Sie machen Witze.«

»Ein guter Witz, ja.«

»Wo ist mein Doppelgänger? Sehen wir nicht, wie er umgebracht wird?«

»Es gibt keinen Doppelgänger.«

»Aber die *anderen*!«

»Die anderen sind tot. Die da umgebracht wurden, das waren die echten Leute. Die Doppelgänger, die Roboter, standen oben bei uns und sahen zu.«

Garrett schwieg.

»Jetzt müßten Sie sagen: ›Um Gottes willen, Montresor!‹«, sagte Stendahl. »Und ich antworte dann: ›Ja, um Gottes willen.‹ Sagen Sie mir das? Los, *sagen* Sie's schon!«

»Sie Narr.«

»Muß ich Sie noch überreden? Sagen Sie's. Sagen Sie: ›Um Gottes willen, Montresor!‹«

»Ich tu's nicht, Sie Idiot. Lassen Sie mich raus!« Er war ernüchtert.

»Hier. Setzen Sie das auf.« Stendahl warf einen Gegenstand in die Zelle, der beim Auftreffen schepperte.

»Was ist das?«

»Eine Narrenkappe. Setzen Sie sie auf, und ich lasse Sie vielleicht frei.«

»Stendahl!«

»Aufsetzen, hab ich gesagt!«

Garrett gehorchte. Die Glöckchen bimmelten.

»Haben Sie nicht das Gefühl, daß das alles schon einmal passiert ist?« fragte Stendahl und macht sich mit Kelle und Mörtel und Mauersteinen ans Werk.

»Was tun Sie da?«

»Ich mauere Sie ein. Da hätten wir schon die erste Reihe. Und jetzt die zweite.«

»Sie sind ja verrückt!«

»Da widerspreche ich nicht.«

»Man wird Sie belangen!«

Er klopfte gegen einen Stein und setzte ihn summend auf den nassen Mörtel.

Jetzt ertönte Trampeln und Klopfen und Schreien aus der dunkler werdenden Zelle. Die Reihen der Steine stiegen höher. »Mehr Rasseln bitte«, sagte Stendahl. »Wir wollen die Sache doch möglichst echt machen.«

»Lassen Sie mich raus, lassen Sie mich raus!«

Eine letzte Lücke klaffte offen. Das Schreien hörte nicht auf.

»Garrett?« rief Stendahl leise. Garrett wurde still. »Garrett«, sagte Stendahl. »Wissen Sie, warum ich Ihnen das antue? Weil Sie Mr. Poes Bücher verbrannt haben, ohne sie wirklich gelesen zu haben. Sie haben sich mit dem Hinweis anderer Leute begnügt, daß sie verbrannt werden müßten. Denn wenn Sie sie gelesen hätten, wäre Ihnen beim Betreten der Zelle sofort klar gewesen, was ich mit Ihnen vorhatte. Unkenntnis ist verhängnisvoll, Mr. Garrett.«

Garrett schwieg.

»Ich möchte die Sache aber ganz perfekt machen«, sagte Stendahl und hielt seine Laterne hoch, deren Licht auf die zusammengesunkene Gestalt fiel. »Läuten Sie leise mit Ihren Schellen.« Die Glocken bimmelten. »Und wenn Sie jetzt bitte sagen würden: ›Um Gottes willen, Montresor‹, dann lasse ich Sie vielleicht raus.«

Der Mann hob das Gesicht ins Licht. Er zögerte. Dann sagte er mit verzerrtem Gesicht: »Um Gottes willen, Montresor.«

»Aah«, sagte Stendahl mit geschlossenen Augen. Er schob den letzten Stein an seinen Platz und mauerte ihn fest.

»*Requiescat in pace*, lieber Freund.«

Hastig verließ er die Katakomben.

In den sieben Räumen ließ der mitternächtliche Schlag einer Uhr jede Bewegung erstarren.

Der rote Tod züngelte auf.

Stendahl wandte sich in der Tür um und schaute noch einen Augenblick zu. Dann verließ er im Laufschritt das große Haus und rannte über den Graben zu einem wartenden Hubschrauber.

»Fertig, Pikes?«

»Fertig!«

»Da sinkt es hin!«

Lächelnd schauten sie auf das große Haus hinab. Wie von einem Erdbeben geschüttelt, begann es sich in der Mitte zu teilen, und während Stendahl das großartige Schauspiel verfolgte, hörte er Pikes hinter sich mit leiser Stimme aufsagen:

»›...mir schwindelte der Kopf, als die Mauern wie Vorhänge auseinander flogen — da erscholl ein langes tumultartiges Gegröl, wie die Stimmen von tausend Wassern — und der unergründliche klamme Pfuhl zu meinen Füßen schloß sich mürrisch und schweigend über den Trümmern des HAUSES ASCHER.‹«

Der Hubschrauber stieg über dem dampfenden See auf und flog nach Westen.

August 2005: Die Alten

Und was war natürlicher, als daß schließlich auch die Alten zum Mars kamen, daß sie dem Beispiel der lauten Pioniere und der Anspruchsvollen und der berufsmäßigen Reisenden und romantischen Ideenverfechter folgten.

Und so zogen sie los; die ausgetrockneten, pergamenthäutigen Leute, die Leute, die ihre Zeit damit verbringen, ihren Herztönen nachzulauschen und sich den Puls zu fühlen und Sirup in ihren faltigen Mund zu löffeln, Leute, die einst im November ihre Rollstühle nach Kalifornien gerichtet und im April drittklassige Dampfer nach Italien genommen hatten, die ausgetrockneten Aprikosen glichen und Mumien — sie kamen schließlich auch zum Mars.

September 2005: Der Marsianer

Die blauen Berge ragten im Regen auf, und der Regen rauschte in Sturzbächen in die langen Kanäle, und der alte LaFarge und seine Frau kamen vor das Haus und sahen zu.

»Der erste Regen dieses Jahr«, bemerkte LaFarge.

»Tut gut«, sagte seine Frau.

»Sehr willkommen.«

Sie schlossen die Tür. Drinnen wärmten sie sich die Hände über einem Feuer. Sie schauderten zusammen. Durch das Fenster sahen sie den Regen an den Flanken der Rakete schimmern, in der sie von der Erde gekommen waren.

»Nur etwas stört mich«, sagte LaFarge und betrachtete seine Hände.

»Was denn?« fragte seine Frau.

»Ich wünschte, wir hätten Tom mitbringen können.«

»Also, Lafe!«

»Ich fang nicht wieder davon an; es tut mir leid.«

»Wir sind hierhergekommen, um unser Leben zu beschließen und nicht mehr an Tom zu denken. Er ist jetzt schon so lange tot, daß wir wirklich versuchen sollten, ihn zu vergessen — ihn und überhaupt alles auf der Erde.«

»Du hast recht«, sagte er und hielt seine Hände wieder in die Hitze. Er starrte ins Feuer. »Ich will nicht mehr davon reden. Mir fehlt wohl die Fahrt zum Grünen Park jeden Sonntag, wo wir Blumen auf seinen Grabstein gelegt haben. Woanders sind wir gar nicht mehr hingefahren.«

Der blaue Regen rauschte leise auf das Dach.

Um neun Uhr gingen sie zu Bett und lagen stumm nebeneinander, Hand in Hand, in der Dunkelheit des Regens; er fünfundfünfzig, sie sechzig.

»Anna?« sagte er leise.

»Ja?« erwiderte sie.

»Hst du nichts gehört?«

Beide lauschten in den Regen und den Wind.

»Nichts«, sagte sie.

»Da pfeift jemand«, sagte er.

»Nein, ich habe nichts gehört.«

»Ich stehe auf und sehe nach.«

Er zog seinen Morgenmantel über und ging zur Tür. Zögernd öffnete er sie, und der Regen traf ihn kalt ins Gesicht. Der Wind wehte.

Im Hof stand eine kleine Gestalt.

Ein Blitz spaltete den Himmel, und grelles Licht erhellte das Gesicht, das den alten LaFarge ansah.

»Wer ist da?« rief LaFarge zitternd.

Keine Antwort.

»Wer sind Sie? Was wollen Sie!«

Schweigen.

Er fühlte sich sehr schwach und müde und starr. »Wer sind Sie?« rief er.

Seine Frau trat hinter ihn und nahm seinen Arm »Warum schreist du denn so?«

»Ein kleiner Junge steht da im Hof und antwortet nicht«, sagte der alte Mann zitternd. »Er sieht wie Tom aus!«

»Komm ins Bett, du träumst ja.«

»Aber da ist er doch, schau doch hin.«

Er öffnete die Tür noch weiter, damit auch sie hinaussehen konnte. Der kalte Wind blies herein, und der Regen rauschte zu Boden, und die Gestalt stand dort und schaute sie geistesabwesend an. Die alte Frau stützte sich am Türpfosten.

»Verschwinde!« rief sie und schwenkte den Arm. »Verschwinde!«

»Sieht er nicht aus wie Tom?« fragte der alte Mann heiser.

Die Gestalt bewegte sich nicht.

»Ich habe Angst«, sagte die alte Frau. »Komm, schließ die Tür ab und komm zu Bett. Ich will nichts damit zu schaffen haben.«

Vor sich hin klagend verschwand sie im Schlafzimmer.

Der alte Mann blieb stehen, und der Wind regnete ihm kalt auf die Hände.

»Tom«, rief er leise, »wenn du das bist, wenn du durch irgendeine Fügung zurückgekommen bist ... ich schließe die Tür nicht ab. Und wenn dir kalt ist und du dich wärmen möchtest, brauchst du nur hereinzukommen und dich an den Herd zu legen; da haben wir ein paar Felle.«

Er machte die Tür zu, schloß aber nicht ab.

Seine Frau spürte, wie er zu Bett kam, und erschauderte. »Eine schreckliche Nacht. Mir ist so kalt«, sagte sie schluchzend.

»Schsch«, beruhigte er sie und umfing sie mit den Armen. »Schlaf weiter.«

Nach langer Zeit schlief sie ein.

Und als er dann lauschte, hörte er, wie sich ganz leise die Tür öffnete, wie Regen und Wind hereinpeitschten und die Tür wieder geschlossen wurde. Er hörte leise Schritte und leises Atmen. »Tom«, sagte er lautlos vor sich hin.

Blitze zuckten auf und zerfetzten die Dunkelheit.

Am Morgen brannte heiß die Sonne herab.

Mr. LaFarge öffnete die Tür zum Wohnzimmer und sah sich hastig um.

Auf den Fellen am Herd lag niemand.

LaFarge seufzte. »Ich werde alt«, murmelte er.

Er verließ das Haus und wollte zum Kanal gehen, um einen Eimer klares Wasser zum Waschen zu holen. In der Tür hätte er fast den Jungen umgerannt, der bereits einen randvoll gefüllten Eimer herbeischleppte. »Guten Morgen, Vater!«

»Morgen, Tom.« Der alte Mann taumelte zur Seite. Der barfüßige Junge eilte durch den Raum, stellte den Eimer ab und wandte sich lächelnd um. »Ein schöner Tag heute!«

»Ja«, sagte der alte Mann ungläubig. Der Junge tat völlig unbefangen und begann sich das Gesicht zu waschen.

Der alte Mann kam näher. »Tom, wie bist du hierhergekommen? Du lebst?«

»Darf ich das nicht?« Der Junge blickte auf.

»Aber Tom, der Grüne Park, die Blumen jeden Sonntag…« La Farge mußte sich setzen. Der Junge trat neben ihn und nahm seine Hand. Der alte Mann betastete die warmen, festen Finger.

»Bist du's wirklich, träumen wir auch nicht?«

»Du *möchtest* doch, daß ich bei euch bin, nicht wahr?« Der Junge schien beunruhigt.

»Ja,ja doch, Tom!«

»Warum dann Fragen stellen? Nehmt mich, wie ich bin!«

»Aber deine Mutter — der Schock...«

»Mach dir um sie keine Sorgen. In der Nacht habe ich ein wenig für euch gesungen, und ihr werdet euch deswegen leichter an mich gewöhnen — besonders sie. Ich kenne diesen Schock. Wart nur, bis sie kommt, du wirst sehen.« Er lachte und schüttelte seinen Lockenkopf. Seine Augen waren sehr blau und klar.

»Guten Morgen, Lafe, guten Morgen, Tom.« Mutter kam aus dem Schlafzimmer und drehte ihr Haar zu einem Knoten zusammen. »Ist das Wetter nicht herrlich?«

Tom wandte sich um und lachte seinem Vater ins Gesicht. »Siehst du?«

Im Schatten des Hauses aßen sie gut zu Mittag, alle drei. Mrs. LaFarge hatte eine alte Flasche Sonnenblumenwein gefunden, den sie für eine festliche Gelegenheit aufgehoben hatte, und sie alle tranken davon. Mr. LaFarge hatte seine Frau noch nie so fröhlich erlebt. Wenn sie innerlich Zweifel hegte, so behielt sie sie für sich. Sie empfand die Situation als völlig normal. Und auch LaFarge begann sich daran zu gewöhnen.

Während Mutter das Geschirr abwusch, beugte sich LaFarge zu seinem Sohn und lachte leise: »Wie alt bist du jetzt?«

»Weißt du das nicht, Vater? Vierzehn natürlich.«

»Wer bist du denn *wirklich*? Du kannst nicht Tom sein, aber *irgend jemand* muß doch in dir stecken. Wer?«

»Frag nicht!« Erschreckt schlug der Junge die Hände vors Gesicht.

»Du kannst es mir ruhig verraten«, sagte der alte Mann. »Ich verstehe dich schon. Du bist ein Marsianer, nicht? Ich habe viel über die Marsianer gehört, nichts Bestimmtes. Daß es nicht mehr sehr viele gibt und daß sie in der Gestalt von Erdenmenschen kommen, wenn sie sich unter uns mischen. Du hast etwas an dir ... einerseits bist du Tom, andererseits wieder nicht.«

»Warum kannst du mich nicht einfach nehmen, wie ich bin,

NASA

und mit der Fragerei aufhören?« rief der Junge, sein Gesicht völlig hinter den Händen verborgen. »Du darfst nicht an mir zweifeln, Bitte!« er wandte sich um und rannte davon.

»Tom, komm zurück!«

Aber der Junge lief am Kanal entlang auf die ferne Stadt zu.

»Wohin will er denn?« fragte Anna, die gerade abräumen wollte. Sie sah ihren Mann prüfend an. »Hast du etwas Schlimmes zu ihm gesagt?«

»Anna«, sagte er und nahm ihre Hand. »Anna, erinnerst du dich noch an den Grünen Park, an einen großen Markt, an Toms Lungenentzündung?«

»Was meinst du!« Sie lachte.

»Schon gut«, sagte er leise.

In der Ferne setzte sich der Staub, wo Tom am Kanalufer entlanggelaufen war.

Um fünf Uhr bei Sonnenuntergang kam Tom zurück. Er sah seinen Vater unsicher an. »Willst du mir Fragen stellen?« wollte er wissen.

»Keine Fragen«, sagte LaFarge.

Der Junge lächelte, und seine Zähne blitzten. »Prima.«

»Wo bist du gewesen?«

»In der Nähe der Stadt. Ich wäre fast nicht zurückgekommen, wäre fast« — der Junge suchte nach einem passenden Wort — »gefangen worden.«

»Was meinst du mit — ›gefangen‹?«

»Ich kam an einer kleinen Blechhütte am Kanal vorbei, und es kam fast dazu, daß ich nie hätte zurückkehren können. Ich weiß nicht, wie ich dir das erklären soll, es geht einfach nicht; ich kann's nicht beschreiben, denn ich weiß es selbst nicht. Komisch, ich will auch nicht darüber sprechen.«

»Also, lassen wir das Thema. Komm, wasch dich. Gleich gibt's Abendbrot.«

Der Junge lief davon.

Etwa zehn Minuten später glitt ein Boot durch das ruhige Kanalwasser; ein großer, hagerer Mann stemmte mit gemessenen

Bewegungen eine Stange in den Kanalgrund und trieb das Boot voran. »Guten Abend, Bruder LaFarge«, sagte er und unterbrach seine Tätigkeit.

»Abend, Saul, was gibt's Neues?«

»Alles mögliche. Kennst du den Burschen, der unten am Kanal in einer Blechhütte wohnt? Nomland heißt er, glaube ich.«

LaFarge erstarrte. »Ja?«

»Weißt du, was für ein Schurke das gewesen ist?«

»Angeblich hat er die Erde verlassen, weil er jemanden umgebracht hat.«

Saul stützte sich auf seinen nassen Stab und starrte zu LaFarge herüber. »Und erinnerst du dich an den Namen seines Opfers?«

»Hieß der Mann nicht Gillings oder so ähnlich?«

»Stimmt. Gillings. Also vor etwa zwei Stunden kam Mr. Nomland in die Stadt gerannt und wimmerte, er hätte Gillings gesehen, munter und lebendig, hier auf dem Mars, heute nachmittag! Er wollte unbedingt ins Gefängnis gesperrt werden, aber darauf ließ sich niemand ein. Also ging Nomland nach Hause, und wie ich höre, hat er sich vor zwanzig Minuten in den Mund geschossen. Ich komme gerade von drüben.«

»Das ist ja schrecklich.«

»Es passieren schon schlimme Sachen«, sagte Saul. »Na ja, gute Nacht, LaFarge.«

»Gute Nacht.«

Saul stieß die Stange in den Grund, und das Boot glitt auf dem stillen Kanal davon.

»Das Essen ist fertig«, rief die alte Frau.

Mr. LaFarge setzte sich zu Tisch, ergriff das Messer und sah Tom prüfend an. »Tom«, sagte er, »was hast du heute nachmittag gemacht?«

»Nichts«, sagte Tom mit vollem Mund. »Wieso?«

»Ich wollt's nur wissen«, sagte der alte Mann und stopfte sich seine Serviette in den Kragen.

Um sieben Uhr wollte die alte Frau in die Stadt. »Bin seit Monaten nicht mehr dort gewesen«, sagte sie. Aber Tom wollte nicht.

»Ich habe Angst vor der Stadt«, sagte er. »Die Leute. Ich möchte nicht mit.«

»So redet doch kein großer Junge«, sagte Anna. »Nein, das gibt's bei mir nicht. Du kommst mit, ich bestehe darauf.«

»Anna, wenn der Junge nicht will ...«, begann der alte Mann.

Aber es gab keine Diskussionen. Sie trieb die beiden Männer in das Boot, und sie fuhren im Schein der abendlichen Sterne auf dem Kanal. Tom hatte sich zurückgelegt und die Augen geschlossen; es war nicht zu erkennen, ob er schlief. Der alte Mann sah ihn unverwandt an und ließ seine Gedanken wandern. Wer ist das, fragte er sich, wer ist dieses Wesen, das Liebe ebenso sehr braucht wie wir, das aus Einsamkeit zu uns kommt, zu den Fremden, die Stimme und das Gesicht einer Erinnerung übernimmt und mit uns lebt — endlich zufrieden und anerkannt? Von welchem Berg, aus welcher Höhle kommt es, welcher kleinen verlorenen Rasse gehört es an, die auf dieser Welt schon existierte, als Raketen von der Erde eintrafen? Der alte Mann schüttelte den Kopf. Antworten gab es nicht auf seine Fragen. Das kleine Wesen hatte eben Tom zu sein und niemand anderer.

Der alte Mann schaute zur Stadt hinüber, und der Anblick gefiel ihm nicht. Doch schon kehrten seine Gedanken zu Tom und Anna zurück, und er überlegte: Vielleicht ist es nicht richtig, Tom überhaupt bei uns zu behalten — und sei es nur für kurze Zeit. Was kann denn schon dabei herauskommen außer Kummer und Probleme? Wie sollten wir andererseits gerade dem entsagen, was wir uns immer sehnlichst wünschten — auch wenn es nur einen Tag bleibt und dann wieder verschwunden ist, wenn es die Leere noch schrecklicher erscheinen läßt, die dunklen Nächte noch dunkler, die regnerischen Nächte noch nasser? Eher könnte man uns das Essen von der Gabel stehlen, als uns dieses Wesen wieder zu nehmen.

Und er blickte auf den Jungen hinab, der friedlich im Boot schlummerte. Der Junge wimmerte im Traum. »Die Leute«, murmelte er im Schlaf. »Ändern und verändern. Falle.«

»Ruhig, ruhig, Junge.« LaFarge strich dem Jungen über die weichen Locken, und Tom wurde still.

LaFarge half seiner Frau und seinem Sohn aus dem Boot.

»Da wären wir!« Anna lächelte zu den Lichtern hinüber, hörte die Musik aus den Gaststätten, die Pianos, die Fonografen, beobachtete die herüberschauenden Leute. die untergehakt auf den belebten Straßen promenierten.

»Ich wünschte, ich wäre zu Hause«, sagte Tom.

»So hast du ja noch nie gesprochen«, sagte die Mutter. »Dir haben die Samstagabende in der Stadt doch immer Spaß gemacht.«

»Bleib bei mir«, flüsterte Tom. »Ich möchte nicht gefangen werden.«

Anna hatte die Worte gehört. »Nun hör aber auf mit dem Gerede; komm endlich!«

LaFarge bemerkte, daß der Junge seine Hand nahm. LaFarge drückte sie. »Ich bleibe bei dir, Junge.« Er betrachtete das lebhafte Hin und Her und wurde ebenfalls unruhig. »Wir bleiben nicht lange.«

»Unsinn, wir haben den ganzen Abend Zeit«, sagte Anna.

Sie überquerten die Straße, und drei Betrunkene stolperten ihnen in den Weg. Einen Augenblick herrschte großes Durcheinander, sie wurden getrennt und herumgewirbelt, und plötzlich blieb LaFarge verblüfft stehen.

Tom war verschwunden.

»Wo ist er denn?« fragte Anna aufgebracht. »Immer muß er weglaufen. Tom!« rief sie.

Mr. LaFarge hastete durch die Menge, doch Tom war verschwunden.

»Er kommt wieder; er ist bestimmt am Boot, wenn wir heimfahren«, sagte Anna überzeugt und führte ihren Mann zurück zum Lichtspieltheater. Plötzlich entstand Bewegung in der Menge, und ein Mann und eine Frau rannten an LaFarge vorüber. Er erkannte sie — Joe Spaulding und seine Frau. Sie waren in der Menge untergetaucht, ehe er etwas zu ihnen sagen konnte.

Nervös über die Schulter schauend, löste er die Eintrittskarten und ließ sich von seiner Frau widerstrebend in die Dunkelheit zerren.

Um elf Uhr war Tom nicht am Bootssteg. Mrs. LaFarge wurde sehr blaß.

»Mutter«, sagte LaFarge, »fang nicht an, dir Gedanken zu machen. Ich finde ihn schon. Warte hier.«

»Beeil dich.« Ihre Stimme ging im Plätschern des Wassers unter.

Er wanderte durch die nächtlichen Straßen, die Hände in den Taschen. Ringsum gingen nach und nach die Lichter aus. Noch lehnten hier und da Menschen in den Fenstern, denn es war eine warme Nacht, obwohl von Zeit zu Zeit Regenwolken die Sterne am Himmel verdunkelten. Während er dahinschritt, dachte er an die große Angst des Jungen, gefangen zu werden, an seine Angst vor Menschenmengen und Städten. Es hat keinen Sinn, dachte der alte Mann müde. Vielleicht war der Junge für immer verschwunden, vielleicht hat es ihn nie gegeben. LaFarge bog in eine Gasse ein und zählte die Hausnummern ab.

»Hallo, LaFarge.«

Ein Mann saß auf der Schwelle seiner Haustür und rauchte Pfeife.

»Hallo, Mike.«

»Hast du Streit mit deiner Frau gehabt und marschierst dir den Ärger vom Leib?«

»Nein. Ich bin nur so unterwegs.«

»Du siehst aus, als hättest du etwas verloren. Ach, da wir gerade von etwas Verlorenem sprechen«, sagte Mike, »heute abend hat sich übrigens jemand wiedergefunden. Kennst du Spaulding? Erinnerst du dich an seine Tochter Lavinia?«

»Ja.« LaFarge fröstelte. Er glaubte einen Traum zu haben, den er schon kannte. Er ahnte die nächsten Worte bereits, ehe sie ausgesprochen wurden.

»Lavinia ist heute nach Hause zurückgekehrt«, sagte Mike und stieß eine Rauchwolke aus. »Du weißt doch, sie hat sich vor einem Monat irgendwo draußen auf dem Grund des toten Meeres verlaufen. Man fand dann ein schlimm aussehendes Etwas, das man für die Überreste der Kleinen hielt, und seither war mit den Spauldings nichts mehr anzufangen. Joe ist immer herummarschiert und hat behauptet, sie wäre gar nicht tot, es sei gar nicht ihre Leiche. Damit hat er wohl tatsächlich recht gehabt. Lavinia ist wieder aufgetaucht.«

»Wo denn?« LaFarge spürte, wie er heftiger atmete, wie sein Herz schneller schlug.

»Auf der Hauptstraße. Die Spauldings kauften sich gerade Eintrittskarten für ein Kino. Und ganz plötzlich war Lavinia da, mitten in der Menge. Muß eine Szene gewesen sein. Sie hat ihre Eltern zuerst gar nicht erkannt. Sie sind ihr einen halben Block gefolgt und haben sie angesprochen. Und da erinnerte sie sich.«

»Hast du sie gesehen?«

»Nein, aber ich habe sie singen hören. Weißt du noch, wie sie immer ›Die schönen Ufer von Loch Lomond‹ gesungen hat? Vorhin hab ich sie drüben im Haus singen hören, für ihren Vater. War angenehm fürs Ohr; ein so hübsches Mädchen wie sie. Ich hatt's für eine Schande gehalten, daß sie tot sein sollte; und wenn sie jetzt wieder da ist, um so besser. Meine Güte, du siehst aber ganz schön mitgenommen aus, Lafe. Komm doch auf einen Whisky herein ...«

»Nein danke, Mike.« Der alte Mann ging weiter. Er hörte Mike gute Nacht sagen und antwortete nicht, er richtete den Blick auf ein einstöckiges Gebäude mit einer Fülle roter marsianischer Blüten auf dem Dach. An der Rückseite, dem Garten zugewandt, verlief ein schmiedeeiserner Balkon, und die Fenster dahinter waren erleuchtet. Es war sehr spät, und immer wieder dachte er: Was geschieht mit Anna, wenn ich Tom nicht mitbringe? Der zweite Schock, der zweite Tod — welche Folgen hat das für sie? Wird sie sich wieder an den ersten Tod erinnern und an den Traum und das plötzliche Verschwinden? O Gott, ich muß Tom finden, was soll sonst aus Anna werden? Arme Anna, die jetzt unten am Steg wartet. Er blieb stehen und hob den Kopf. Irgendwo oben verabschiedeten sich Stimmen voneinander, wünschten einander eine gute Nacht, Türen fielen ins Schloß, Lampen wurden gelöscht, nur leises Singen war noch zu hören. Gleich darauf kam ein entzückendes Mädchen, kaum achtzehn Jahre alt, auf den Balkon.

LaFarge rief hinauf, mit heiserer Stimme.

Das Mädchen wandte sich um und schaute herab. »Wer ist da?« fragte es.

»Ich«, sagte der alte Mann und stockte mit bebenden Lippen, als er erkannte, wie dumm und seltsam seine Antwort klingen mußte. Sollte er denn rufen: ›Tom, hier ist dein Vater?‹ Wie sollte er sie anreden? Sie mußte ihn für wahnsinnig halten und würde ihre Eltern rufen.

Im hervorströmenden Licht beugte sich das Mädchen über die Brüstung. »Ich kenne dich«, antwortete sie leise. »Bitte geh; du kannst nichts daran ändern.«

»Du mußt mitkommen!« Die Worte strömten heraus, ehe er sie zurückhalten konnte.

Die Gestalt zog sich aus dem Mondlicht zurück, bis sie alle Identität verloren hatte und nur noch eine Stimme aus dem Dunkel war. »Ich bin nicht mehr dein Sohn«, sagte sie. »Wir hätten nicht in die Stadt gehen dürfen.«

»Anna wartet am Steg!«

»Es tut mir leid«, sagte die leise Stimme. »Was soll ich denn machen? Ich bin glücklich hier und werde geliebt, so wie ihr mich geliebt habt. Ich bin, was ich bin, und ich nehme, was sich nehmen läßt; es ist zu spät, sie haben mich gefangen.«

»Aber Anna — der Schock. Denk mal daran.«

»Die Gedanken in diesem Haus sind zu stark; es ist, als wäre ich eingeschlossen. Ich kann mich nicht mehr zurückverwandeln.«

»Du bist Tom, du *warst* Tom, oder? Du treibst doch kein böses Spiel mit einem alten Mann, bist doch nicht wirklich Lavinia Spaulding?«

»Ich bin niemand — ich bin nur *ich*. Doch stets bin ich irgend etwas, und jetzt bin ich etwas, an dem du nichts ändern kannst.«

»Du bist nicht sicher in der Stadt. Draußen am Kanal wärst du besser aufgehoben, wo dir niemand weh tun kann«, flehte der alte Mann.

»Das stimmt.« Die Stimme stockte. »Aber ich muß auch an die Leute hier denken. Wie müßte ihnen zumute sein, wenn ich morgen früh wieder verschwunden wäre — diesmal für immer? Trotzdem weiß die Mutter, wer ich wirklich bin; sie hat es erraten wie du. Ich nehme an, daß überhaupt alle Bescheid wissen, aber niemand ist neugierig. Die Vorsehung stellt man nicht in Frage. Wenn man die Wirklichkeit nicht haben kann, ist die Illusion ein willkommener Ersatz. Ich bin zwar nicht die heimgekehrte Tochter, aber auf meine Weise bin ich etwas Besseres; ein von ihnen geformtes Idealbild. Ich habe die Wahl — entweder muß ich ihnen Schmerz zufügen oder deiner Frau.«

»Sie sind fünf in der Familie. Sie können den Verlust besser ertragen!«

»Bitte!« sagte die Stimme. »Ich bin müde!«

Die Stimme des alten Mannes wurde fester. »Du mußt mitkommen. Ich kann nicht zulassen, daß Anna noch einmal einen Schock erleidet. Du bist unser Sohn. Du bist mein Sohn, und du gehörst zu uns.«

»Nein, bitte!«

Der Schatten zitterte.

»Du gehörst nicht in dieses Haus oder zu diesen Leuten!«

»Nein, tu mir das nicht an!«

»Tom, mein Sohn, hör zu! Komm runter. Steig an den Ranken herab, Junge, los, komm. Anna wartet; wir geben dir ein gutes Heim, alles, was du brauchst.« Er starrte nach oben und legte seine ganze Willenskraft in den Blick.

Der Schatten geriet in Bewegung, in den Ranken raschelte es.

Schließlich sagte die leise Stimme: »Gut, Vater.«

»Tom!«

Im Mondlicht glitt die Gestalt eines Jungen behend durch die Blätter. LaFarge streckte die Arme aus und fing ihn auf.

Oben gingen die Lichter an. Hinter einem der vergitterten Fenster ertönte eine Stimme. »Wer ist da?«

»Beeil dich, Junge!«

Mehr Licht, mehr Stimmen. »Halt, oder ich schieße! Vinny, ist alles in Ordnung?« Schnelle Schritte.

Der alte Mann und der Junge rannten durch den Garten.

Ein Schuß krachte. Die Kugel fuhr in den Zaun, als sie das Gartentor zuschlugen.

»Tom, dort entlang; ich renne hier herum und führe sie in die Irre. Du läufst zum Kanal; ich komme in zehn Minuten nach, Junge!«

Sie trennten sich.

Der Mond versteckte sich hinter einer Wolke. Der alte Mann stolperte durch die Dunkelheit.

»Anna, ich bin's!«

Die alte Frau half ihm zitternd in das Boot. »Wo ist Tom?«

»Er muß gleich hier sein«, sagte LaFarge schweratmend.

Sie wandten sich um und beobachteten die Gassen und die schlafende Stadt. Noch immer waren Leute unterwegs: Spaziergänger, ein Polizist, ein Nachtwächter, ein Raketenpilot, mehrere Männer nach nächtlichem Rendezvous, vier Männer und Frauen, die lachend aus einer Bar kamen. Irgendwo spielte Musik.

»Warum kommt er nicht?« fragte die alte Frau

»Er kommt, er kommt.« Aber LaFarge wurde unruhig. Wenn nun der Junge wieder gefangen worden ist, irgendwie, irgendwo zwischen Haus und Steg, irgendwo auf seinem Lauf durch die mitternächtlichen Straßen mit ihren dunklen Häusern? Es war ein langer Weg, selbst für einen Jungen. Trotzdem hätte er als erster hier sein müssen.

Und dort hinten, weit entfernt auf der mondhellen Straße, rannte eine Gestalt.

LaFarge begann zu rufen und verstummte wieder, denn hinter der Gestalt waren andere Stimmen und hastende Schritte zu hören. Lichter gingen an, ein Fenster nach dem anderen wurde hell. Über den offenen Platz am Steg rannte die Gestalt. Es war nicht Tom, es war der verwischte Umriß einer Gestalt mit einem Gesicht, das im Licht der Kugellampe, die den Platz säumte, silbrig schimmerte. Und immer näher kam das Wesen, und je näher es kam, desto vertrauter wurde es, bis es auf dem Steg zu Tom geworden war! Anna streckte ihm die Hände entgegen, und La Farge wollte hastig ablegen. Doch es war zu spät.

Denn aus der Straße eilte jetzt ein Mann auf den Platz, gefolgt von einem zweiten Mann, einer Frau, zwei weiteren Männern, Mr. Spaulding, rennend. Verblüfft hielten sie inne. Sie sahen sich verwirrt um, wollten umkehren, denn das konnte doch nur ein Alptraum sein, so verrückt war alles. Aber dann kamen sie doch näher, zögernd, stockend, weitergehend.

Es war zu spät. Die Nacht, das Ereignis war vorbei. LaFarge drehte unschlüssig das Tau in den Händen. Er fröstelte und fühlte sich sehr einsam. Die Menschen hoben und senkten im Mondlicht geisterhaft die Füße und kamen, die Augen aufgerissen, sehr schnell näher, bis die Menge den Steg erreicht hatte und dort verharrte. Sie starrten mit wirren Blicken in das Boot. Sie schrien auf.

»Stehenbleiben, LaFarge!« Spaulding hob das Gewehr.

Und jezt war klar, was geschehen war. Tom, der allein durch die mondhellen Straßen rennt und dabei Menschen passiert. Ein Polizist sieht die Gestalt vorübereilen, ruft einen Namen, nimmt die Verfolgung auf. »He, *Sie*, halt?« Und er sieht das Gesicht eines Verbrechers. Und überall entlang der Straße geschieht gleiches — Männer, Frauen, Nachtwächter, Raketenpiloten. Die eilige Gestalt bedeutet ihnen alles — Identität, Persönlichkeit, ein Name. Wie viele verschiedene Namen waren in den letzten fünf Minuten hinausgeschrien worden? Wie viele verschiedene Gesichter waren über Toms Gesicht gehuscht, keins das wahre?

Einen langen Weg hatten sie zurückgelegt, Verfolgter und Verfolger, Traum und Träumer, Beute und Jagdhunde. Und überall am Weg das plötzliche Erkennen, das Aufblitzen eines vertrauten Augenpaars, das Ausrufen eines altbekannten Namens, Erinnerungen an zurückliegende Ereignisse, während die Menge größer wurde. Und die Betroffenen sprangen vor, als der Traum wie eine Reflexion in tausend Spiegeln, tausend Augen, heranhuschte und vorbeieilte und jedem ein anderes Gesicht zeigte — den Menschen vor sich, hinter sich, den Menschen, die er noch nicht getroffen hatte und die er nicht sehen konnte.

Und da stehen sie nun alle am Boot, dachte LaFarge, und wollen ihren Traum, jeder will seinen Traum für sich, so wie wir uns wünschen, daß er Tom sei — nicht Lavinia oder Roger oder sonst jemand. Aber nun ist alles zu spät. Die Sache ist auf die Spitze getrieben worden.

»Kommt rauf — alle!« befahl Spaulding.

Tom kletterte an Land. Spaulding packte sein Handgelenk. »Du kommst mit nach Hause. Ich weiß *Bescheid.*«

»Einen Augenblick«, sagte der Polizist. »Er ist mein Gefangener. Dexter heißt er und wird wegen Mordes gesucht!«

»Nein!« schluchzte eine Frau. »Das ist mein Mann! Ich werde doch meinen Mann kennen!«

Andere Stimmen protestierten ebenfalls. Die Menge drängte näher.

Mrs. LaFarge stellte sich vor Tom. »Das ist mein Sohn. Sie haben kein Recht, ihm etwas vorzuwerfen. Und wir fahren jetzt auf der Stelle nach Hause!«

Tom stand da und zitterte am ganzen Leibe. Er sah elend aus. Die Menge wogte um ihn, streckte unruhige Hände aus, zupakkend, verlangend.

Tom schrie.

Vor ihren Augen veränderte er sich. Er war zugleich Tom und James und ein Mann namens Switchman und ein anderer Mann, der Butterfield hieß, er war der Bürgermeister und ein junges Mädchen namens Judith und der Ehemann William und die Ehefrau Clarisse. Er war Wachs im Zugriff ihrer Gedanken. Sie brüllten, drängten heran, flehten. Er schrie, warf die Hände hoch, und sein Gesicht gab jedem Verlangen nach. »Tom!« brüllte LaFarge. »Alice!« schrie ein anderer. »William!« Sie packten seine Handgelenke und wirbelten ihn herum, bis er mit einem letzten Entsetzensschrei zu Boden stürzte.

Er lag auf dem Pflaster, das geschmolzene Wachs erkaltete, und sein Gesicht vereinigte viele Gesichter auf sich — ein blaues Auge und ein goldgelbes Auge, braunes, rotes, gelbes, schwarzes Haar, eine buschige und eine dünne Augenbraue, eine große Hand und eine kleine.

Sie standen über ihn gebeugt und hoben die Finger an das Gesicht. Sie bückten sich.

»Er ist tot«, sagte schließlich jemand.

Es begann zu regnen.

Der Regen fiel auf die Menschen herab, und sie sahen zum Himmel auf.

Zuerst langsam, dann schneller wandten sich die Menschen ab und gingen davon, begannen auseinanderzulaufen, entflohen der unheimlichen Szene. Nach kaum einer Minute lag der Platz verlassen da. Nur Mr. und Mrs. LaFarge waren zurückgeblieben, den Blick gesenkt, Hand in Hand, entsetzt.

Der Regen traf das nach oben gerichtete Gesicht.

Anna sagte nichts; sie begann zu weinen.

»Komm nach Hause, Anna — wir können doch nichts daran ändern«, sagte der alte Mann.

Sie stiegen in ihr Boot und fuhren in der Dunkelheit auf dem Kanal zurück. Sie betraten ihr Haus ud zündeten ein kleines Feuer an und wärmten sich die Hände. Sie gingen ins Bett und lagen beieinander, kalt und dürr, und lauschten auf den Regen, der auf das Dach trommelte.

»Hör mal«, sagte LaFarge um Mitternacht. »Hast du nichts gehört?«

»Nein, nichts,«

»Ich sehe trotzdem mal nach.«

Er tastete sich unsicher durch den dunklen Raum und wartete lange Zeit hinter der Tür, ehe er sie öffnete.

Er zog sie weit auf und schaute hinaus.

Aus dem schwarzen Himmel strömte Regen auf den leeren Hof und in den Kanal und hüllte die blauen Berge ein.

Er wartete fünf Minuten lang. Dann, mit nassen Händen, machte er die Tür zu und verriegelte sie wieder

November 2005: Der Gepäckladen

Als der Besitzer des Kofferladens die Neuigkeit in den Abendnachrichten hörte — eine Nachricht, die den langen Weg von der Erde über einen Licht-Ton-Strahl zurückgelegt hatte —, hielt er sie für unwahrscheinlich. Ganz unwahrscheinlich kam sie dem Ladenbesitzer vor.

Auf der Erde würde es Krieg geben.

Er ging hinaus und starrte in den Himmel.

Ja, da war sie. Da schwebte die Erde am Abendhimmel und folgte der Sonne, die zwischen den Hügeln untergegangen war. Die Worte im Radio und jener grüne Stern gehörten zusammen.

»Ich glaub's einfach nicht«, sagte der Ladenbesitzer.

»Das liegt daran, daß sie nicht *dort* sind«, sagte der alte Peregrine, der kurz vorbeigekommen war, um ein wenig die Zeit totzuschlagen.

»Was meinen Sie, Alter?«

»Als ich ein kleiner Junge war«, sagte der alte Peregrine, »war viel vom Krieg in China die Rede. Aber wir glaubten das einfach nicht. Es war zu weit entfernt. Und es starben zu viele Menschen. Es war unvorstellbar. Selbst als wir dann die Filme sahen, glaubten wir es nicht. Und so geht es uns jetzt auch. Die Erde ist China. Es ist so weit weg, daß alles unglaubhaft wird. Es ist nicht hier. Man kann es nicht berühren, kann es nicht einmal sehen. Man sieht nur einen grünen Lichtfunken. Zwei Milliarden Menschen sollen auf diesem Lichtchen leben? Unglaublich! Krieg? Es sind keine Explosionen zu hören.«

»Das kommt noch«, sagte der Ladenbesitzer. »Ich muß nur dauernd an die Leute denken, die diese Woche zum Mars kommen wollten. Wie viele waren es? Hunderttausend im nächsten Monat? Was ist mit denen, wenn es wirklich Krieg gibt?«

»Ich könnte mir denken, daß sie umkehren. Sie werden auf der Erde gebraucht.«

»Na ja«, sagte der Ladenbesitzer, »ich staube wohl besser mal meine Gepäckstücke ab. Ich habe das Gefühl, als gäb's bald einen kleinen Käuferansturm.«

»Glauben Sie, daß wir alle zur Erde zurückkehren, wenn das wirklich der langerwartete Krieg ist?«

»Komisch, Alter, aber ich glaube, wir fliegen alle zurück. Ich weiß, daß wir eigentlich allem möglichen entfliehen wollen — der Politik, der Atombombe, dem Krieg, den Interessengruppen,

Vorurteilen, Gesetzen. Ich weiß Bescheid. Trotzdem liegt unsere Heimat nicht *hier*, sondern da drüben. Warten wir nur ab. Wenn die ersten Bomben auf Amerika fallen, fangen unsere Leute an zu überlegen. Sie sind noch nicht lange genug hier — nur ein paar Jahre. Wenn sie schon vierzig Jahre auf dem Mars lebten, sähe die Sache anders aus, aber noch haben sie Verwandte da unten und Heimatstädte. Ich persönlich kann kaum glauben, daß es die Erde überhaupt noch gibt; ich kann sie mir gar nicht mehr vorstellen. Aber ich bin ja auch alt. Ich zähle nicht. Ich bleibe vielleicht sogar hier.«

»Das möchte ich bezweifeln.«

»Ja, ich glaube, Sie haben recht.«

Sie standen auf der Veranda und beobachteten die Sterne. Schließlich holte der alte Peregrine ein paar Geldscheine aus der Tasche und reichte sie dem Ladenbesitzer. »Wenn wir schon davon reden — geben Sie mir ruhig einen von den Koffern. Mein alter ist schon ziemlich schäbig ...«

November 2005: Schlechte Saison

Sam Parkhill machte eine Geste mit dem Besen und fegte den blauen Marssand zur Seite.

»Das wär's also«, sagte er. »Ja, meine Liebe, schau dir das an!« Er hob den Arm. »Schau dir das neue Schild an: SAMS HEISSE WÜRSTCHEN! Ist es nicht schön, Elma?«

»Ja, Sam«, sagte seine Frau.

»Junge, was für ein Neubeginn! Die Jungens von der Vierten Expedition müßten mich jetzt sehen! Ich bin froh, daß ich so ins Geschäft komme, während die anderen immer noch herumschippern. Wir machen bestimmt viel Geld, Elma, Tausende.«

Seine Frau sah ihn lange Zeit an, ohne etwas zu sagen. »Was ist aus Kapitän Wilder geworden?« fragte sie schließlich. »Er hat doch den Mann getötet, der alle Leute von der Erde umbringen wollte — wie hieß er doch gleich?«

»Spender, dieser Idiot. Der war zu pingelig. Oh, Kapitän Wilder? Ich habe gehört, er ist mit einer Rakete auf dem Weg zum Jupiter. Man hat ihn die Treppe raufbefördert. Ich glaube, er war wohl auch ein wenig vom Mars gebissen. Sehr empfindlich, weißt du. Wenn er Glück hat, ist er in zwanzig Jahren vom Jupiter und Pluto zurück. Das hat er nun davon, daß er das Maul so weit aufreißen mußte. Und während er sich da draußen zu Tode friert, hab ich mir was geschaffen, schau's dir nur an!«

Sie standen an der Kreuzung zweier alter Landstraßen, die aus der Dunkelheit heranführten und wieder in der Dunkelheit verschwanden. Hier hatte Sam Parkhill seine Wellblechhütte errichtet, die in hellem Licht erstrahlte und im Rhythmus der Music-Box zitterte. Er bückte sich, um eine Reihe von Glasscherben zurechtzurücken, die den Fußweg säumten. Er hatte das Glas aus alten marsianischen Gebäuden in den Hügeln herausgebrochen. »Die besten Würstchen zweier Welten! Der erste Würstchenstand auf dem Mars! Die besten Zwiebeln, der beste Paprika, der beste Senf. Niemand kann sagen, daß ich nicht aufpasse. Das sind wichtige Landstraßen, da drüben liegen die tote Stadt und die Minerallager. Die Lastwagen von der Erdsiedlung 101 kommen Tag und Nacht hier durch. Na, weiß ich einen günstigen Platz zu finden oder nicht?«

Seine Frau betrachtete ihre Fingernägel.

»Glaubst du, daß es die zehntausend neuartigen Volksraketen zum Mars schaffen?« fragte sie schließlich.

»In einem Monat sind sie da«, antwortete er laut. »Warum schaust du mich so seltsam an?«

»Ich traue den Leuten auf der Erde nicht«, sagte sie. »Ich glaub's erst, wenn ich die zehntausend Raketen mit den hunderttausend Mexikanern und Chinesen sehe.«

»Kunden.« Er schmeckte das Wort ab. »Hunderttausend hungrige Mäuler.«

Seine Frau beobachtete den Himmel und sagte langsam: »Wenn es keinen Atomkrieg gibt. Ich habe kein Vertrauen in diese Atombomben. Es gibt viel zu viele davon auf der Erde; man kann nie wissen.«

»Ach was!« sagte Sam und fegte weiter.

Aus den Augenwinkeln bemerkte er einen blauen Schimmer. Etwas schwebte lautlos hinter ihm in der Luft. Er hörte seine Frau sagen: »Sam. Dein Freund ist wieder zu Besuch da.«

Sam wirbelte herum und erblickte die Maske, die im Wind zu schweben schien.

»Da bist du also doch wieder!« Und Sam hob den Besen wie eine Waffe.

Die Maske nickte. Sie war aus hellblauem Glas geformt und saß auf einem dünnen Hals, unter dem mehrere weite Umhänge aus gelber Seide flatterten. Zwischen den Seidentüchern erschienen zwei silbrige Hände. Der Mund der Maske war ein Schlitz, aus dem eine wohlklingende Stimme ertönte, während Umhang, Maske und Hände in die Höhe stiegen und wieder herabsanken.

»Mr. Parkhill, ich möchte noch einmal mit Ihnen sprechen«, sagte die Stimme hinter der Maske.

»Ich dachte, ich hätte mir dein Auftauchen deutlich genug verbeten!« brüllte Sam. »Verschwinde, oder ich drehe dir die Krankheit an!«

»Die Krankheit habe ich schon gehabt«, sagte die Stimme. »Ich gehöre zu den wenigen Überlebenden. Lange Zeit war ich krank.«

»Verschwinde und versteck dich in den Hügeln, wohin du gehörst; da hast du ja auch gelebt. Warum fällst du ausgerechnet *mir* auf den Wecker? Heute, so ganz plötzlich? Zweimal am gleichen Tag?«

»Wir haben keine bösen Absichten.«

»Aber ich!« sagte Sam und rückte vor. »Ich mag euch Fremde nicht! Ich mag keine Marsianer! Ich habe noch nie einen gesehen. Das ist natürlich. Die ganzen Jahre versteckt ihr euch, und nun plötzlich habt ihr es auf mich abgesehen. Laßt mich in Frieden!«

»Unser Kommen hat einen Grund«, sagte die blaue Maske.

»Wenn's um das Land geht — das gehört mir. Ich habe die Würstchenbude mit eigenen Händen gebaut.«

»In gewisser Weise geht es tatsächlich um das Land.«

»Nun hör mal gut zu«, sagte Sam. »Ich komme aus New York. Und da gibt's noch zehn Millionen weitere Menschen wie mich. Ihr Marsianer seid bestenfalls ein paar Dutzend, ihr habt keine Städte, ihr wandert in den Bergen herum, ohne Führer, ohne Gesetze — und da willst du mir etwas über dieses Land erzählen? Mal muß das Alte ja dem Neuen Platz machen. Das Gesetz des Nehmens und Gebens. Ich habe hier eine Pistole. Nach deinem Besuch heute morgen hab ich sie rausgeholt und geladen.«

»Wir Marsianer sind Telepathen«, sagte die kalte blaue Maske. »Wir stehen in Verbindung mit einer Ihrer Städte auf der anderen Seite des toten Meeres. Haben Sie Radio gehört?«

»Der Apparat ist kaputt.«

»Dann wissen Sie es also nicht. Es gibt große Neuigkeit, die die Erde betrifft ...«

Eine Silberhand bewegte sich, und eine Röhre erschien.

»Ich will Ihnen mal etwas zeigen.«

»Eine Waffe!« brüllte Sam Parkhill entsetzt.

Eine Sekunde später hatte er seine Pistole aus dem Halfter gerissen und feuerte auf den Nebel, die gelben Umhänge, die blaue Maske.

Die Maske verhielt einen Moment reglos. Dann, wie ein kleines Zirkuszelt, dem die Pflöcke herausgezogen werden und das leise zusammenfällt, raschelte die Seide, die Maske sank herab, die Silberhände klapperten auf dem Steinweg. Schließlich lag die Maske auf einem kleinen Haufen Stoff und weißen Knochen.

Sam atmete schwer.

Seine Frau beugte sich über das Gewirr.

»Das ist keine Waffe«, sagte sie und bückte sich. Sie nahm die metallene Röhre auf. »Er wollte dir nur eine Nachricht zeigen. Sie ist hier in Schlangenschrift eingraviert, lauter blaue Schlangen. Ich kann's nicht lesen. Du vielleicht?«

»Nein, diese marsianische Bildschrift taugt sowieso nichts. Laß das Ding liegen!« Sam sah sich hastig um. »Es sind vielleicht noch mehr in der Nähe! Wir müssen ihn fortschaffen. Hol die Schaufel.«

»Was hast du vor?«

»Begraben natürlich.«

»Du hättest ihn nicht erschießen dürfen.«

»Es war ein Versehen. Schnell!«

Stumm holte sie die Schaufel.

Um acht Uhr stand er wieder vor dem Würstchenstand und begann nervös zu fegen. Seine Frau stand mit verschränkten Armen in der grell beleuchteten Tür.

»Die Sache tut mir leid«, sagte er. Er warf ihr einen kurzen mißmutigen Blick zu. »Verdammt! Du warst doch selbst dabei. — Es lag an den Umständen!«

»Ja«, sagte seine Frau.

»Es gefiel mir ganz und gar nicht, als er die Waffe zog.«

»Welche Waffe?«

»Zum Donnerwetter, ich hielt es jedenfalls für eine Waffe! Es tut mir leid, es tut mir leid! Wie oft muß ich das noch sagen!«

»Psst!« sagte Elma und legte einen Finger an die Lippen. »Psst!«

»Ist mir egal!« sagte er. »Ich habe die ganze Erdsiedlungsgesellschaft hinter mir!« Er schnaubte verächtlich. »Diese Marsianer wagen es bestimmt nicht ...«

»Schau«, sagte Elma.

Er blickte über den toten Seegrund. Er ließ seinen Besen fallen, hob ihn wieder auf, und der Mund stand ihm offen, und ein kleiner Speicheltropfen löste sich.

»Elma, Elma, Elma!« sagte Sam und zitterte plötzlich.

»Da kommen sie«, sagte Elma.

Über das ausgetrocknete Meer kam ein Dutzend hochaufragender blauer Segel gezogen, marsianische Sandschiffe, wie blaue Gespenster, wie blauer Rauch.

»Sandschiffe! Aber die gibt es doch gar nicht mehr, Elma, Sandschiffe gibt's nicht mehr.«

»Sie sehen aber wie Sandschiffe aus«, sagte sie.

»Aber die Behörden haben doch alle beschlagnahmt! Zerschlagen wurden sie, einige auch versteigert! In dieser Gegend bin ich der einzige, der so ein Ding besitzt und steuern kann.«

»Das war einmal«, sagte sie und nickte zum Meer hinüber.

»Komm, verschwinden wir hier!«

»Warum?« fragte sie gedehnt, fasziniert von den marsianischen Fahrzeugen.

»Sie bringen mich um! Schnell, steig in unseren Laster!«

Elma rührte sich nicht. Er mußte sie mit Gewalt hinter die Hütte ziehen, wo die beiden Fahrzeuge standen — sein Lastwagen, den er bis vor einem Monat regelmäßig gefahren hatte, und das alte marsianische Sandschiff, das er lächelnd bei einer Auktion ersteigert und in den letzten drei Wochen dazu benutzt hatte, Versorgungsgüter über den glasigen Meeresgrund zu transportieren. Als er jetzt einen Blick auf seinen Lastwagen warf, fiel ihm mit Entsetzen ein, daß sie nicht fahren konnten. Der Motor war ausgebaut und lag auf dem Boden; er hatte in den letzten Tagen daran herumgebastelt.

»Sieht nicht gerade fahrbereit aus«, sagte Elma.

»Das Sandschiff. Steig ein!«

»Ich soll mich von dir in einem Sandschiff herumkutschieren lassen? Nein!«

»Steig ein! Ich kann damit umgehen!«

Er stieß sie hinein, sprang ihr nach, bewegte die Ruderpinne und ließ das kobaltblaue Segel in den Abendwind steigen.

Die Sterne schienen hell, und die blauen Marsschiffe glitten durch den flüsternden Sand. Zuerst wollte sich Parkhills Schiff nicht von der Stelle rühren, doch dann dachte er an den Sandanker und hievte ihn herein.

»Na also!« Das Sandschiff neigte sich, und der Wind trieb es über den toten Seegrund, über längst versunkene Kristalle, vorbei an umgestürzten Säulen, vorbei an verlassenen Stegen aus Marmor und Metall, vorbei an toten weißen Schachbrettstädten und purpurnen Hügeln, immer weiter. Die Silhouetten der marsianischen Schiffe wurden kleiner.

»Ich hab's ihnen gezeigt, bei Gott!« rief Sam. »Ich mache bei der Raketengesellschaft Meldung. Die wird mich schützen! Ich bin sehr schnell.«

»Wenn sie wollten, hätten sie dich aufhalten können«, sagte Elma müde. »Es war ihnen nicht der Mühe wert.«

Er lachte. »Nun hör aber auf. Warum sollten sie mich entkommen lassen? Nein, sie waren nicht schnell genug, das ist alles.«

»Wirklich?« Elma deutete hinter ihn.

Er drehte sich nicht um. Er spürte einen kalten Hauch und hatte Angst, sich umzudrehen. Er spürte, daß etwas hinter ihm saß, zerbrechlich wie ein Atemzug an einem kalten Morgen, blau wie Hickoryrauch im Zwielicht, ein Wesen wie alte weiße Spitzen, wie eine Schneeflocke, wie der Reif des Winters auf brüchigem Riedgras.

Es ertönte ein Geräusch wie dünnes, zerbrechendes Glas — ein Lachen. Dann Schweigen. Er wandte sich um.

Eine junge Frau saß reglos auf der Ruderbank. Ihre Handgelenke waren dünn wie Eiszapfen, ihre Augen so klar und ruhig und weiß wie Monde. Der Wind erfaßte sie, und wie ein Spiegelbild auf einer dunklen kalten Wasserfläche begann sie sich zu kräuseln, und die Seide stand von ihrem zerbrechlichen Körper ab wie blaue Regenspritzer.

»Kehren Sie um«, sagte sie.

»Nein.« Sam zitterte — das kaum merkliche Zittern einer Hornisse, die zwischen Angst und Haß schwankt. »Verschwinde von meinem Schiff!«

»Das ist nicht Ihr Schiff«, sagte die Erscheinung. »Es ist so alt wie unsere Welt. Es befuhr die Sandseen schon vor zehntausend Jahren, als die Meere verschwanden und die Docks sich leerten, und nun sind Sie gekommen und haben es uns genommen — gestohlen. Wir müssen mit Ihnen reden. Etwas Wichtiges ist geschehen.«

»Verschwinde von meinem Schiff!« sagte Sam. Er zog seine Pistole, und das Leder des Halfters quietschte leise. Er zielte sorgfältig. »Spring ab! Ich zähle bis drei ...«

»Nicht!« rief das Mädchen. »Ich will Ihnen doch nichts tun. Auch die anderen nicht. Wir kommen in friedlicher Absicht!«

»Eins«, sagte Sam.

»Sam!« protestierte Elma.

»Hören Sie mich doch an«, sagte das Mädchen.

»Zwei«, sagte Sam entschlossen und spannte den Hahn.

»Sam!« schrie Elma auf.

»Drei«, sagte Sam.

»Wir wollen doch nur ...«, sagte das Mädchen.

Der Schuß krachte.

Schnee schmilzt im Sonnenlicht, Kristalle lösen sich in Dunst auf, werden zu einem Nichts. Im Schein des Feuers tanzen Dämpfe und verschwinden. Im Herzen eines Vulkans zerspringen zierliche Kristalle und versinken. Unter dem Aufprall des Geschosses, in der Hitze, inmitten der Explosion, sank sie wie ein weiches Tuch zusammen, zerschmolz wie eine Kristallfigur. Der Sitz neben der Pinne war leer.

Sam steckte seine Pistole weg und sah seine Frau nicht an.

»Sam«, sagte sie, nachdem sie eine Minute lang schweigend über den mondhellen Sandsee gerauscht waren, »halt an.«

Er sah sie an, und sein Gesicht war bleich. »Nein, das tust du nicht! Nach so langer Zeit läßt du mich nicht einfach im Stich.«

Sie schaute auf seine Hand, die wieder zur Waffe gekrochen war. »Ich trau's dir zu«, sagte sie bitter. »Du brächtest auch das fertig.«

Er bewegte ruckartig den Kopf hin und her, während sich seine Hand um die Ruderpinne krampfte. »Elma, das ist Wahnsinn. Wir sind gleich in der Stadt, und alles ist in Ordnung.«

»Ja«, sagte seine Frau und lehnte sich zurück.

»Elma, hör mir zu.«

»Da gibt's nichts anzuhören, Sam.«

»Elma!«

Eine kleine weiße Schachbrettstadt glitt vorüber, und in seiner Verzweiflung und Wut jagte er sechs Geschosse zwischen die kristallenen Türme. Die Stadt ging in einem Schauer uralten Glases und zersplitterten Quarzes unter. Sie zerfiel, als wäre sie aus Seife gemacht. Es gab sie nicht mehr. Er lachte und feuerte noch einmal, und ein letzter Turm, eine letzte Schachfigur fing Feuer, flammte auf und stieg in blauen Bruchstücken zu den Sternen.

»Ich zeig's ihnen! Ich zeig's ihnen allen!«

»Na los, zeig's uns, Sam.« Sie lag im Schatten.

»Und wieder eine Stadt.« Sam lud seine Pistole. »Schau her, wie ich sie fertigmache!«

Die blauen Phantomschiffe ragten bereits dicht hinter ihnen auf und gewannen ständig an Boden. Er bemerkte sie zuerst nicht. Er nahm zunächst nur ein leises Pfeifen und ein dünnes Klirren und Rascheln wahr, wie wenn Stahl auf Sand reibt — das Geräusch der rasiermesserscharfen Bugspriete der Sandschiffe, die mit flatternden roten und blauen Fahnen den Seegrund teilten. In dem blauen Licht waren die Schiffe dunkelblaue Schemen, darin maskierte Männer mit silbrigen Gesichtern, Männer mit blauen Sternenaugen, Männer mit gespaltenen goldenen Ohren, Männer mit Wangen wie Silberpapier, Männer mit rubinbesetzten Lippen, Männer mit verschränkten Armen, Männer, die ihn verfolgten, marsianische Männer.

Eins, zwei, drei. Sam zählte. Die marsianischen Schiffe kamen näher.

»Elma, Elma, ich kann sie nicht alle abwehren!«

Elma sagte nichts. Sie blieb liegen, zusammengesunken.

Sam feuerte achtmal seine Pistole ab. Ein Sandschiff brach auseinander, das Segel, der smaragdene Schiffskörper, die bronzenen Beschläge, das mondweiße Ruder und all die Wesen darin. Die maskierten Männer, sie alle, wurden in den Sand gepreßt und gingen in orangefarbenen und dann rauchschweren Flammen auf.

Aber die anderen Schiffe kamen näher.

»Sie sind in der Überzahl, Elma!« rief er. »Sie bringen mich um!«

Er warf den Anker aus. Zwecklos. Das Segel flatterte herab, fiel seufzend in sich zusammen. Das Schiff drehte bei und hielt. Der Wind hörte auf. Alles kam zur Ruhe. Der Mars stand still, während die majestätischen Fahrzeuge herankamen, ihn einkreisten und schwankend umragten.

»Erdenmensch«, rief eine Stimme irgendwo von einem hohen Thron. Eine silberne Maske schimmerte. Rubinbesetzte Lippen glitzerten im Takt der Worte.

»Ich habe nichts getan!« Sam schaute zu den Gesichtern hinüber, zu den einhundert Gesichtern, die ihn umringten. Es gab nicht mehr viele Marsianer auf dem Mars — hundert, hundertfünfzig mochten noch am Leben sein. Und die meisten waren jetzt hier auf dem Grund des toten Meeres versammelt, in ihren wiedererstandenen Schiffen, in der Nähe ihrer toten Schachbrettstädte, deren eine eben in sich zusammengefallen war wie eine zerbrechliche Vase unter dem Aufprall eines Kiesels. Die silbrige Masken glänzten.

»Es war alles ein Irrtum«, flehte er und stieg aus dem Schiff, während seine Frau wie tot an Deck liegenblieb. »Ich kam zum Mars wie jeder andere ehrliche Geschäftsmann auch. Ich beschaffte mir ein paar Extrarationen aus einer abgestürzten Rakete und baute mir an der Kreuzung den schönsten kleinen Verkaufsstand, den man sich vorstellen kann — Sie wissen schon, wo. Sie müssen zugeben, er ist gut und solide gebaut.« Sam lachte und sah sich um. »Und dieser Marsianer — ich weiß, daß er ein Freund von Ihnen war. Sein Tod war ein Unfall, das versichere ich Ihnen. Ich wollte nur meinen Würstchenstand, den einzigen auf dem Mars, den ersten und wichtigsten, sonst nichts. Sie verstehen mich? Ich wollte die besten Würstchen verkaufen, mit Paprika und Zwiebeln und Orangensaft.«

Die Silbermasken bewegten sich nicht. Sie glitzerten im Mondlicht wie kaltes Feuer. Gelbe Augen richteten sich auf Sam. Er spürte, wie sich sein Magen verkrampfte und einschrumpfte und steinhart wurde. Er warf seine Pistole in den Sand.

»Ich gebe auf.«

»Nehmen Sie Ihre Waffe«, sagten die Marsianer im Chor.

»Was?«

»Ihre Pistole.« Eine juwelengeschmückte Hand winkte vom Bug eines blauen Schiffes. »Heben Sie sie auf. Stecken Sie sie ein.«

Ungläubig nahm er die Pistole wieder an sich.

»Und jetzt«, sagte die Stimme, »wenden Sie Ihr Schiff und kehren zu Ihrem Verkaufsstand zurück.«

»Sofort?«

»Ja, sofort«, sagte die Stimme. »Wir werden Ihnen nichts tun.

Sie sind leider davongelaufen, ehe wir Ihnen die Lage erklären konnten. Kommen Sie.«

Wieder bewegten sich die Schiffe mit großer Leichtigkeit dahin. Ihre flügelartigen Segel flatterten leisen Applaus. Die Masken funkelten, wandten sich hierhin und dorthin und erhellten die Schatten.

»Elma!« Sam stolperte an Bord. »Steh auf, Elma. Wir kehren um.« Er war aufgeregt und wäre vor Erleichterung fast ins Stottern geraten. »Sie wollen mir nichts tun, wollen mich nicht umbringen. Elma, Liebling, steh auf.«

»Was sagst du?« Elma sah sich blinzelnd um. Als das Schiff wieder in den Wind gebracht wurde, stemmte sie sich langsam hoch, als erwache sie aus einem Traum. Wie ein Sack voll Steine ließ sie sich auf eine Bank sinken und sagte nichts mehr.

Der Sand glitt unter dem Schiff dahin. Eine halbe Stunde später waren sie wieder an der Kreuzung, die Schiffe festgezurrt, verlassen.

Der Anführer stellte sich vor Sam und Elma hin, seine Maske aus Bronze gehämmert, seine Augen bodenlose blauschwarze Schlitze, der Mund eine Öffnung, aus dem die Worte strömten, die im Wind davontrieben.

»Machen Sie Ihren Verkaufsstand fertig«, sagte die Stimme. Eine diamantenbesetzte Hand hob sich. »Bereiten Sie das Fleisch, bereiten Sie die Mahlzeiten, stellen Sie die fremden Weine zurecht, denn heute ist wirklich ein großer Tag!«

»Soll das heißen«, fragte Sam, »daß Sie mich hier wohnen lassen!«

»Ja.«

»Sie tragen mir nichts nach?«

Die Maske bewegte sich nicht; sie war kalt und blind.

»Eröffnen Sie Ihr Lokal«, sagte die Stimme leise. »Und nehmen Sie dies.«

»Was ist das?«

Sam schaute blinzelnd auf die silberblinkende Rolle, die ihm überreicht wurde. Schlangengestalten tanzten darüber hin.

»Das ist die Landübertragung für das ganze Gebiet von den Silberbergen bis zu den blauen Hügeln, vom toten Salzsee bis zu den fernen Mondstein- und Smaragd-Tälern«, sagte der marsianische Anführer.

»M-mir soll das alles gehören?« fragte Sam ungläubig.

»Ja.«

»Hunderttausend Quadratmeilen?«

»Ja.«

»Hast du das gehört, Elma?«

Elma saß mit geschlossenen Augen am Boden, den Rücken an die Blechhütte gelehnt.

»Aber warum, warum — warum geben Sie mir alles?« fragte Sam und versuchte in die metallenen Augenschlitze zu blikken.

»Das ist noch nicht alles. Hier.« Sechs weitere Urkunden kamen zum Vorschein. Die Namen wurden aufgerufen, die Gebiete bezeichnet.

»Aber, das ist ja der halbe Mars! Da gehört mir ja der halbe Mars!« Sam klirrte mit den Urkunden und hielt sie Elma hin, von Lachen geschüttelt. »Elma, hast du das gehört?«

»Ja, ich hab's gehört«, sagte Elma gleichmütig und blickte zum Himmel auf.

Sie schien auf etwas zu warten. Sie begann unruhig zu werden.

»Vielen Dank, oh, ich *danke* Ihnen«, sagte Sam zu der bronzenen Maske.

»Heute nacht ist es soweit«, sagte die Maske. »Sie müssen bereit sein.«

»Das werde ich. Was ist es — eine Überraschung? Kommen die Raketen früher als erwartet? Die zehntausend Raketen mit den Siedlern und Bergleuten, mit den Arbeitern und ihren Frauen — alle hunderttausend? Wäre das nicht großartig, Elma? Ich hab's dir ja gleich gesagt, Elma! Ich hab dir gesagt, die Stadt da drüben wird nicht immer nur tausend Einwohner haben. Fünftausend kommen dazu, hab ich gesagt, und im kommenden Monat noch einmal hunderttausend, und am Jahresende sind es fünf Millionen Menschen von der Erde. Und ich habe den einzigen Würstchenstand, noch dazu an der meistbefahrenen Straße zu den Bergwerken!«

Die Maske schwebte im Wind. »Wir lassen Sie jetzt allein. Bereiten Sie sich vor. Das Land gehört Ihnen.«

Wie Blütenblätter einer alten Blume, wie blaue Daunen, wie kobaltblaue Schmetterlinge, gewaltig und lautlos — so machten die alten Schiffe im Mondlicht kehrt und schwebten maskenglitzernd über den Sand davon, bis der letzte Schimmer, das letzte Fetzchen Blau zwischen den Hügeln verschwunden war.

»Elma, warum haben sie das getan? Warum haben sie mich nicht umgebracht? Kennen sie sich denn überhaupt aus? Sind die ganz richtig im Kopf? Er schüttelte sie an der Schulter. »Der halbe Mars gehört mir!«

Sie beobachtete den nächtlichen Himmel, wartend.

»Komm«, sagte er. »Wir müssen alles vorbereiten. Wir müssen die Würstchen auftauen und die Brötchen anwärmen, den Paprika aufs Feuer setzen, die Zwiebeln schälen und schneiden, die Gewürze hinstellen, die Servietten in die Clips stecken — es muß blitzen bei uns! *He*!« Er vollführte einen kleinen hektischen Tanz und schlug die Hacken zusammen. »O Mann, was bin ich glücklich; wie glücklich ich bin!« sang er unmusikalisch. »Mein Glückstag ist heute!«

In aller Eile brachte er das Wasser zum Kochen und legte die Würstchen hinein, machte die Brötchen zurecht und schnitt die Zwiebeln.

»Überleg nur, der Marsianer hat von einer Überraschung gesprochen. Das kann nur eins bedeuten, Elma. Diese hunderttausend Leute treffen vorzeitig ein, heute abend schon, *heute* abend! Unser Laden wird gestürmt werden! Tagelang werden wir Überstunden machen müssen, bei all den Touristen die in der Gegend herumfahren, Elma. Denk an das Geld!«

Er ging hinaus und sah zum Himmel auf. Es war nichts zu sehen.

»Vielleicht in einer Minute schon«, sagte er und saugte dankbar die kühle Luft ein, hob die Arme und trommelte sich auf die Brust. »Ah!«

Elma schwieg. Sie schälte Kartoffeln und schnitzelte sie zu Pommes Frites zurecht. Sie hob immer wieder den Blick zum Himmel.

»Da«, sagte sie eine halbe Stunde später. »Dort steht sie. Schau«

Er blickte auf und sah sie an.

»Die Erde.«

Wie ein geschliffener Edelstein, voll und grün, so stieg sie über den Hügeln auf.

»Die gute alte Erde«, flüsterte er gerührt. »Wunderbare alte Erde. Schick mir deine Hungrigen und Bedürftigen, Erde. Etwas, etwas — wie heißt das Gedicht? Schick mir deine Hungernden, alte Erde. Hier steht Sam Parkhill, und die Würstchen sind heiß, der Paprika kocht, alles ist blitzsauber. Komm, Erde, schick mir deine Raketen!«

Er verließ die Hütte, um sie sich aus einiger Entfernung liebevoll zu betrachten. Da stand sie auf dem Seegrund, vollkommen wie ein frisch gelegtes Ei, auf viele hundert Meilen der einzige wärmende Lichtfleck in der Öde. Sie glich einem Herz, das einsam in einem großen dunklen Körper schlug. Der Stolz überwältigte ihn fast. Tränen stiegen ihm in die Augen.

»Da fühlt man sich wirklich ganz klein«, sagte er inmitten des Wienerwürstchendufts, des Dufts nach warmen Brötchen und Butter. »Kommt herein«, wandte er sich an die Sterne am Himmel. »Wer ist der erste Kunde?«

»Sam«, sagte Elma.

Am dunklen Himmel veränderte sich die Erde.

Sie fing Feuer.

Ein Teil des Globus schien in eine Million Stücke zu zerbersten, als fiele ein gewaltiges Puzzlespiel auseinander. Eine Minute lang erstrahlte die Erde in unheimlichem Glanz, die Helligkeit stieg auf das Dreifache an, dann ließ sie langsam wieder nach.

»Was war das?« Sam betrachtete das grüne Feuer am Himmel.

»Die Erde«, sagte Elma und preßte die Hände zusammen.

»Das kann doch nicht die Erde sein, nein, das ist nicht die Erde! Unmöglich!«

Mit offenem Mund stand er da, reglos, und seine Arme hingen schlaff herab, und in seinen weit aufgerissenen Augen war ein glasiger Ausdruck.

»Sam.« Sie rief seinen Namen. Zum erstenmal seit Tagen leuchteten ihre Augen. »Sam?«

Er schaute zum Himmel.

»Also«, sagte sie. Schweigend blickte sie noch eine Minute zum Himmel. Dann drapierte sie geschäftig ein feuchtes Handtuch über ihren Arm. »Schalt noch mehr Lichter ein, stell die Musik lauter, mach die Türen auf. In etwa einer Million Jahren kommen vielleicht wieder Kunden, da muß man doch vorbereitet sein. Hörst du? Beeil dich!«

Sam rührte sich nicht.

»Was für ein vorzüglicher Platz für einen Würstchenstand«, sagte sie. Sie nahm einen Zahnstocher aus einem Glas und steckte ihn in den Mund. »Ich will dir ein kleines Geheimnis verraten, Sam«, flüsterte sie und beugte sich zu ihm hinüber. »Es sieht ganz so aus, als würde das 'ne schlechte Saison.«

November 2005: Die Zuschauer

In dieser Nacht kamen sie alle aus den Häusern und starrten in den Himmel. Sie ließen ihr Abendbrot oder ihren Abwasch stehen oder zogen sich rasch wieder an, wenn sie schon ausgekleidet waren, und sie traten auf ihre nicht-mehr-so-neuen Veranden und beobachteten den hellen grünen Erdenstern. Es war eine ganz unbewußte Bewegung; etwas, das ihnen helfen sollte, die eben gehörte Radionachricht zu verstehen. Dort waren sie also — die Erde und der drohende Krieg und viele hundertausend Mütter oder Großmütter oder Väter oder Brüder oder Tanten oder Onkel oder Kusinen. Sie standen auf den Veranden und versuchten sich die Erde vorzustellen, so wie sie vor langer Zeit versucht hatten, sich den Mars vorzustellen; es war dasselbe Problem mit umgekehrtem Vorzeichen. Für sie war die Erde tot gewesen; sie waren nun schon drei oder vier Jahre von ihr fort. Der Weltraum war ein Betäubungsmittel — siebzig Millionen Meilen leeres All hatten eine lähmende Wirkung, sie ließen Erinnerungen einschlafen, entvölkerten die Erde, löschten die Vergangenheit aus und erlaubten es den Menschen, hier ihr Leben zu leben. Doch heute abend, ganz plötzlich, waren die Toten wiederauferstanden, die Erde war wieder bewohnt, die Erinnerungen meldeten sich, und eine Million Namen wurden ausgesprochen: Was wohl Der-und-der heute abend macht auf der Erde? Und was ist mit diesem und jenem? Die Menschen auf den Veranden sahen sich von der Seite an.

Um neun Uhr schien die Erde zu explodieren; sie schien Feuer zu fangen und langsam auszubrennen.

Die Menschen auf den Veranden hoben die Hände; als wollten sie die Flammen ersticken.

Sie warteten.

Gegen Mitternacht war das Feuer gelöscht. Die Erde war noch vorhanden. Ein Seufzen ertönte von den Veranden, ein Seufzen wie der Wind im Herbst.

»Wir haben schon lange nichts von Harry gehört.«

»Es geht ihm sicher gut.«

»Wir sollten Mutter eine Nachricht zukommen lassen.«

»Es geht ihr gut.«

»*Wirklich*?«

»Na, na, nun mach dir keine Sorgen.«

»Geht es ihr *wirklich* gut, was meinst du?«

»Natürlich, natürlich. Komm zu Bett.«

Aber niemand rührte sich. Hier und dort wurden späte Mahlzeiten auf die nachtlichen Rasenflächen getragen und auf Klapptische gestellt, und die Menschen aßen langsam, bis es zwei Uhr war und das Lichtradio von der Erde zu blinken begann. Sie lasen die großen Morseblitze, die wie das Flimmern eines fernen Glühwürmchens aussahen:

AUSTRALISCHER KONTINENT DURCH EXPLOSION EINES ATOMDEPOTS VERNICHTET! LOS ANGELES, LONDON BOMBARDIERT. KRIEG. KOMMT HEIM. KOMMT HEIM. KOMMT HEIM.

Sie erhoben sich an ihren Tischen.

KOMMT HEIM. KOMMT HEIM. KOMMT HEIM.

»Haben Sie dieses Jahr schon von Ihrem Bruder Ted gehört?«

»Wo jeder Brief zur Erde fünf Dollar kostet, schreibe ich nicht oft.«

KOMMT HEIM.

»Ich habe an Jane gedacht; du erinnerst dich doch an Jane, meine jüngste Schwester?«

KOMMT HEIM.

Es war drei Uhr früh und sehr kalt, als der Besitzer des Gepäckladens aufblickte. Eine große Menschenmenge kam die Straße herab.

»Habe vorsichtshalber noch geöffnet. Was soll's denn sein, Mister?«

Als es hell wurde, waren die Koffer von seinen Regalen verschwunden.

Dezember 2005: Die leeren Städte

Eine kleine Stadt lag stumm und weiß am Ufer des toten Meeres. Die Stadt war leer. Niemand war zu sehen, nichts bewegte sich. Den ganzen Tag brannten einsame Lichter in den Läden. Die Türen standen weit offen, als wären die Menschen davongestürmt, ohne sich Zeit zum Abschließen zu nehmen. Zeitschriften, noch im letzten Monat in der Silberrakete von der Erde heraufgebracht, flatterten unberührt auf den Drahtgestellen vor den Läden und vergilbten.

Die Stadt war tot. Ihre Betten waren leer und kalt. Das einzige Geräusch war das energiegeladene Summen der elektrischen Leitungen und Dynamos, die noch in Betrieb waren, allein, sich selbst überlassen. Wasser spritzte in vergessene Badewannen, strömte durch Wohnzimmer auf Veranden und durch kleine Gärten, wo es vernachlässigte Blumen tränkte. In den dunklen Kinos härteten sich unter den Sitzen die Kaugummiklumpen, in denen noch die Bißspuren von Zähnen zu erkennen waren.

Auf der anderen Seite der Stadt lag ein Raketenflughafen. Noch immer hing der beißende, rauchige Gestank in der Luft, den die letzte Rakete bei ihrem Start zur Erde zurückgelassen hatte. Steckte man einen Zehner in das Teleskop und richtete es auf die Erde, war dort vielleicht der große Krieg zu verfolgen. Vielleicht konnte man New York explodieren sehen. Vielleicht war London zu erkennen, über dem ein völlig neuartiger Nebel hing. Vielleicht war dann auch zu verstehen, warum diese kleine Marsstadt verlassen worden war. Wie schnell die Evakuierung vor sich gegangen war! Man brauchte nur in irgendeinen Laden zu gehen und den Knopf der Registrierkasse zu drücken. In der herausspringenden Schublade klimperten und schimmerten die Münzen. Der Krieg auf der Erde war wohl schon eine schlimme Sache ...

Ein großer, hagerer Mann ging durch die leeren Straßen der Stadt; er pfiff leise vor sich hin und kickte mit großer Konzentration eine Blechdose über das Pflaster. In seinen Augen schimmerte dunkel die Einsamkeit. Seine knochigen Hände bewegten sich in den Taschen, in denen Münzen klimperten. Von Zeit zu Zeit warf er einen Zehner zu Boden, und jedesmal lachte er leise und ging weiter, und überall verteilte er seinen Münzregen.

Er hieß Walter Gripp. Ganz oben in den Bergen besaß er ein Erzbergwerk und eine kleine Hütte, und er kam etwa alle zwei Wochen in die Stadt, um sich nach einer ruhigen und intelligenten Ehefrau umzusehen. In all den Jahren war er stets einsam und enttäuscht wieder in seine Hütte zurückgekehrt. Und vor einer Woche hatte er die Stadt unvermutet in diesem Zustand vorgefunden!

An jenem Tag war er so überrascht gewesen, daß er zunächst in ein Restaurant eilte, alle Schränke öffnete und sich ein dreifaches Schinken-Sandwich bestellte.

»Komm sofort!« rief er, ein Handtuch über dem Arm.

Er schleppte Fleisch und Brot herbei, das am Vortag frisch gebacken worden war, staubte sich einen Tisch ab, lud sich zum Hinsetzen ein, und aß soviel, daß er anschließend eine Apotheke aufsuchen mußte, wo er ein Magenmittel erstand. Der Apotheker, ein gewisser Walter Gripp, war erstaunlich zuvorkommend und löste ihm die Tablette sogar in einem Glas Wasser auf.

Er stopfte sich die Hosentaschen voller Geld, raffte zusammen, was er finden konnte, belud einen kleinen Kinderhandwagen mit Zehndollarscheinen und schleppte damit durch die Straßen. Am Stadtrand wurde ihm klar, wie dumm sein Benehmen war. Geld brauchte er nicht. Er fuhr die Zehndollarscheine dorthin zurück, wo er sie gefunden hatte, holte einen Dollar aus seiner Brieftasche, bezahlte im Restaurant seine Sandwiches und legte auch noch ein Trinkgeld in die Kasse.

Am gleichen Abend gönnte er sich ein heißes türkisches Bad, ein saftiges Filet mit einem Haufen schmackhafter Pilze, ein paar Gläser importierten trockenen Sherry und dazu Erdbeeren in Wein. Er legte sich einen neuen blauen Flanellanzug zu und einen teuren grauen Homburg, den er sich schräg auf den schmalen Kopf setzte. Er steckte Geld in eine Music-Box, die ihm ›Meine lieben alten Freunde‹ vorspielte. Überall in der Stadt setzte er die Musikautomaten in Betrieb, und die einsamen Straßen und die Nachtluft hallten wider von der traurigen Melodie von ›Meine guten alten Freunde‹, während er, groß und dürr und einsam, mit hallenden Schritten in seinen neuen Schuhen durch die Stadt marschierte, die kalten Hände in den Taschen.

Aber das war vor einer Woche gewesen. Er schlief nun in einem guten Haus an der Mars-Avenue, stand jeden Morgen um neun Uhr auf, nahm ein Bad und ging in die Stadt, um Schinken mit Ei zu frühstücken. Kein Vormittag verging, an dem er sich nicht eine Tonne Fleisch, Gemüse und Törtchen mit Zitronenschlagsahne einfror — genug, um damit zehn Jahre auszukommen, bis die Raketen von der Erde zurückkamen, wenn sie jemals zurückkamen.

Heute abend nun sah er auf seinem Gang durch die Stadt zum

erstenmal die wächsernen Frauen in den bunten Schaufenstern, rosa und hübsch anzusehen. Zum erstenmal wurde ihm bewußt, *wie* tot die Stadt war. Er zapfte sich ein Bier und begann still vor sich hin zu weinen.

»Ich bin ja *ganz allein*«, sagte er.

Er ging ins Elite-Theater und führte sich einen Film vor, der ihn von seiner Einsamkeit ablenken sollte. Doch das Theater klang hohl und leer und war wie ein Grab, in dem graue und schwarze Phantome über die große Leinwand huschten. Schaudernd floh er den unheimlichen Ort.

Er hatte sich entschlossen, nach Hause zurückzukehren, und marschierte gerade im Eilschritt durch eine Nebenstraße; als er ein Telefon klingeln hörte.

Er lauschte.

»Da klingelt irgendwo ein Telefon«, murmelte er.

Er schritt lebhaft aus.

»Da sollte jemand rangehen.«

Er setzte sich an den Rinnstein, um sich gemächlich einen Stein aus dem Schuh zu schütteln.

»Jemand!« schrie er und sprang auf. »*Ich!* Himmel Herrgott, was ist denn in mich gefahren?« sagte er laut. Er wirbelte herum. Welches Haus? Das da!

Er rannte über den Rasen, die Treppe hinauf, ins Haus, durch einen dunklen Flur.

Er riß den Hörer ans Ohr.

»Hallo!« brüllte er.

Tüüt — tüüt — tüüt.

»Hallo! Hallo!«

Der Anrufer hatte aufgelegt.

»Hallo!« brüllte er und schlug auf die Gabel. »Du alter Blödian!« beschimpfte er sich. »Bleibst am Rinnstein sitzen, du Narr! Du hirnverbrannter Idiot!« Er schüttelte wütend das Telefon. »Los, klingele noch mal, *mach* schon!«

Es war ihm nicht in den Sinn gekommen, daß vielleicht auch noch andere Menschen auf dem Mars zurückgeblieben sein mochten. In der ganzen Woche hatte er keine Menschenseele zu

Gesicht bekommen. Er hatte das Gefühl gehabt, daß auch die übrigen Städte so leer und verlassen sein mußten wie Marlin.

Er starrte auf das fürchterliche kleine schwarze Telefon hinab und begann zu zittern. An das Selbstwählsystem waren sämtliche Marsstädte angeschlossen. Aus welcher der dreißig Städte war der Anruf also gekommen?

Er wußte es nicht.

Er wartete. Er ging niedergeschlagen in die fremde Küche, taute sich eine Portion Heidelbeeren auf und verzehrte sie ohne Appetit.

»Da war ja auch niemand am anderen Ende der Leitung«, murmelte er. »Vielleicht ist irgendwo ein Leitungsmast umgefallen, und das Telefon hat ganz von allein geklingelt.«

Aber hatte er nicht ein Klicken gehört — ein Zeichen, daß der Hörer aufgelegt worden war?

Den ganzen Abend verweilte er im Flur des Hauses. »Nicht wegen des Telefons«, sagte er sich. »Aber ich habe einfach nichts anderes zu tun.«

Er lauschte auf das Ticken seiner Uhr.

»Sie ruft bestimmt nicht wieder an«, sagte er. »Sie wird nie nochmals eine Nummer wählen, unter der sich niemand gemeldet hat. Wahrscheinlich klingelt sie gerade andere Häuser in der Stadt an — in diesem Augenblick! Und ich sitze hier — *Moment mal!*« Er lachte. »Warum sage ich immer ›sie‹?«

Er blinzelte. »Könnte doch auch ein ›er‹ sein, oder?«

Sein Herzschlag verlangsamte sich. Er fröstelte und fühlte sich leer. Er flehte darum, daß es eine ›sie‹ war.

Er verließ das Haus und stellte sich in die Mitte der dunklen frühmorgendlichen Straße.

Er lauschte. Kein Ton. Keine Vögel. Keine Autos. Nur sein Herzschlag. Poch und Pause und wieder Poch. Sein Gesicht schmerzte, so sehr hatte er es verkniffen. Sanft wehte der Wind, ganz sanft, und spielte mit seinem Mantel.

»Psst«, flüsterte er. »*Hör* doch.«

Er neigte sich langsam im Kreise, wandte den Kopf von einem stummen Haus zum nächsten.

Sie ruft bestimmt eine Unzahl von Nummern an, dachte er. Sie ist bestimmt eine Frau. Warum? Nur eine Frau würde andauernd telefonieren. Ein Mann täte das nicht. Ein Mann ist unabhängig. Habe *ich* jemanden angerufen? Nein! Der Gedanke ist mir gar nicht gekommen. Es muß eine Frau sein. *Muß,* bei Gott!

Lauschen.

Irgendwo unter den Sternen, weit entfernt, klingelte ein Telefon.

Er rannte. Er stockte und lauschte. Das Klingeln, leise. Wieder rannte er einige Schritte. Lauter. Er hastete durch eine Gasse. Noch lauter! Sechs Häuser glitten an ihm vorüber, und noch einmal sechs. Viel lauter! Er fand das Haus, und der Eingang war verschlossen.

Drinnen klingelte das Telefon.

»Verdammt!« Er riß am Türknopf.

Das Telefon schrillte.

Er schleuderte einen Verandastuhl durch ein Wohnzimmerfenster und sprang hinterher.

Ehe er die Hand auf das Telefon legen konnte, war es verstummt.

Da tobte er durch das Haus und zerbrach Spiegel, riß Vorhänge herab und warf den Küchenherd um.

Erschöpft nahm er schließlich das dünne Buch zur Hand, in dem jedes Telefon auf dem Mars verzeichnet war. Fünfzigtausend Namen.

Er begann mit der ersten Nummer.

Amelia Ames. Er wählte ihre Nummer in Neu-Chicago, hundert Meilen entfernt jenseits des toten Meeres.

Keine Antwort.

Nummer zwei wohnte in Neu-New-York, fünftausend Meilen hinter den blauen Bergen.

Keine Antwort.

Er versuchte es weiter, drei-, vier-, fünf-, sechs-, sieben-, achtmal; seine Finger zuckten, konnten kaum den Hörer halten.

Plötzlich ertönte die Stimme einer Frau: »Hallo?«

Walter brüllte zurück: »Hallo, o Gott, hallo!«

»Dies ist ein automatischer Telefonbeantworter«, sagte die Frauenstimme. »Miß Helen Arasumian ist nicht zu Hause. Sie können eine Nachricht auf das Band sprechen, damit sie zurückrufen kann, wenn sie nach Hause kommt. Hallo? Dies ist ein automatischer Telefonbeantworter. Miß Helen Arasumian ist nicht zu Hause. Sie können eine Nachricht auf das Band sprechen...«

Er legte auf.

Er saß da, und seine Lippen zuckten.

Dann wählte er noch einmal dieselbe Nummer.

»Wenn Miß Arasumian nach Hause kommt«, sagte er, »richten Sie ihr aus, sie soll zur Hölle fahren!«

Er rief in Mars Junction, Neu-Boston, Arcadia und Roosevelt City die Fernämter an, in der Annahme, daß es das naheliegendste wäre, von dort aus zu telefonieren versuchen. Darauf setzte er sich in jeder Stadt mit den Rathäusern und anderen öffentlichen Einrichtungen in Verbindung. Er wählte auch die besten Hotels an. Welche Frau wußte sich nicht mit Luxus zu umgeben?

Plötzlich hielt er inne, klatschte in die Hände und lachte. Aber natürlich! Er zog das Telefonbuch zu Rate und wählte die Nummer des größten Schönheitssalons in Neu-Texas-City. Wenn es einen Ort gab, an dem eine Frau nach Herzenslust herumstöbern und sich Packungen auf das Gesicht legen und unter Haartrocknern sitzen konnte, dann im samtweichen, auserlesenen Dekor eines Schönheitssalons!

Das Telefon klingelte.

Am anderen Ende hob jemand ab.

Eine Frauenstimme sagte: »Hallo?«

»Wenn das eine Tonbandaufnahme ist«, verkündete Walter Gripp, »komme ich rüber und nehme den ganzen Laden auseinander.«

»Ich und ein Tonband?«, sagte die Frauenstimme. »Hallo! Oh, hallo, es ist also *doch* noch jemand am Leben. Wo *sind* Sie?« Sie stieß einen entzückten Schrei aus.

Walter verlor beinahe die Fassung. *»Sie!«*

Ruckartig stand er auf, seine Augen blitzten. »Himmel, Herrgott, was für ein Glück — wie heißen Sie?«

»Genevieve Selsor!« Sie brach in Tränen aus. »Oh, bin ich froh, Ihre Stimme zu hören, wer Sie auch sind!«

»Walter Gripp!«

»Walter, hallo, Walter!«

»Hallo, Genevieve.«

»Walter. Ein schöner Name. Walter, Walter!«

»Danke.«

»Walter, wo *sind* Sie?«

Ihre Stimme war so nett und süß und angenehm. Er preßte den Hörer ans Ohr, damit sie ihm direkt hineinflüstern konnte. Er fühlte, wie er langsam den Boden unter den Füßen verlor. Seine Wangen brannten.

»Ich bin in Marlin«, sagte er. »Ich...«

Tüt-tüt-tüt.

»Hallo?« fragte er.

Tüt-tüt-tüt.

Er drückte mehrmals die Gabel. Nichts.

Irgendwo hatte der Wind einen Leitungsmast umgeworfen. So schnell, wie er sie gefunden hatte, war Genevieve Selsor wieder verschwunden.

Er wählte die gleiche Nummer, aber die Leitung war tot.

»Ich weiß wenigstens, wo sie ist.« Im Laufschritt verließ er das Haus.

Die Sonne ging auf, als er den Kleinwagen des Hausbesitzers aus der Garage fuhr, den Rücksitz mit Lebensmitteln aus dem Haus füllte und mit achtzig Meilen in der Stunde in Richtung Neu-Texas-City davonraste. Tausend Meilen, dachte er. Genevieve Selsor, hab Geduld, ich komme!

Jedesmal, wenn er eine Stadt durchfuhr, ließ er seine Hupe erschallen.

Nach einem unglaublich langen Tag hinter dem Steuer fuhr er den Wagen an den Straßenrand, zerrte sich die engen Schuhe von den Füßen, legte sich quer auf die Vordersitze und schob seinen grauen Homburg über die müden Augen. Bald ging sein

Atem langsam und gleichmäßig. Der Wind wehte, und die Sterne schienen im Dunkel sanft auf ihn herab. Ringsum erhoben sich die Marsberge, Millionen Jahre alt. Sternenlicht glitzerte auf den Türmen einer kleinen marsianischen Stadt, die sich zwischen den blauen Hügeln kaum größer als ein Schachspiel ausnahm.

Er schwebte zwischen Wachen und Träumen. Er flüsterte. Genevieve. *Oh, Genevieve, süße Genevieve,* sang er leise, *die Jahre kommen, die Jahre gehen. Aber Genevieve, süße Genevieve ...* Wärme durchflutete ihn. Er hörte ihre leise, süße, angenehme Stimme singen. *Hallo, o hallo, Walter! Ich und ein Tonband, was fällt dir ein! Wo bist du, Walter, wo bist du?*

Er seufzte und streckte im Mondschein die Hand aus, um sie zu berühren. Langes dunkles Haar, das im Wind wehte; schön war es. Und ihre Lippen wie rote Pfefferminze. Und ihre Wangen wie frischgeschnittene feuchte Rosen. Und ihr Körper war ein duftiger wallender Nebel, während ihm ihre sanfte süße Stimme noch einmal die Worte des alten traurigen Liedes zuflüsterte: *Oh, Genevieve, süße Genevieve, die Jahre kommen, die Jahre gehen...*

Er schlief fest.

Er erreichte Neu-Texas-City gegen Mitternacht.

Er hielt vor dem Deluxe-Schönheitssalon und rief.

Er rechnete damit, daß sie ihm entgegeneilen würde, parfumduftend, lachend.

Nichts geschah.

»Sie schläft«, sagte er und ging zur Tür. »Ich bin da!« rief er. »Hallo, Genevieve!«

Die Stadt schimmerte im Licht der beiden Monde und schwieg. Irgendwo bewegte der Wind eine Markise.

Er stieß die Glastür auf und trat ein.

»He!« Er lachte unsicher. »Sie brauchen sich nicht zu verstekken! Ich weiß, daß Sie hier sind!«

Er sah in jeder Kabine nach.

Er fand ein winziges Taschentuch auf dem Fußboden. Es duftete so herrlich, daß er fast das Gleichgewicht verlor.

»Genevieve«, sagte er.

Er fuhr durch die leeren Straßen, doch es war nichts zu sehen. »Wenn du mir einen Streich spielen willst...«

Er hielt an. »Halt. Wir wurden unterbrochen. Vielleicht ist sie nach Marlin gefahren, während ich auf dem Weg hierher war! Sie hat wahrscheinlich die alte Straße am Meer entlang genommen, und da haben wir uns verfehlt. Woher sollte sie auch wissen, daß ich komme? Gesagt hab ich das ja nicht. Und als die Leitung unterbrochen wurde, hatte sie solche Angst, daß sie sofort nach Marlin gefahren ist, um mich zu finden. Und ich stehe jetzt *hier,* bei Gott! Was für ein Idiot ich bin!«

Wild hupend raste er aus der Stadt.

Er fuhr die ganze Nacht hindurch. Er dachte: Und wenn sie nun nicht in Marlin auf mich wartet?

Sofort schob er den Gedanken beiseite. Sie *mußte* einfach dort sein. Und er wollte ihr entgegenlaufen und sie in die Arme nehmen und ihr vielleicht sogar einen Kuß geben, auf den Mund.

Genevieve, süße Genevieve, pfiff er und erhöhte das Tempo auf hundert Meilen in der Stunde.

In der Morgendämmerung lag Marlin totenstill da. In mehreren Läden brannten noch Lichter, und ein Musikautomat, der hundert Stunden lang ununterbrochen gespielt hatte, verstummte plötzlich mit elektrischem Knistern und machte das Schweigen noch bedrückender. Die Sonne erwärmte die Straßen und den kalten leeren Himmel.

Mit aufgeblendeten Scheinwerfern bog Walter in die Hauptstraße ein und ließ im Doppelrhythmus die Hupe erschallen — sechsmal an dieser Ecke, sechsmal an der nächsten. Er spähte zu den Läden hinüber. Er war blaß und müde, und seine Hände rutschten am schweißfeuchten Steuerrad ab.

»Genevieve!« rief er der leeren Straße zu.

Die Tür eines Schönheitssalons öffnete sich.

»Genevieve!« Er hielt mit einem Ruck.

Genevieve Selsor erschien in der offenen Tür eines Salons, als er über die Straße rannte. Sie hatte eine offene Packung Pralinen im Arm. Die Finger, die die Schachtel hielten, waren dick und bleich. Sie trat ins Licht, und ihr Gesicht war rund und fett, und ihre Augen waren zwei gewaltige Eier, die jemand in einen Klumpen weißen Brotteig gedrückt hatte. Ihre Beine glichen Baumstämmen, und sie bewegte sich mit linkischem Schurren dahin. Ihr Haar war von einem unbestimmbaren Braun, und ihre Frisur erinnerte an ein Vogelnest. Sie hatte überhaupt keine Lippen und glich diesen Mangel durch einen übergroß aufgemalten, fettigen roten Mund aus, der sich jetzt entzückt öffnete und sofort nervös wieder schloß. Ihre Augenbrauen waren zu dünnen Strichen ausgezupft.

Walter blieb stehen. Das freudig erwartungsvolle Lächeln auf seinem Gesicht erstarb. Er starrte sie an. Sie ließ die Pralinenpakkung auf den Bürgersteig fallen.

»Sind Sie — Genevieve Selsor?« In seinen Ohren rauschte es.

»Sind Sie Walter Griff?« sagte sie.

»Gripp.«

»Gripp«, verbesserte sie sich.

»Guten Morgen«, sagte er gepreßt.

»Guten Morgen.« Sie schüttelte ihm die Hand.

An ihren Fingern klebte Schokolade.

»So«, sagte Walter Gripp.

»Was?« fragte Genevieve Selsor.

»Ich habe ›So‹ gesagt«, sagte Walter.

»Oh.«

Es war neun Uhr abends. Sie hatten den Tag bei einem Picknick verbracht, und zum Abendessen hatte er ihr ein Filet Mignon bereitet, das ihr nicht geschmeckt hatte, weil es ihr zu roh war. Als er es noch etwas gedünstet hatte, war es plötzlich zu stark geschmort oder gebraten oder sonstwas. Er lachte und sagte: »Wir sehen uns einen Film an!« Sie war einverstanden und hakte sich mit ihren Schokoladenfingern bei ihm unter. Sie bestand schließlich auf einem fünfzig Jahre alten Film mit Clark Gable. »Ist er nicht großartig?« kicherte sie. »Ist er nicht *groß*artig?« Der Film ging zu Ende. »Spiel ihn noch mal«, befahl sie. »Noch mal?« fragte er. »Noch mal«, sagte sie. Und als er sich wieder setzte, lehnte sie sich an ihn, und ihre Hände gingen auf Wanderschaft. »Du bist zwar nicht ganz das, was ich erwartet habe, aber du bist nett«, sagte sie. »Danke«, sagte er und schluckte. »Oh, dieser *Gable*«, sagte sie neckend und kniff ihn ins Bein. »Autsch«, sagte er.

Nach dem Film gingen sie durch die stillen Straßen. Sie warf eine Schaufensterscheibe ein, holte das bunteste Kleid heraus, das sie finden konnte, und zog es an. Dann goß sie sich eine Flasche Parfum über den Kopf und hatte nun große Ähnlichkeit mit einem regennassen Schäferhund. »Wie alt bist du?« fragte er. »Rate mal.« Tropfnaß führte sie ihn die Straße entlang. »Oh, vielleicht dreißig«, sagte er höflich. »Oh«, meinte sie enttäuscht, »ich bin erst siebenundzwanzig.«

»Aha«, meinte er nachdenklich.

»Schon wieder ein Süßigkeitenladen«, sagte sie. »Ehrlich, seit der Explosion hab ich gelebt wie eine Königin. Meine Familie hab ich nie gemocht, waren alles Idioten. Sie sind vor zwei Monaten zur Erde zurückgekehrt. Ich sollte mit der letzten Rakete nachkommen, aber ich bin geblieben; weißt du, warum?«

»Warum?«

»Weil alle auf mir herumgehackt haben. Und da bin ich geblieben, wo ich nun den ganzen Tag in Parfum baden und zehntausend Mixgetränke trinken und Süßigkeiten essen kann, ohne daß die Leute sagen: ›Oh, das hat aber zu viele Kalorien!‹ Na, und da bin ich nun!«

»Da bist du.« Walter schloß die Augen.

»Es ist schon spät«, sagte sie und sah ihn an.

»Ja.«

»Ich bin müde«, sagte sie.

»Komisch, ich bin hellwach.«

»Oh«, sagte sie.

»Ich könnte die ganze Nacht aufbleiben«, sagte er. »Du, da gibt's eine gute Platte bei Mike. Ich spiel sie dir vor.«

»Ich bin müde.« Ihre wissenden Augen sahen strahlend zu ihm auf.

»Ich bin ganz munter«, sagte er. »Komisch.«

»Komm, wir gehen in den Schönheitssalon«, sagte sie. »Ich möchte dir etwas zeigen.«

Sie führte ihn durch die Glastür zu einer großen weißen Schachtel. »Ich hab's mitgenommen«, sagte sie, »als ich von Texas City abfuhr.« Sie öffnete das rosa Band. »Ich dachte mir, na ja, ich bin doch die einzige Frau auf dem Mars, und du bist der einzige Mann, und da ... na ja...« Sie hob den Deckel und klappte mehrere Schichten knisterndes rosa Seidenpapier zur Seite und betastete stolz ihr Mitbringsel. »Da!«

Walter Gripp starrte sie an.

»Was ist das?« fragte er und begann zu zittern.

»Weißt du das nicht, Dummkopf? Spitzenbesetzt und weiß und herrlich!«

»Nein, ich weiß tatsächlich nicht, was es ist.«

»Ein Brautkleid, du Dummkopf!«

»Ja?« Seine Stimme brach.

Er schloß die Augen. Ihre Stimme war noch immer leise und süß und angenehm, wie er sie vom Telefon in Erinnerung hatte. Aber wenn er die Augen öffnete und sie anschaute...

Er wich zurück. »Wie schön«, sagte er.

»Nicht?«

»Genevieve.« Er sah zur Tür.

»Ja?«

»Genevieve, ich muß dir etwas sagen.«

»Ja?« Sie kam auf ihn zu, und der schwere Parfumduft umlagerte ihr rundes bleiches Gesicht.

»Was ich dir sagen will...«, sagte er.

»Ja?«

»Leb wohl!«

Und ehe sie schreien konnte, war er aus dem Haus gestürmt und hatte sich in seinen Wagen geworfen.

Sie kam angelaufen und stand auf dem Bürgersteig, als er den Wagen wendete.

»Walter Griff, komm zurück!« heulte sie und schwenkte die Arme.

»Gripp«, verbesserte er sie.

»Gripp!« rief sie.

Der Wagen raste auf der stillen Straße davon und kümmerte sich nicht um ihr Stampfen und Schreien. Die Auspuffdämpfe hüllten das weiße Kleid ein, das sie in ihren dicken Händen zerdrückte, und die Sterne schimmerten hell, und der Wagen verschwand draußen in der Wüste und wurde von der Dunkelheit verschluckt.

Er fuhr drei ganze Tage und Nächte hindurch. Einmal glaubte er sich von einem Wagen verfolgt, und der kalte Schweiß brach ihm aus, und er nahm eine andere Landstraße, die an kleinen toten Städten vorbei quer durch die verlassene Marswelt führte, und er fuhr und fuhr, eine Woche lang, bis er zehntausend Meilen zwischen sich und Marlin gebracht hatte. Schließlich hielt er in einer kleinen Stadt namens Holtville, wo es ein paar kleine Läden gab, die er am Abend beleuchten konnte, und eine Handvoll Restaurants, in denen er sitzen und sich etwas zu essen bestellen konnte. Und dort ist er geblieben, mit zwei vollen Tiefkühltruhen, deren Inhalt hundert Jahre lang reicht, und mit ausreichend Zigarren für zehntausend Tage, und mit einem guten weichen Bett.

Und wenn irgendwann in all den langen Jahren einmal das Telefon klingeln wird, hebt er nicht ab.

April 2026: Die langen Jahre

Wenn der Wind vom Himmel herabwehte, saß er mit seiner kleinen Familie in der Steinhütte und wärmte sich über einem Holzfeuer die Hände. Der Wind wühlte das Wasser des Kanals auf und pustete fast die Sterne vom Firmament, doch Mr. Hathaway saß zufrieden da und sprach zu seiner Frau, und seine Frau antwortete ihm, und er erzählte seinen beiden Töchtern und seinem

Sohn von der guten alten Zeit auf der Erde, und sie gingen ebenfalls höflich darauf ein.

Es war im zwanzigsten Jahr nach dem Großen Krieg. Der Mars war ein toter Planet. Ob es mit der Erde ebenso stand, war eine Frage, mit der sich Hathaway und seine Familie in den langen Marsnächten oft beschäftigten.

Auch an diesem Abend war einer der heftigsten marsianischen Staubstürme über die niedrigen Marsfriedhöfe herangefegt, jagte durch alte Dörfer und riß die Plastikwände der neuen amerikanischen Stadt mit sich, die langsam im Sand unterging, verlassen.

Das Unwetter schwächte sich ab. Hathaway trat in die klare Luft hinaus und sah die Erde grün am unruhig bewegten Himmel leuchten. Er hob die Hand, als wollte er an der Decke eines dunklen Raumes eine nur schwach leuchtende Gaslampe heller stellen. Er schaute über den toten Seegrund. Keine Menschenseele auf dem ganzen Planeten, dachte er. Nur ich. Und *sie.* Er wandte sich um und schaute in die Steinhütte.

Was ging in diesen Tagen auf der Erde vor? Durch sein 75-cm-Teleskop war im Erscheinungsbild der Erde keine äußere Veränderung festzustellen. Na ja, dachte er, wenn ich mich vorsehe, lebe ich noch zwanzig Jahre. Da kommt vielleicht doch mal jemand des Wegs. Entweder über die toten Meere oder aus dem All in einer Rakete auf einer kleinen roten Flammensäule.

Er rief in die Hütte: »Ich gehe noch ein Stück spazieren.«

»Ja«, sagte seine Frau.

Er schlenderte zwischen den Ruinen der Häuser hindurch. »Made in New York«, war auf einem Metallstück zu lesen, an dem er vorüberkam. »Und all die Dinge von der Erde werden noch *vor* den alten marsianischen Städten wieder verschwunden sein.« Er blickte zu dem fünfzig Jahrhunderte alten Marsdorf hinüber, das in den blauen Bergen lag.

Schließlich erreichte er einen abgelegenen marsianischen Friedhof, eine Reihe kleiner sechseckiger Steine auf einem windgepeitschten Hügel.

Vor vier Gräbern machte er halt, vier Gräber mit groben Holzkreuzen und Namen darauf. Tränen stiegen ihm nicht in die Augen; sie waren längst versiegt.

»Vergebt ihr mir, was ich getan habe?« fragte er die Kreuze. »Ich war so allein. Ihr versteht mich doch, ja?«

Er kehrte zur Steinhütte zurück, und vor dem Eintreten beschirmte er noch einmal die Augen mit der Hand und sah forschend in den schwarzen Himmel.

»Man wartet und wartet und schaut immer wieder«, sagte er, »und eines Nachts kommt vielleicht...«

Eine winzige rote Flamme züngelte am Himmel.

Er verließ den Lichtkreis der Hütte.

»...und man schaut ein zweites Mal«, flüsterte er.

Die winzige rote Flamme war nicht verschwunden.

»Das war gestern abend noch nicht da«, flüsterte er.

Er stolperte und fiel hin, rappelte sich wieder auf, rannte hinter die Hütte, drehte das Teleskop herum und richtete es auf den Himmel.

Nach einem langen, prüfenden Blick erschien er in der niedrigen Hüttentür. Die Frau und die beiden Töchter und der Sohn sahen ihn erstaunt an. Endlich konnte er wieder sprechen.

»Gute Nachricht«, sagte er. »Ich habe in den Himmel geblickt. Es kommt eine Rakete, die uns alle nach Hause bringt. Sie wird morgen früh hier sein.«

Er setzte sich, schlug die Hände vors Gesicht und begann leise zu weinen.

Um drei Uhr in der Nacht steckte er die Ruinen Neu-New-Yorks in Brand.

Er nahm eine Fackel, zündete sie an, ging in die Plastikstadt und berührte da und dort die Wände mit der Flamme. Die Stadt erblühte in gewaltigen Licht- und Hitzeeruptionen — eine illuminierte Quadratmeile, die auch aus dem All zu sehen sein mußte. Sie würde die Rakete zu Mr. Hathaway und seiner Familie führen.

Schmerzhaft raste das Herz in seiner Brust, als er zur Hütte zurückkehrte. »Seht!« Er hielt eine staubige Flasche ins Licht. »Ein Wein, den ich extra für heute abend aufgehoben habe. Ich wußte, daß uns eines Tages jemand finden würde! Zur Feier trinken wir ein Glas!«

Fünf Gläser schenkte er voll.

»Lang ist es her«, sagte er und schaute feierlich in sein Glas. »Erinnert ihr euch an den Tag, an dem der Krieg ausbrach? Zwanzig Jahre und sieben Monate ist es jetzt her. Und unsere Raketen wurden vom Mars nach Hause beordert. Und du und ich und die Kinder — wir waren gerade in den Bergen mit archäologischen Ausgrabungen beschäftigt; wir versuchten die Methoden der alten marsianischen Chirurgie zu erforschen. Wir jagten unsere Pferde fast zu Tode, um noch mitgenommen zu werden, wißt ihr noch? Trotzdem erreichten wir die Stadt eine Woche zu spät. Amerika war schon vernichtet; die Raketen waren abgeflogen, ohne auf Verstreute zu warten, erinnert ihr euch? Und wißt ihr noch, wie wir dann feststellten, daß wir die *einzigen* waren, die man hier oben auf dem Mars zurückgelassen hatte? Gott, wie die Jahre vergehen! Ohne euch alle hätte ich nicht ausgehalten. Ohne euch hätte ich mich umgebracht. In eurer Gesellschaft hat sich die Zeit gelohnt. Auf uns.« Er hob sein Glas. »Und auf unser langes gemeinsames Warten.« Er trank.

Die Frau und die beiden Töchter und der Sohn hoben die Gläser an die Lippen.

Der Wein rann ihnen über das Kinn, allen vieren.

Am Morgen wehte die Stadt in großen schwarzen Flocken über den Meeresgrund. Das Feuer war erloschen, aber es hatte seinen Zweck erfüllt; der rote Fleck am Himmel wurde größer.

Aus dem Haus drang frischer brauner Honigkuchenduft. Als Hathaway eintrat, stand seine Frau am Tisch und setzte das heiße Kuchenblech ab. Die beiden Töchter fegten mit Reisigbesen den Boden, und der Sohn polierte das Silber.

»Ein Riesenfrühstück machen wir für die Besucher!« lachte Hathaway. »Zieht eure besten Sachen an!«

Er eilte zu dem großen Werkstattschuppen, in dem sich ein Kühlaggregat und eine Stromversorgungsanlage befanden, die er im Laufe der Jahre mit tüchtigen, kleinen, nervösen Fingern repariert und zusammengebastelt hatte, und zahlreiche Uhren, Telefone und Tonbandgeräte. Der Schuppen war voller Dinge, die er gebaut hatte; zum Teil ganz sinnlose Apparate, deren Funktion selbst ihm ein Geheimnis war, als er sie nun betrachtete.

Aus der Tiefkühltruhe nahm er reifbedeckte Kartons mit Bohnen und Erdbeeren, zwanzig Jahre alt. Lazarus, komm heraus, dachte er und holte auch ein gefrorenes Hühnchen heraus.

Mannigfaltige köstliche Küchendüfte hingen in der Luft, als die Rakete landete.

Hathaway rannte wie ein Junge den Hügel hinab. Einmal hielt er inne, als ein unangenehmer Schmerz durch seine Brust zuckte. Er setzte sich auf einen Felsen, um wieder zu Atem zu kommen, dann legte er den Rest des Wegs im Laufschritt zurück.

Er stand in der heißen Luft, die das Feuer der Raketenmotoren verbrannt hatte. Eine Luke öffnete sich. Ein Mann schaute heraus.

Hathaway legte die Hand über die Augen und sagte: »Kapitän Wilder!«

»Wer sind Sie?« fragte Kapitän Wilder, sprang herab und starrte dem alten Mann ins Gesicht. Er streckte die Hand aus. »Gütiger Himmel — Hathaway!«

»Ja.« Sie sahen sich von oben bis unten an.

»Hathaway, aus meiner alten Mannschaft — von der vierten Expedition.«

»Das ist lange her, Kapitän.«

»Zu lange. Mann, wie ich mich freue, Sie wiederzusehen!«

»Ich bin alt geworden«, sagte Hathaway schlicht.

»Auch ich bin nicht mehr jung. Zwanzig Jahre lang bin ich draußen auf Jupiter, Saturn und Neptun gewesen.«

»Wie man hörte, wurden Sie hinausgeschickt, damit Sie hier auf dem Mars nicht die Kolonialpolitik stören konnten.« Der alte Mann sah sich um. »Sie sind so lange unterwegs gewesen, daß Sie natürlich nicht wissen, was geschehen ist...«

Wilder sagte: »Es läßt sich erraten. Wir sind zweimal um den Mars gekreist. Dabei haben wir nur Sie hier und noch einen anderen Menschen gefunden, etwa zehntausend Meilen von hier

— er heißt Walter Gripp. Wir wollten ihn mitnehmen, aber er hatte kein Interesse. Beim Start sahen wir ihn noch mitten auf der Landstraße in einem Schaukelstuhl sitzen und seine Pfeife rauchen; er winkte uns zu. Der Mars ist also ziemlich verlassen — auch keine Marsianer sind mehr am Leben. Wie steht es mit der Erde?«

»Da weiß ich auch nicht mehr als Sie. Von Zeit zu Zeit kriege ich mal einen Radiosender zu hören, aber nur sehr schwach und in irgendwelchen fremden Sprachen. Leider kann ich als einzige Fremdsprache nur Latein und deshalb verstehe ich nur wenig von den Nachrichten. Danach ist der größte Teil der Welt ein Trümmerfeld, doch der Krieg geht weiter. Fliegen Sie dorthin zurück, Sir?«

»Ja, wir sind natürlich neugierig. So weit draußen im All hatten wir keinen Radiokontakt mehr. Wir wollen die Erde sehen, was auch geschehen sein mag.«

»Nehmen Sie uns mit?«

Der Kapitän fuhr zusammen. »Natürlich, Ihre Frau, ich erinnere mich. Vor fünfundzwanzig Jahren, nicht wahr? Als die erste Stadt gegründet wurde und Sie aus dem Dienst ausschieden und sie heraufkommen ließen. Und da waren doch auch Kinder...«

»Ein Sohn und zwei Töchter.«

»Ja, ich erinnere mich. Und sie sind hier?«

»Oben in der Hütte. Wir haben ein herrliches Frühstück für Sie bereitet, für Sie alle. Sie kommen doch?«

»Ist uns eine Ehre, Mr. Hathaway.« Kapitän Wilder wandte sich zur Rakete um.

»Alle Mann von Bord!«

Sie gingen den Hügel hinauf, Hathaway und Kapitän Wilder, gefolgt von den zwanzig Mannschaftsmitgliedern, die die dünne, kühle Morgenluft in vollen Zügen genossen. Die Sonne ging auf, und es versprach ein schöner Tag zu werden.

»Erinnern Sie sich an Spender, Kapitän?«

»Ich habe ihn nie vergessen.«

»Etwa einmal im Jahr komme ich an seinem Grab vorbei. Nun

scheint sich sein Wunsch doch noch erfüllt zu haben. Er wollte nicht, daß wir den Mars besiedelten, und ist jetzt sicher glücklich und zufrieden, daß wir wieder abgezogen sind.«

»Was ist aus — wie hieß er doch gleich? — Parkhill, Sam Parkhill, geworden?«

»Er hat einen Würstchenstand aufgemacht.«

»Das sieht ihm ähnlich.«

»Und ist eine Woche darauf zur Erde zurückgeflogen.« Hathaway hob jäh die Hand an die Brust und lehnte sich schweratmend an einen Felsen. »Es tut mir leid. Die Aufregung. Das plötzliche Wiedersehen nach all den Jahren. Muß mich ausruhen.« Er spürte sein Herz bis zum Hals schlagen. Er zählte die Schläge. Es schlug sehr schnell.

»Wir haben einen Arzt dabei«, sagte Wilder. »Entschuldigen Sie, Hathaway, ich weiß, daß Sie selbst Mediziner sind, aber wir sollten Sie trotzdem mal untersuchen.« Der Arzt wurde gerufen.

»Es geht gleich wieder«, winkte Hathaway ab. »Das Warten, die Aufregung.« Er konnte kaum noch atmen. Seine Lippen waren blau. »Wissen Sie«, sagte er, als ihn der Arzt mit dem Stethoskop abhorchte, »es kommt mir vor, als hätte ich all die Jahre nur für diesen Tag gelebt, als wär ich's zufrieden, daß Sie gekommen sind und mich zur Erde zurückbringen, und könnte mich nun hinlegen und sterben.«

»Hier.« Der Arzt reichte ihm eine gelbe Kapsel. »Sie sollten sich etwas Ruhe gönnen.«

»Unsinn. Lassen Sie mich nur einen Augenblick hier sitzen. Es tut gut, Sie alle hier zu haben, mal wieder neue Stimmen zu hören.«

»Wirkt die Kapsel?«

»Ausgezeichnet. Gehen wir weiter!«

Und sie setzten ihren Weg fort.

»Alice, sieh mal, wer da gekommen ist!«

Hathaway runzelte die Stirn und beugte sich in die Hütte. »Alice, hast du gehört?«

Seine Frau erschien. Gleich darauf kamen auch die beiden

Töchter aus der Hütte, groß und anmutig, gefolgt von einem noch größeren Sohn.

»Alice, du erinnerst dich doch sicher an Kapitän Wilder?«

Sie zögerte und blickte Hathaway an, als warte sie auf Anweisungen, dann lächelte sie. »Aber natürlich — Kapitän Wilder!«

»Ich erinnere mich noch genau. Wir haben am Abend vor meinem Start zum Jupiter noch zusammen gesessen, Mrs. Hathaway.«

Sie schüttelte ihm kräftig die Hand. »Meine Töchter Marguerite und Susan. Mein Sohn John. Ihr erinnert euch doch an den Kapitän, ja?«

Händeschütteln, Gelächter, lebhafte Unterhaltung.

Kapitän Wilder schnüffelte. »Ist das etwa *Honigkuchen*?«

»Möchten Sie eine Scheibe?«

Alles geriet in Bewegung. Klapptische wurden aus dem Haus getragen, mit Tellern und Damastservietten gedeckt, das gute Silber aufgelegt und heiße Speisen herbeigeschleppt. Kapitän Wilder musterte Mrs. Hathaway und ihren Sohn und ihre beiden großen, umsichtig arbeitenden Töchter. Er betrachtete ihre Gesichter, als sie an ihm vorbeihuschten, und nahm jede Bewegung ihrer jugendlichen Hände und jeden Ausdruck ihrer faltenlosen Gesichter in sich auf. Er setzte sich auf den Stuhl, den ihm der Junge brachte, und fragte: »Wie alt sind Sie, John?«

Der Sohn erwiderte: »Dreiundzwanzig.«

Wilder rückte ungeschickt seine Bestecke zurecht. Er war bleich geworden. Sein Nachbar flüsterte: »Kapitän Wilder, das kann nicht stimmen.«

Der Sohn entfernte sich, um weitere Stühle zu holen.

»Was war das, Williamson?«

»Ich bin jetzt dreiundvierzig, Kapitän, und vor zwanzig Jahren bin ich mit dem jungen John Hathaway, mit dem Mann da drüben, zur Schule gegangen. Er behauptet, nur dreiundzwanzig zu sein; er sieht auch nur wie dreiundzwanzig aus. Aber das stimmt nicht. Er müßte mindestens dreiundvierzig sein. Was bedeutet das alles, Sir?«

»Ich weiß es nicht.«

»Sie sind ja ganz blaß, Sir.«

»Mir ist nicht gut. Mit den Töchtern ist es nämlich das gleiche. Ich habe sie vor zwanzig Jahren kennengelernt, und sie haben sich überhaupt nicht verändert. Würden Sie mir einen Gefallen tun? Ich möchte, daß Sie einen kleinen Gang für mich erledigen, Williamson. Ich sage Ihnen, wohin Sie gehen und wonach Sie Ausschau halten müssen. Wenn wir mit dem Frühstück fast fertig sind, machen Sie sich davon. Mehr als zehn Minuten brauchen Sie bestimmt nicht. Die Stelle ist nicht weit von hier entfernt; ich habe sie bei der Landung von der Rakete aus gesehen.«

»Na, was sollen denn die ernsten Gesichter?« Mit schnellen Bewegungen schöpfte Mrs. Hathaway Suppe in die Teller. »Lächeln Sie; wir sind alle endlich wieder beieinander, die Reise ist vorbei, und es ist fast schon wie zu Hause!«

»Ja.« Kapitän Wilder lachte. »Sie sehen auch wirklich sehr gesund und jugendlich aus, Mrs. Hathaway!«

»Sie Schmeichler!«

Er sah zu, wie sie weiterging; ihr warmes rosa Gesicht war so glatt wie ein Apfel, faltenlos und sanft getönt. Nach jedem Scherz ließ sie ihr melodisches Lachen ertönen, teilte den Salat aus und gönnte sich keine Atempause. Und der hagere Sohn und die wohlgerundeten Töchter waren schlagfertig und fröhlich wie ihr Vater und erzählten von den langen Jahren und ihrem abgeschiedenen Leben, während der Vater jedem seiner Kinder stolz zunickte.

Williamson eilte den Hügel hinab.

»Wohin will *der*?« fragte Hathaway.

»Er muß nach der Rakete sehen«, sagte Wilder. »Wie ich eben schon sagte, Hathaway, der Jupiter bietet nichts, absolut nichts für den Menschen. Das gilt ebenso für Saturn und Pluto.« Wilder redete mechanisch, ohne seine Worte zu hören, während er an Williamson dachte, der den Hügel hinablief und bald zurückkehren mußte mit dem Bericht über seinen Fund.

»Danke.« Marguerite Hathaway füllte sein Wasserglas. Impulsiv berührte er ihren Arm. Sie schien die Geste gar nicht wahrzunehmen. Ihr Fleisch fühlte sich warm und weich an.

Auf der anderen Seite des Tisches verstummte Hathaway von Zeit zu Zeit, fuhr sich mit schmerzverzerrtem Gesicht an die Brust und lauschte dann wieder auf das Murmeln der Stimmen, die manchmal plötzlich lauter zu werden schienen und sich wieder abschwächten, und von Zeit zu Zeit sah er Wilder bekümmert an, dem der Honigkuchen nicht zu schmecken schien.

Williamson kehrte zurück. Er setzte sich und aß ein paar Bissen, bis sich der Kapitän flüsternd an ihn wandte: »Na?«

»Ich hab's gefunden, Sir.«

»Und?«

Williamsons Gesicht war blaß. Seine Augen waren starr auf die lachenden Menschen gerichtet. Die Töchter lächelten feierlich, und der Sohn erzählte gerade einen Witz. Williamson sagte: »Ich bin also zu dem Friedhof gegangen.«

»Und da sind vier Kreuze?«

»Ja, da sind vier Kreuze, Sir. Die Namen stehen drauf. Um sicherzugehen, hab ich sie aufgeschrieben.« Er las sie von einem Stück Papier ab: »Alice, Marguerite, Susan, John Hathaway, gestorben im Juli 2007 an einem unbekannten Virus.«

»Danke, Williamson.« Wilder schloß die Augen.

»Neunzehn Jahre ist das her, Sir.« Williamsons Hand zitterte.

»Ja.«

»Wer sind dann *die* da drüben?«

»Ich weiß es nicht.«

»Was wollen Sie tun?«

»Das weiß ich auch nicht.«

»Sagen wir's den anderen?«

»Später. Essen Sie weiter, als ob nichts geschehen wäre.«

»Ich bin aber nicht mehr hungrig, Sir.«

Zum Abschluß des Essens gab es Wein aus den Beständen der Rakete. Hathaway erhob sich. »Ein Toast auf Sie alle — es tut gut, wieder unter Freunden zu sein. Und auf meine Frau und meine Kinder, ohne die ich nicht hätte überleben können. Nur ihrer Freundlichkeit und Fürsorge ist es zu verdanken, daß ich weiterleben, daß ich auf Ihr Kommen warten konnte.« Er hob das

Weinglas und trank seiner Familie zu, die seinen Blick unsicher erwiderte und schließlich zu Boden sah, als alle tranken.

Hathaway leerte sein Glas. Er gab keinen Laut von sich, als er plötzlich nach vorn über den Tisch fiel und zu Boden stürzte. Mehrere Männer eilten sofort herbei und legten ihn auf den Rükken. Der Arzt beugte sich über ihn und lauschte. Wilder berührte den Arzt an der Schulter. Der Arzt schaute auf und schüttelte den Kopf. Der Kapitän kniete hin und nahm die Hand des alten Mannes. »Wilder?« Hathaways Stimme war kaum zu verstehen. »Ich hab allen die Stimmung verdorben.«

»Unsinn.«

»Sagen Sie Alice und den Kindern für mich Lebewohl.«

»Einen Moment, ich rufe sie.«

»Nein, nicht!« sagte Hathaway schweratmend. »Sie würden es nicht verstehen. Ich möchte auch nicht, daß sie es verstehen. Nicht!«

Wilder rührte sich nicht von der Stelle.

Hathaway war tot.

Wilder verharrte sehr lange. Dann stand er auf und verließ die Gruppe, die starr und stumm um Hathaway herumstand. Er ging zu Alice Hathaway, blickte ihr in die Augen und fragte: »Wissen Sie, was eben geschehen ist?«

»Etwas mit meinem Mann?«

»Er ist gestorben; sein Herz«, sagte Wilder und ließ ihren Blick nicht los.

»Es tut mir leid«, sagte sie.

»Wie ist Ihnen zumute?« fragte er.

»Er wollte nicht, daß wir uns grämen. Er hat gesagt, daß es eines Tages passieren würde und daß wir dann nicht weinen sollten. Er hat es uns auch gar nicht beigebracht. Er wollte nicht, daß wir weinen konnten. Er sagte, das Schlimmste, was einem Menschen widerfahren könnte, wären Einsamkeit und Traurigkeit und Tränen. Also sollten wir nicht wissen, was Weinen ist oder Traurigsein.«

Wilder betrachtete ihre Hände, die weichen, warmen Hände und die gepflegten Nägel und ihre schmalen Handgelenke. Er betrachtete ihren schlanken, glatten weißen Hals und sah ihr in die intelligenten Augen. Schließlich sagte er: »Hathaway hat mit Ihnen und den Kindern etwas Großartiges geschaffen.«

»Dieses Urteil hätte ihm sicher große Freude gemacht. Er war so stolz auf uns. Mit der Zeit vergaß er sogar, daß er uns gebaut hatte. Und schließlich liebte er uns und sah uns als seine wirkliche Familie an. Und in gewisser Hinsicht sind wir das ja auch.«

»Sie haben ihm viel Trost gespendet.«

»Ja, jahrelang haben wir dagesessen und uns unterhalten. Er redete so gern. Er mochte die Steinhütte und das offene Feuer. Wir hätten in einem ganz normalen Haus in der Stadt wohnen können, aber es gefiel ihm hier oben, wo er sich je nach Laune primitiv oder modern geben konnte. Er erzählte mir alles über sein Laboratorium und die Dinge, die er darin tat.

Überall in der toten amerikanischen Stadt da unten brachte er Lautsprecher an. Wenn er auf einen Knopf drückte, wurde die Stadt erleuchtet, und es wurden Geräusche erzeugt, als ob sie zehntausend Einwohner hätte; Flugzeug- und Autolärm und Stimmengewirr. Dann saß er da und zündete sich eine Zigarre an und unterhielt sich mit uns, und die Geräusche der Stadt drangen herauf, und ab und zu klingelte das Telefon, und eine Stimme auf Tonband stellte Mr. Hathaway wissenschaftliche und medizinische Fragen, und er beantwortete sie. Und das klingelnde Telefon und wir und die Geräusche der Stadt und seine Zigarre — all das machte Mr. Hathaway sehr glücklich. Nur eins konnte er uns nicht vermitteln«, sagte sie. »Und das war das Altwerden. Er selbst wurde von Tag zu Tag älter, während wir uns nicht veränderten. Ich nehme an, es hat ihm nichts ausgemacht. Er wollte es wohl so.«

»Wir werden ihn unten auf dem Friedhof begraben, wo die anderen vier Kreuze sind. Ich glaube, daß das in seinem Sinne ist.«

Sie legte ihm sanft die Hand auf den Arm. »Ganz bestimmt sogar.«

Befehle wurden erteilt. Die Familie folgte der kleinen Prozession den Hügel hinab. Zwei Männer trugen Hathaway auf einer zugedeckten Bahre, trugen ihn vorbei an der Steinhütte und dem Schuppen, in dem Hathaway vor vielen Jahren mit seiner Arbeit begonnen hatte. Wilder blieb in der Tür zur Werkstatt stehen.

Wie ist einem Mann zumute, fragte er sich, der mit seiner Frau und drei Kindern auf einem Planeten lebt und sie plötzlich verliert, so daß er mit dem Wind und der Stille allein ist? Was tut er? Er begräbt sie unter Kreuzen und geht dann in seine Werkstatt, nimmt all seine Geisteskräfte zusammen und sein Erinnerungsvermögen, seine handwerkliche Geschicklichkeit und sein Genie, und er beginnt damit, all das, was einmal Frau und Sohn und Tochter gewesen ist, in einem anderen Material zu formen. Mit einer gesamten amerikanischen Stadt in Reichweite, die die benötigten Teile liefern konnte, war einem brillanten Mann wie ihm nichts unmöglich.

Das Geräusch der Schritte wurde im Sand erstickt. Als sie den Friedhof erreichten, waren zwei Männer schon dabei, das Grab zu schaufeln.

Am späten Nachmittag kehrten sie zur Rakete zurück.

Williamson deutete mit einer Kopfbewegung zur Steinhütte hinüber. »Was machen wir mit denen?«

»Ich weiß nicht«, sagte der Kapitän.

»Wollen Sie sie abschalten?«

»Abschalten?« Der Kapitän wandte sich überrascht um. »Darauf wäre ich gar nicht gekommen.«

»Sie wollen sie doch nicht etwa mitnehmen?«

»Nein, das wäre sinnlos.«

»Sie wollen sie also hier zurücklassen, einfach so — so wie sie sind?«

Der Kapitän reichte Williamson seine Pistole. »Wenn Sie eine andere Lösung durchsetzen können, sind Sie besser als ich.«

Fünf Minuten später kehrte Williamson zurück; er schwitzte. »Hier, nehmen Sie Ihre Pistole. Ich weiß jetzt, was Sie meinen. Als ich mit der Waffe in der Hand die Hütte betrat, lächelte mich eine der Töchter an und die anderen ebenfalls. Die Frau bot mir eine Tasse Tee an. Gott, das wäre wirklich Mord!«

Wilder nickte. »So etwas Vorzügliches wird es wahrscheinlich nicht noch einmal geben. Sie sind stabil gebaut und halten bestimmt zehn, fünfzig, zweihundert Jahre. Ja, sie haben ein Recht zu — zu leben wie Sie oder ich oder sonst jemand hier im Schiff.« Er klopfte seine Pfeife aus. »Na ja, gehen Sie an Bord. Wir starten. Mit der Stadt ist es aus, wir werden sie nicht mehr bewohnen können.«

Der Abend war nahe. Ein kalter Wind sprang auf. Die Männer gingen an Bord, während der Kapitän zögerte. Williamson sagte: »Sie wollen doch nicht etwa hingehen und — Lebewohl sagen?«

Der Kapitän blickte Williamson düster an: »Das geht Sie gar nichts an.«

Wilder ging langsam durch den stärker werdenden Wind auf die Hütte zu. Die Männer sahen seinen Schatten in der Tür verweilen. Sie sahen auch den Schatten einer Frau. Sie sahen, wie der Kapitän ihr die Hand schüttelte.

Sekunden später kam er auf die Rakete zugerannt.

In der Nacht, wenn der Wind über den toten Seegrund und den sechseckigen Friedhof streicht, über vier alte Kreuze und ein neues, dann brennt Licht in der niedrigen Steinhütte, und im Innern, während der Wind dröhnt und der Staub aufgewirbelt wird und die kalten Sterne brennen, sitzen vier Gestalten — eine Frau, zwei Töchter und ein Sohn — vor dem Feuer, um das sie sich völlig grundlos kümmern, und sie unterhalten sich und lachen.

Abend für Abend, Jahr für Jahr, völlig sinnlos, kommt die Frau aus dem Haus und schaut mit erhobenen Händen eine Zeitlang zum Himmel auf und betrachtet die grünschimmernde Erde, sie weiß nicht, warum sie hinaufschaut; dann geht sie wieder in die Hütte und wirft ein Stück Holz ins Feuer, völlig sinnlos, und der Wind weht stärker, und der Grund des ausgetrockneten Meeres erstreckt sich bis zum Horizont, leblos wie eh und je.

August 2026: Es werden kommen leise Regen

Im Wohnzimmer sang die Stimm-Uhr: *Tick-tack, sieben Uhr, zackzack, aufstehn nur, aufstehn nur, aufstehn nur, sieben Uhr!*, als ob sie Angst hätte, daß ihr niemand gehorchen würde. Das morgendliche Haus war leer. Die Uhr tickte weiter und wiederholte ihre Ansagen viele Male in die Leere. *Sieben Uhr neun, zum Frühstück hinein, sieben Uhr neun!*

In der Küche stieß der Frühstücksherd einen zischenden Seufzer aus und entließ aus einem warmen Innern acht herrlich gebräunte Scheiben Toast, acht Spiegeleier mit dem Eidotter nach oben, sechzehn Scheiben Speck, zwei Tassen Kaffee und zwei Gläser kühle Milch.

»Heute ist der 4. August 2026«, sagte eine zweite Stimme von der Küchendecke, »in der Stadt Allendale, Kalifornien.« Sie wiederholte das Datum dreimal, damit es sich auch richtig einprägte. »Heute hat Mr. Featherstone Geburtstag. Heute hat Tilitia Hochzeitstag. Die Versicherungsbeiträge sind fällig, außerdem das Wassergeld, die Gas- und Stromrechnung.«

Irgendwo in den Wänden klickten Relais, und Informationsbänder glitten unter elektrischen Augen dahin.

»Acht Uhr eins, tick-tack, acht Uhr eins, zur Schule, zur Arbeit, lauft, lauft, acht Uhr eins!« Aber keine Türen wurden zugeschlagen, keine Gummiabsätze polterten dumpf auf den Teppichboden. Es regnete draußen. Der Wetterkasten neben der Haustür sang leise: *»Regen, Regen, geh vorbei, Stiefel, Mäntel holt herbei …«* Und der Regen klopfte mit hohlem Geräusch auf das leere Haus.

Draußen läutete die Garage, hob ihre Tür hoch und gab den Blick frei auf den wartenden Wagen. Nach langem Warten schwang die Tür wieder herab.

Um halb neun waren die Eier unansehnlich und die Toastscheiben steinhart geworden. Ein Aluminiumschaber kratzte alles in den Abwasch, wo die Reste von heißem Wasser erfaßt und durch einen metallenen Schlund hinabgesogen wurden, der sie ins ferne Meer spülte. Das schmutzige Geschirr wurde in einen

Heißwascher getaucht und kam schimmernd und trocken wieder zum Vorschein.

Neun Uhr fünfzig, sang die Uhr, *saubermachen.*

Winzige Robotmäuse kamen aus ihren Wandhöhlen gehuscht. Überall in den Räumen wimmelte es von kleinen Reinigungstieren aus Gummi und Metall. Sie prallten dumpf gegen Stuhlbeine, schwenkten ihre haarigen Läuferchen, klopften den Teppich ab, saugten den verborgenen Staub heraus. Wie geheimnisvolle Eindringlinge verschwanden sie wieder in ihren Nestern. Ihre elektrischen Augen erloschen. Das Haus war sauber.

Zehn Uhr. Die Sonne kam hinter den Regenwolken hervor. Das Haus stand verlassen inmitten einer Trümmerwüste; das einzige Haus, das noch intakt war. In der Nacht lag über der Stadt ein radioaktiver Schimmer, der meilenweit zu sehen war.

Zehn Uhr fünfzehn. Die Rasensprenger ließen ihre goldenen Strahlen hoch aufwirbeln und erfüllten die laue Morgenluft mit schimmernden Fontänen. Das Wasser benetzte die Fensterscheiben und lief an der Westfront herab, deren weißer Anstrich versengt war. Die gesamte Westwand des Hauses war schwarz verbrannt — bis auf fünf Stellen. Hier war die Silhouette eines Mannes zu sehen, der einen Rasenmäher schob. Dort, wie auf einer Fotografie, eine Frau, die gerade eine Blume pflückte. Links davon, in einem titanischen Moment ins Holz gebrannt, ein kleiner Junge, die Hände erhoben, darüber die Umrisse eines hochgeworfenen Balls. Ihm gegenüber die Silhouette eines Mädchens, die Hände erhoben, um den Ball zu fangen, der nie ankommen würde.

Diese fünf hellen Flecke der ursprünglichen Farbschicht — der Mann, die Frau, die Kinder, der Ball — waren geblieben. Der Rest war eine dünne geschwärzte Schicht.

Der sanfte Regen des Sprengers füllte den Garten mit herabfallendem Licht.

Wie vorzüglich hatte das Haus bis heute durchgehalten! Wie sorgsam hatte es immer wieder gefragt: »Wer ist da? Wie lautet das Kennwort?« Und wenn die herumstreunenden Füchse und jaulenden Katzen keine Antwort gaben, hatte es Fensterläden und Vorhänge in altjüngferlichem Schutzbedürfnis geschlossen, das fast einer mechanischen Paranoia gleichkam.

Das Haus erzitterte bei jedem Geräusch. Wenn ein Spatz ein Fenster berührte, schnappte sofort der Laden zu. Der erschreckte Vogel flog davon. Nein, kein Spatz durfte das Haus berühren.

Das Haus war ein Heiligtum mit zehntausend Tempeldienern — mit Scharen von Bediensteten aller Größen und Arten. Aber die Götter waren verschwunden, und das religiöse Ritual setzte sich fort, sinnlos, nutzlos.

Zwölf Uhr. Mittagszeit.

Ein Hund jaulte und wartete zitternd auf der vorderen Veranda.

Die Haustür erkannte die Stimme des Hundes und öffnete sich. Der Hund, einst groß und massig, doch jetzt zum Skelett abgemagert und mit zahlreichen Wunden bedeckt, trottete durchs Haus und hinterließ in allen Räumen eine breite Schmutzspur. Hinter ihm wurde das ärgerliche Surren der Mäuse laut — ärgerlich über den Schmutz, den sie wegzuschaffen hatten, ärgerlich über die Störung.

Kein Blattfetzen wehte unter der Tür hindurch, ohne daß sich Wandklappen öffneten und die metallenen Ratten blitzschnell herausfuhren. Das beleidigende Stück — ein Staubkorn, ein Haar oder ein Stück Papier — wurde von den winzigen stählernen Kiefern ergriffen und in Windeseile in die Höhlen geschafft. Dort wurde es in ein Röhrensystem gestopft, das in den Keller und dort zu einem Verbrenner führte, der wie der böse Baal persönlich in einer dunklen Ecke hockte.

Der Hund rannte nach oben, bellte hysterisch vor jeder Tür und erkannte schließlich, was auch das Haus schon erkannt hatte — daß niemand anwesend war außer der Stille.

Das Tier schnüffelte herum und kratzte an der Küchentür. Hinter der Tür machte der Herd gerade Eierkuchen, die das Haus mit herrlichem Duft erfüllten, einem Duft nach Gebackenem und nach Ahornsirup.

Speichel rann aus dem Maul des Hundes, und mit glühenden Augen lag er vor der Tür und schnüffelte. Dann rannte er wie wild im Kreis und versuchte, sich in den Schwanz zu beißen, jagte immer schneller herum, Schaum stand ihm vor dem Maul, er winselte — und starb. Eine Stunde lang blieb er im Flur liegen.

Zwei Uhr, sang eine Stimme.

Die empfindlichen Geruchsorgane der Mäuseregimenter registrierten endlich die einsetzende Verwesung und summten leise wie graue Blätter in einem elektrischen Wind.

Zwei Uhr fünfzehn.

Der Hund war verschwunden.

Im Keller glühte der Verbrenner plötzlich auf, und der Schornstein sprühte Funken.

Zwei Uhr fünfunddreißig.

Bridge-Tische sprossen aus den Wänden zum Hof, Spielkarten flatterten herab. Martinis erschienen auf einer Eichenbank, Sandwiches mit Eiersalat. Musik ertönte.

Doch an den Tischen blieb es still, und niemand bewegte die Karten.

Um vier Uhr falteten sich die Tische wie riesige Schmetterlinge wieder in die Wände.

Vier Uhr dreißig.

Die Wände des Kinderzimmers glühten auf.

Tiere nahmen Gestalt an: Gelbe Giraffen, blaue Löwen, rosafarbene Antilopen, lila Panther, die in der kristallenen Substanz herumtobten. Die Wände wurden zu Glas. Sie gaben den Blick frei auf Landschaften aus Farbe und Fantasie. Versteckte Filme rasteten in Zahnräder, und die Wände gerieten in Bewegung. Der Boden des Kinderzimmers war so gestaltet, daß er einer frischen Wiese glich. Aluminium-Käfer und eiserne Grillen rannten darüber hin, und in der ruhigen, heißen Luft flatterten zarte rote Schmetterlinge im scharfen Geruch tierischer Fährten. Geräusche klangen auf, die an das Summen eines großen gelben Bienenstocks in einer dunklen Höhle erinnerten, das Grollen eines Löwen. Und der Tritt von Okapihufen und das Murmeln des tropischen Regens, der wie Hufgetrappel auf das ausgedörrte Gras niederging. Jetzt lösten sich die Wände zu gewaltigen Grassteppen auf, meilenweit, und endloser warmer Himmel war zu sehen. Die Tiere zogen sich in Dornendickichte und Wasserlöcher zurück.

Kinderstunde.

Fünf Uhr. Die Wanne füllte sich mit klarem heißem Wasser.

Sechs, sieben, acht Uhr. Das Geschirr des Abendessens kam und ging wie von Zauberhänden bewegt, und in der Bibliothek ertönte ein Klicken. Aus einem Metallständer am Kamin, in dem jetzt ein warmes Feuer loderte, kam eine Zigarre hervor, an einem Ende weiche, graue Asche, qualmend, wartend.

Neun Uhr. Durch versteckte Stromkreise wurden die Betten angewärmt, denn die Nächte waren kalt.

Neun Uhr fünf. Eine Stimme tönte von der Decke der Bibliothek: »Mrs. McClellan, welches Gedicht möchten Sie heute abend gern hören?«

Keine Antwort.

Dann sagte die Stimme: »Da Sie keinen Wunsch äußern, werde ich einfach ein Gedicht aussuchen.« Leise Musik untermalte die Stimme. »Sara Teasdale. Ihre Lieblingsdichterin, ich erinnere mich...

Leise Regen werden kommen und frischer Duft,
und Schwalben werden jagen hoch in der schimmernden Luft,
Und Froschkonzerte wird's geben am Wasser in der Nacht,
Und Bäume werden blühen in ihrer kalten Pracht,
Und Rotkehlchen werden sitzen in feurigem Federkleid
auf niedrigen Zäunen und zwitschern, als gäbe es kein Leid.
Denn sie alle wissen, sei es Tier oder Baum
nichts vom Krieg, sie bemerken ihn kaum.
Und wäre auch nicht ein Mensch mehr auf Erden,
Was sollte für sie wohl anders werden?
Ja ahnt der Frühling, der erwacht,
daß wir verschwanden über Nacht?

Das Feuer flackerte im steinernen Kamin, und die Zigarre verbrannte in der Schale zu einem Aschehaufen. Die leeren Stühle standen zwischen den stummen Wänden und sahen sich an, und es spielte Musik.

Um zehn Uhr schlug die Todesstunde des Hauses.

Der Wind draußen war zum Sturm geworden. Ein fallender Baum krachte durch das Küchenfenster und ließ einige Flaschen Reinigungslösung auf dem Herd zerschellen. Augenblicklich stand der Raum in Flammen.

»Feuer!« kreischte eine Stimme. Im Haus blitzten Lichter, Pumpen ließen Wasser von der Decke rieseln. Doch die Lösung floß über das Linoleum und fraß und leckte sich unter der Küchentür hindurch, während die Stimmen zum Chor wurden: »Feuer, Feuer, Feuer!«

Das Haus versuchte sich zu retten. Türen schlossen sich, doch die Fenster zersprangen unter dem Ansturm der Hitze, und der Wind fachte das Feuer an, trieb es weiter.

Das Haus verlor an Boden gegenüber der Feuersbrunst, die in zehn Milliarden wütenden Funken mit tänzerischer Leichtigkeit von Zimmer zu Zimmer vordrang und schließlich auch die Treppe erfaßte. Unterdessen huschten Löschratten aus den Wänden, verspritzten ihr Wasser und rannten davon, um Nachschub zu holen, und die Wandsprenger erzeugten künstliche Regenschauer.

Aber es war zu spät. Irgendwo blieb seufzend eine Pumpe stehen. Der kühlende Regen hörte auf. Das Wasserreservoir, das an zahlreichen ruhigen Tagen die Badewannen und den Geschirrspüler gespeist hatte, war erschöpft.

Das Feuer knisterte die Treppe hinauf. Im oberen Flur fraß es Gemälde von Picasso und Matisse, verzehrte sie wie Delikatessen, schälte das ölige Fleisch ab und zerröstete die Leinwände zärtlich zu schwarzen Spänen.

Dann lag das Feuer in den Betten, stand an den Fenstern, veränderte die Farben der Vorhänge.

Dann kam Verstärkung.

Durch Bodenluken starrten blinde Robotergesichter herab, und aus ihren gähnenden Mäulern spritzte eine grüne Flüssigkeit.

Das Feuer wich zurück wie ein Elefant, dem die giftige Schlange trotz seiner Größe gefährlich werden kann. Gleich darauf waren es schon zwanzig Schlangen, die sich am Boden ringelten und das Feuer in einem kühlen klaren giftigen Schaumbad erstickten.

Aber das Feuer war schlau. Es hatte seine Flammen auch vor das Haus geschickt, zum Dachboden hinauf, zu den Pumpen. Das Gehirn unter dem Dach, das die Pumpen steuerte, explodierte; Metallsplitter zersiebten die Dachbalken.

Das Feuer drang sofort wieder vor, huschte in jeden Schrank und befühlte die Kleider, die dort hingen.

Das Haus erzitterte, seine Eichenknochen knirschten, sein freigelegtes Skelett wand sich in der Hitze, seine Leitungen, die Nerven, waren entblößt, als hätte ein Chirurg die Haut abgerissen, damit die roten Venen und Blutgefäße in der brennend heißen Luft erbeben konnten. Hilfe, Hilfe, Feuer! Lauft, lauft! Hitze ließ die Spiegel zerspringen wie dünnes Wintereis. Und die Stimmen wimmerten ihr *Feuer, Feuer, lauft, lauft,* wie einen tragischen Kinderreim; ein Dutzend Stimmen, laut und leise, wie Kinder, die im Walde sterben müssen, allein, allein. Und die Stimmen erstarben, als die Drähte wie heiße Kastanien aus ihren Umhüllungen sprangen. Eine, zwei, drei, vier, fünf Stimmen erstarben.

Im Kinderzimmer brannte der Dschungel. Blaue Löwen brüllten, purpurne Giraffen galoppierten davon. Die Panther liefen im Kreis und veränderten ihre Farbe, und zehn Millionen Tiere flohen vor dem Feuer auf einen fernen dampfenden Fluß zu...

Und wieder erstarben zehn Stimmen. In den letzten Momenten des gewaltigen Feuersturms waren auch andere Chöre zu hören, Vorrichtungen, die die Zeit ansagten, Musik spielten, die ferngesteuert den Rasen mähten oder in wilder Hast einen Regenschirm durch die sich heftig öffnende und schließende Haustür hinausschafften und gleich wieder hereinholten. Tausend

Dinge geschahen, wie in einem Uhrenladen, in dem alle Uhren in verrückter Folge nacheinander die volle Stunde schlagen, eine Szene wahnsinnigen Durcheinanders, doch zugleich eine Szene der Einheit; Singen, Kreischen, übriggebliebene Reinigungsmäuse, die mutig durch das Chaos huschten und die entsetzliche Asche fortzuräumen versuchten. Und eine Stimme, die in majestätischer Mißachtung der Situation in der lodernden Bibliothek Gedichte aufsagte, bis dann doch alle Filmspulen verbrannt, bis alle Bänder zerschmolzen und die Stromkreise kurzgeschlossen waren.

Das Feuer ließ das Haus in sich zusammenfallen und schickte einen hellen Funkenregen und gewaltige Rauchwolken gen Himmel.

In der Küche, noch Sekunden vor dem großen Zusammenbruch, war der Herd damit beschäftigt, in wahnsinnigem Tempo Frühstück zu bereiten — zehn Dutzend Eier, sechs Toastbrote, zwanzig Dutzend Scheiben Speck —, und alles wurde sofort vom Feuer verzehrt, was den Herd veranlaßte, hysterisch zischend sofort ein neues Frühstück zuzubereiten.

Der Krach! Der Dachboden brach in die Küche und den Flur ein. Der Flur in den Keller und den Unterkeller. Tiefkühltruhe, Lehnstuhl, Filmbänder, Schaltungen, Betten — alles wurde tief unten zu einem wirren Haufen zusammengeballt — verkohlt und angesengt.

Rauch und Schweigen. Viel Rauch.

Im Osten zeigte sich die erste Morgendämmerung. Aus den Trümmern ragte noch eine Seitenwand des Hauses. Und in der Wand war eine letzte Stimme zu hören, die immer wieder und wieder die gleichen Worte sagte, während die Sonne aufging und auf die rauchgeschwärzte, schwelende Ruine herabschien: »Heute ist der 5. August 2026, heute ist der 5. August 2026, heute ist...«

Oktober 2026: Das ewige Picknick

Irgendwie kam Mama auf den Gedanken, daß die Familie vielleicht Spaß an einem Angelausflug hätte. Aber das waren nicht Mamas Worte; Timothy wußte das. Es waren Paps Worte, die Mama nur aus irgendeinem Grunde für ihn vorbrachte.

Paps trat unruhig auf den marsianischen Kieseln hin und her und stimmte zu. Sofort gab es ein großes Durcheinander und Geschrei, und in Windeseile wurde das Lager in Kapseln und Behälter verstaut, Mama zog ihre Wanderhose und eine Bluse an, Paps stopfte sich mit zitternder Hand seine Pfeife, die Augen zum marsianischen Himmel gerichtet, und die drei Jungen drängten sich schreiend in das Motorboot, wobei sie Mama und Paps gar nicht anschauten; nur Timothy blickte zurück.

Paps bewegte einen Hebel. Das Motorboot schickte ein Summen zum Himmel. Das Wasser teilte sich, das Boot glitt dahin, und die Familie schrie: »Hurra!«

Timothy saß hinten im Boot neben Paps. Er hatte seine kleine Hand auf die großen behaarten Finger seines Vaters gelegt und sah zu, wie sich der Kanal krümmte und wie die kahle Stelle zurückblieb, wo sie mit ihrer kleinen Familienrakete nach der langen Reise von der Erde gelandet waren. Er erinnerte sich an den Abend vor dem Start, das Hasten und Eilen, die Rakete, die Paps irgendwo gefunden hatte, und das Gerede von einem Ferienaufenthalt auf dem Mars. Ein langer Anlauf für einen Urlaub, aber Timothy hatte wegen seiner jüngeren Brüder nichts gesagt. Nun waren sie da, und als erstes — so sagten die Eltern jedenfalls — wollten sie zum Angeln fahren.

Paps hatte einen seltsamen Ausdruck in den Augen, während das Boot kanalaufwärts fuhr, einen Ausdruck, den Timothy nicht enträtseln konnte. Es war ein entschlossener Ausdruck, in dem vielleicht auch Erleichterung zu finden war. Ein Ausdruck, der den tiefen Falten in Paps Gesicht etwas Fröhliches gab, so daß es nicht sorgenvoll oder traurig aussah.

Und schon verschwand die sich langsam abkühlende Rakete hinter einer Biegung des Kanals und war nicht mehr zu sehen.

»Wie weit fahren wir?« Robert tauchte eine Hand ins Wasser. Sie sah aus wie eine kleine Krabbe, die im violetten Wasser dahinsprang.

Paps atmete aus. »Eine Million Jahre.«

»Mann!« sagte Robert.

»Schaut mal, Jungens.« Mutter hob den Arm. »Eine tote Stadt.«

Sie starrten in erregter Spannung hinüber, und die tote Stadt war tot nur für sie, und sie träumte im heißen Schweigen eines marsianischen Sommers, der von einem marsianischen Wettergott gemacht wurde.

Und Paps sah aus, als ob er froh wäre, daß die Stadt tot war.

Sie war eine sinnlose Aneinanderreihung rosafarbener Felsen, die auf einem Sandhügel schlummerten, ein paar umgestürzte Säulen, ein einsamer Tempel, und dann wieder die Wüste. Meilenweit alles eine weiße Wüste zu beiden Seiten des Kanals, eine blaue Wüste darüber.

In diesem Augenblick flog ein Vogel auf. Wie ein Stein, der in einen blauen Teich geworfen wird und tief hinabsinkt und verschwindet.

Paps schreckte auf, als er das Tier erblickte. »Dachte schon, es sei eine Rakete.«

Timothy starrte in den tiefen Ozeanhimmel und versuchte alles zu sehen — die Erde und den Krieg und die zerstörten Städte und die Menschen, die einander seit dem Tag ihrer Geburt getötet hatten. Aber es war nichts zu sehen. Der Krieg war so fern und sinnlos wie der Todeskampf von Fliegen hoch oben in der Kuppel einer großen alten Kathedrale.

William Thomas wischte sich den Schweiß von der Stirn und spürte Timothys kleine Hand auf seinem Arm wie eine junge aufgeregte Tarantel. Er sah seinen Sohn strahlend an. »Wie fühlst du dich, Timmy?«

»Prima, Paps.«

Timothy war sich noch nicht klar darüber, was den gewaltigen erwachsenen Mechanismus neben ihm bewegte, diesen Mann mit der großen sonnenverbrannten Hakennase, von der sich die

Haut abschälte, und mit den heißen blauen Augen wie achatfarbene Murmeln, mit denen man auf der Erde im Sommer nach der Schule spielte, und mit den langen dicken Säulenbeinen in den weiten Reithosen.

»Wohin schaust du so gespannt, Paps?«

»Ich habe nach irdischer Logik ausgeschaut, nach gesundem Menschenverstand, nach einer guten Regierung, nach Frieden und Verantwortungsgefühl.«

»Und das alles soll es da oben geben?«

»Nein. Ich hab's nicht gefunden. Das gibt es da oben nicht mehr. Vielleicht kommt es auch nie wieder. Vielleicht haben wir uns die ganze Zeit nur etwas vorgemacht, und es hat nie existiert.«

»Wie?«

»Sieh mal, ein Fisch«, sagte Paps und hob den Arm.

Alle drei Jungen stimmten ein helles Geschrei an und verdrehten sich die dünnen Hälse nach dem Tier und versetzten dabei das Boot in wilde Schwankungen. Laute *Ooohs* und *Aaahs* waren zu hören. Ein silberner Fisch schwamm langsam vorbei und wand sich träge hin und her, und sein Maul schloß sich wie eine Iris um die Nahrungspartikel, die er in sich aufnahm.

Paps betrachtete den Fisch. Seine Stimme war tief und leise.

»Das ist wie der Krieg. Der Krieg schwimmt auch so dahin, entdeckt etwas zu fressen, öffnet das Maul, und im nächsten Augenblick — ist die Erde verschwunden.«

»William«, sagte Mama.

»Entschuldige«, sagte Paps.

Sie saßen schweigend im Boot und spürten das kühle spiegelglatte Wasser des Kanals vorüberströmen. Die einzigen Geräusche waren das Summen des Motors, das Gleiten des Boots, die Sonne, die die Luft ausdehnte.

»Wann sehen wir Marsianer?« rief Michael.

»Vielleicht schon bald«, sagte der Vater. »Möglicherweise heute abend.«

»Die Marsianer sind doch aber eine tote Rasse«, sagte Mama.

»Nein, das sind sie nicht. Ich zeige dir ein paar, keine Sorge«, sagte Paps nach einiger Zeit.

Als er das hörte, runzelte Timothy die Stirn, ohne jedoch etwas zu sagen. Es war alles so seltsam. Dieser Urlaub und die Angelfahrt und das Ausschauhalten nach Marsianern.

»Wie sehen sie denn aus?« wollte Michael wissen.

»Du wirst sie schon erkennen, wenn du sie siehst«, sagte Paps und stieß ein seltsames Lachen aus, und Timothy sah an seinem Hals eine Ader pulsieren.

Mutter war schlank und zart und trug ihr goldgesponnenes Haar zu einer Tiara aufgetürmt. Ihre Augen hatten die Farbe des tiefen, kühlen Kanals, wo er im Schatten lag — eine fast purpurne Farbe, mit Bernsteinflecken durchsetzt. Man konnte ihre Gedanken in ihren Augen herumschwimmen sehen wie Fische — helle und dunkle, schnelle, dahinzuckende Gedanken und auch langsame, leichte Gedanken, und manchmal, wenn sie zur Erde aufschaute, war in ihren Augen nur Farbe und nichts als Farbe. Sie saß am Bug des Boots; eine Hand hatte sie auf die Bordkante gelegt, während die andere im Schoß ihrer dunkelblauen Hose ruhte, und ihr Hals schwang in einer sanften, braungebrannten Linie aus, wo ihre Bluse sich wie eine weiße Blume öffnete.

Sie schaute immer wieder nach vorn, was es dort zu sehen gab, und wenn sie es nicht deutlich genug erkannte, blickte sie ihren Mann an und sah das gleiche Bild als Reflex in seinen Augen. Und da in diesem Spiegelbild auch ein Teil seiner selbst mitschwang, eine feste Entschlossenheit, entspannte sich ihr Gesicht, und sie akzeptierte das Bild und wandte sich wieder nach vorn und wußte plötzlich, wonach sie Ausschau halten mußte.

Auch Timothy schaute. Aber er sah nur die bleistiftdünne schnurgerade Linie des Kanals, violett, in einem weiten flachen Tal, das auf beiden Seiten von niedrigen, zerklüfteten Hügeln gesäumt war. Und der Kanal führte immer weiter — an Städten vorbei, die wie ein leerer Totenschädel klappern mußten, wenn er sie schütteln würde. Hundert oder zweihundert Städte, die an den heißen Tagen und in den kühlen Nächten ihren Sommerträumen nachhingen.

Sie hatten Millionen Meilen zurückgelegt für diesen Ausflug — angeblich zum Angeln. Aber es hatte an Bord der Rakete auch ein Gewehr gegeben. Es waren Ferien. Aber warum dann all die Nahrungsmittel, die zehn, zwanzig Jahre lang reichen würden und jetzt bei der Rakete versteckt lagen? Ferien? Im Hintergrund dieser Ferienreise schwebte kein befreites, fröhliches Lachen, sondern etwas Hartes und Knochiges und womöglich Erschrekkendes. Timothy wußte den Schleier des Geheimnisses nicht zu lüften, und die beiden anderen Jungen waren viel zusehr damit beschäftigt, zehn und acht Jahre alt zu sein.

»Noch keine Marsianer. Blöd.« Robert stemmte sein spitzes Kinn in die Hände und starrte düster über den Kanal.

Paps hatte ein Radio mitgebracht, das an seinem Handgelenk festgeschnallt war. Es funktionierte nach einem altmodischen Prinzip: man drückte es gegen die Knochen hinter dem Ohr, und es übermittelte einem die Vibrationen der Sprache oder der Musik. Paps lauschte. Sein Gesicht glich einer der alten zerfallenen Marsstädte — es war ausgehöhlt, ausgetrocknet, fast tot. Schließlich gab er das Gerät an Mama weiter. Sie öffnete erschreckt den Mund.

»Was...«, wollte Timothy fragen, doch er konnte seinen Satz nicht zu Ende bringen.

Da ertönten zwei gewaltige, markerschütternde Explosionen, die immer lauter zu werden schienen und dann von einem halben Dutzend kleinerer Detonationen abgelöst wurden.

Paps riß den Kopf hoch und schaltete abrupt auf eine höhere Geschwindigkeit. Das Boot machte einen Satz und preschte holpernd und zitternd los. Der Ruck erschreckte Robert, während Michael angstvolle, aber auch begeisterte Schreie ausstieß und sich an Mamas Beinen festklammerte, während der nasse Strom des Wassers an seiner Nase vorbeirauschte.

Paps schwenkte das Boot herum, drosselte die Geschwindigkeit und steuerte es in einen kleinen Seitenkanal an eine abbrökkelnde Steinmole, die nach verwesendem Krabbenfleisch roch.

Das Boot lief so stark auf, daß alle nach vorn geworfen wurden, doch niemand verletzte sich. Paps hatte sich bereits umgedreht, um zu sehen, ob die aufgeworfenen Wellen ihr Versteck verraten konnten, doch sie beleckten nur die Ufersteine, fielen zurück, trafen aufeinander und beruhigten sich, im Sonnenlicht flimmernd. Dann war alles vorüber.

Paps lauschte. Die anderen taten es ihm nach.

Paps Atem hallte wie Faustschläge von den kalten, nassen Steinen wider. Im Schatten blieben Mamas Katzenaugen unentwegt auf Vater gerichtet und lauerten auf einen Hinweis, auf den nächsten Schritt.

Paps atmete erleichtert auf, schlug sich an die Stirn und lachte.

»Die Rakete natürlich. Bin ich schreckhaft! Die Rakete!«

Michael fragte: »Was ist geschehen, Paps, was ist geschehen?«

»Oh, wir haben gerade unsere Rakete in die Luft gejagt, das ist alles«, erklärte Timothy und versuchte seiner Stimme einen gelangweilten Tonfall zu geben. »Ich habe schon andere Raketen explodieren hören. Das war unsere.«

»Warum haben wir unsere Rakete explodieren lassen?« fragte Michael. »Warum, Paps?«

»Das gehört zum Spiel, du Dummkopf!« sagte Timothy.

»Ein Spiel!« Das Wort gefiel Michael und Robert sehr.

»Paps hat dafür gesorgt, daß sie hochging, damit niemand weiß, wo wir gelandet sind oder wohin wir verschwunden sind! Ich meine, falls mal jemand nach uns sucht, verstehst du?«

»Mann, ein Geheimnis!«

»Von meiner eigenen Rakete erschreckt«, sagte Paps zu Mama. »Ich bin wirklich ganz schön nervös. Es ist doch Blödsinn, anzunehmen, daß hier noch Raketen auftauchen — abgesehen von *einer* vielleicht, wenn Edward und seine Frau mit ihrem Schiff durchkommen.«

Wieder hob er das winzige Radio ans Ohr. Nach zwei Minuten ließ er seine Hand sinken, und es war eine Bewegung, als wollte er einen alten Putzlappen wegwerfen.

»Es ist endgültig vorbei«, sagte er zu Mama. »Die Sendungen haben gerade aufgehört. Der letzte weltweite Sender ist verstummt. In den letzten Jahren waren es sowieso nur noch wenige. Jetzt ist es absolut still im Äther. Wahrscheinlich wird es auch so bleiben.«

»Für wie lange?« fragte Robert.

»Vielleicht — vielleicht werden deine Urenkel oder Ururenkel wieder Radio hören«, sagte Paps. Er saß da, und die Kinder ließen sich von seiner Furcht und Resignation und Ergebenheit anstecken.

Schließlich lenkte er das Boot wieder auf den Kanal hinaus, und sie setzten ihren Weg fort.

Es wurde spät. Schon stand die Sonne tief am Himmel, und eine Reihe toter Städte erstreckte sich vor ihnen.

Paps wandte sich behutsam an seine Söhne. Früher war er ihnen in seiner energischen Art oft sehr fern gewesen, aber heute berührte er sie zart mit seinen Worten, sie spürten es deutlich.

»Mike, such dir eine Stadt aus.«

»Was, Paps?«

»Such dir eine Stadt aus, mein Sohn. Irgendeine von den Städten, an denen wir vorbeikommen.«

»Gut«, sagte Michael. »Aber wie mach ich das?«

»Du mußt die nehmen, die dir am besten gefällt. Robert und Tim, ihr auch. Sucht euch die Stadt aus, die euch am besten gefällt.«

»Ich möchte eine Stadt mit Marsianern drin«, sagte Michael.

»Die bekommst du auch«, sagte Paps. »Ich versprech's dir.« Seine Lippen formten Worte für die Kinder, seine Augen sprachen zu Mama.

In den nächsten zwanzig Minuten kamen sie an sechs Städten vorüber. Paps kam nicht wieder auf die Explosion zu sprechen; es schien ihm viel mehr daran zu liegen, sich mit seinen Söhnen zu vergnügen und sie bei Laune zu halten.

Michael gefiel bereits die erste Stadt, die vorüberzog, aber alle sprachen sich dagegen aus, weil sie schnellen Entschlüssen mißtrauten. Die zweite Stadt fand keinen Anklang. Sie war eine irdische Siedlung aus Holz und vermoderte bereits. Timothy mochte die dritte Stadt, weil sie groß war. Die vierte und fünfte Stadt waren zu klein, während die sechste den Beifall aller fand; selbst Mutter war begeistert und schloß sich den Ausrufen *Ach, wie schön!* und *Seht doch mal!* an.

Fünfzig oder sechzig riesige Gebäude standen noch, die Straßen waren schmutzig, aber gepflastert, und auf den Plätzen pulsierten sogar einige Zentrifugalfontänen. Sie waren das einzige Lebenszeichen — Wasser, das im Abendlicht tanzte.

»Das ist die Stadt«, sagten alle.

Paps steuerte das Boot an einen Kai und sprang an Land.

»Da wären wir. Die Stadt gehört uns. Hier leben wir von nun an.«

»Von nun an?« fragte Michael ungläubig. Er stand auf und sah sich um und schaute blinzelnd in die Richtung, aus der sie gekommen waren und wo die Rakete gestanden hatte. »Was ist mit der Rakete? Was ist mit Minnesota?«

»Hier«, sagte Paps.

Er nahm das kleine Radio und drückte es an Michaels Kopf. »Hör mal.«

Michael lauschte.

»Nichts«, sagte er.

»Eben. Nichts. Überhaupt nichts mehr. Kein Minneapolis, keine Raketen, keine Erde.«

Michael überdachte die schlimme Offenbarung und begann trocken zu schluchzen.

»Moment«, sagte Paps sofort. »Dafür bekommst du aber eine ganze Menge zum Ausgleich, Mike!«

»Was?« Michael hielt neugierig die Tränen zurück, bereit, sofort weiterzumachen, wenn Paps neue Offenbarung so beunruhigend ausfallen sollte wie die erste.

»Ich schenke dir diese Stadt. Sie gehört dir.«

»Mir?«

»Dir, Robert und Timothy, euch ganz allein.«

Timothy sprang aus dem Boot. »Schaut her, Leute, das alles ist für *uns*! Das *alles*!« Er machte beim Spiel seines Vaters mit; er spielte es in großem Stil und ganz vorzüglich. Wenn alles vorüber und wieder in Ordnung war, dann konnte auch er sich zehn

Minuten fortstehlen und weinen. Aber im Augenblick war alles noch ein Spiel, war es noch ein Familienausflug, und die anderen Kinder mußten bei der Stange gehalten werden.

Mike sprang zusammen mit Robert an Land. Sie halfen Mama beim Austeigen.

»Paßt auf euer Schwesterchen auf«, sagte Paps, aber sie wußten nicht, was er meinte.

Sie eilten in die große Stadt aus rosafarbenen Steinen, und sie unterhielten sich nur im Flüsterton, denn tote Städte regen stets zum Flüstern an oder zum Betrachten eines Sonnenuntergangs.

»In etwa fünf Tagen«, sagte Paps leise, »fahre ich zu der Stelle zurück, wo unsere Rakete gestanden hat, hole die Lebensmittel aus dem Versteck in den Ruinen und bringe sie her. Anschließend suche ich nach Bert Edwards und seiner Frau und seinen Töchtern.«

»Töchter?« fragte Timothy. »Wie viele?«

»Vier.«

»Das gibt mal Schwierigkeiten«, sagte Mama und nickte langsam.

»Mädchen?« Michael machte ein Gesicht wie eine uralte marsianische Steinfigur. »Mädchen!« sagte er geringschätzig.

»Kommen sie auch in einer Rakete?«

»Ja. Wenn sie es schaffen. Familienraketen sind eigentlich nur für Flüge zum Mond gedacht, nicht zum Mars. Wir haben Glück gehabt.«

»Woher hattest du die Rakete?« flüsterte Timothy; die anderen Jungen waren vorausgelaufen.

»Ich hatte sie versteckt, zwanzig Jahr lang, Tim. Ich versteckte sie in der Hoffnung, daß ich sie nie würde benutzen müssen. Eigentlich hätte ich sie der Regierung zum Kriegseinsatz aushändigen müssen, aber ich mußte immer wieder an den Mars denken...«

»Und an das Picknick!«

»Ja. Behalt das für dich. Als ich erkannte, daß es auf der Erde zu Ende ging, wartete ich noch bis zum letzten Moment, ehe wir starteten. Bert Edwards hatte ebenfalls ein Schiff versteckt, aber wir kamen überein, daß es vernünftiger wäre, getrennt zu starten, falls uns jemand abschießen wollte.«

»Warum hast du die Rakete in die Luft gejagt, Paps?«

»Damit wir niemals zurückkehren können. Und damit die bösen Menschen von der Erde nicht wissen, daß wir hier sind, wenn sie je zum Mars kommen.«

»Schaust du deshalb andauernd in den Himmel?«

»Ja, eine dumme Angewohnheit. Sie werden uns nicht folgen, niemals. Denn sie haben nichts, womit sie fliegen könnten. Ich bin nur übervorsichtig.«

Michael kam zurückgerannt. »Ist das *wirklich* unsere Stadt, Paps?«

»Kinder, uns gehört der ganze verdammte Planet. Der ganze verdammte Planet.«

Und da standen sie, Könige der Berge, Herrscher aller Reußen, Herrscher über das Land, soweit sie schauen konnten, unantastbare Monarchen und Präsidenten, und versuchten zu verstehen, was es bedeutete, eine Welt zu besitzen — und welch riesige Welt außerdem!

In der dünnen Atmosphäre zog schnell die Nacht herauf, und Paps ließ seine Familie auf dem Platz bei der sprudelnden Fontäne allein, ging zum Boot und kehrte mit einem dicken Papierstapel zurück.

Er warf die Papiere unachtsam auf einen alten Hof und steckte sie in Brand. Die Familie rückte möglichst nahe an das Feuer heran und lachte, und Timothy sah die kleinen Buchstaben wie erschreckte Tiere davonhüpfen, als die Flammen sie berührten und umschlossen. Das Papier schrumpfte ein wie die Haut alter Menschen, und das Feuer fraß unzählige Worte:

»Staatliche Anleihe; Entwicklungstrends 1999; Religiöse Vorurteile: ein Essay; Die logistischen Wissenschaften; Probleme der Panamerikanischen Union; Börsenbericht für den 3. Juli 1998; Das Kriegshandbuch...«

Paps hatte darauf bestanden, die Papiere mitzunehmen — einzig und allein für diesen Zweck. Er hockte am Boden und schob sie zufrieden ins Feuer, eins nach dem anderen, und er erklärte seinen Kindern, was das alles bedeutete.

»Es wird Zeit, daß ich euch einiges erkläre. Vermutlich war es nicht fair, euch soviel vorzuenthalten. Ich weiß nicht, ob ihr es überhaupt versteht, aber ich muß mich mal aussprechen, selbst wenn ihr mich nicht ganz begreift.«

Er ließ eine Handvoll Blätter ins Feuer fallen.

»Ich verbrenne hier einen Lebensstil, so wie dieser Lebensstil in diesem Augenblick auch auf der Erde von den Flammen ergriffen wird. Verzeiht mir, wenn ich wie die Politiker rede. Immerhin bin ich ein ehemaliger Gouverneur, der wegen seiner Ehrlichkeit gehaßt wurde. Das Leben auf der Erde hat zu keinem Zeitpunkt etwas wirklich Gutes bewirkt. Die Wissenschaften eilten uns zu schnell davon, und die Menschen gingen in dem selbstgeschaffenen technischen Dschungel verloren wie Kinder, die sich an schönen Dingen erfreuten, an mechanischen Spielsachen, Hubschraubern, Raketen; sie betonten die falschen Dinge, legten das Schwergewicht auf die Maschinen und übten sich nicht in der Kunst, diese Maschinen zu bedienen. Die Kriege wurden immer schrecklicher und haben die Erde schließlich zugrunde gerichtet. *Das* hat es mit dem stummen Radio also auf sich. Und davor sind wir geflohen.

Wir haben Glück gehabt. Es gibt nicht mehr viele Raketen. Langsam müßt ihr euch klar darüber werden, daß dies kein Angelausflug ist. Ich habe meine Erläuterungen lange hinausgeschoben. Die Erde gibt es nicht mehr. Mit der interplanetarischen Raumfahrt ist es für Jahrhunderte vorbei, vielleicht sogar für immer. Schuld daran trägt dieser Lebensstil, der sich als falsch erwiesen hat und der schließlich von eigener Hand starb. Ihr seid jung. Ich werde euch diese Wahrheit jeden Tag wiederholen, bis ihr sie wirklich begriffen habt.«

Er schwieg und schob neues Papier ins Feuer.

»Jetzt sind wir allein. Wir und eine Handvoll andere, die in ein paar Tagen landen werden. Ihre Zahl ist groß genug, um von vorn anzufangen. Um dem Vergangenen auf der Erde den Rükken zu kehren und einen neuen Weg zu beschreiten...«

Das Feuer loderte auf, wie um seine Worte zu unterstreichen. Schließlich war nur noch ein Blatt übrig. All die Gesetze und Überzeugungen der Erde waren zu einem kleinen heißen Aschehaufen verbrannt, der bald vom Wind verstreut sein würde.

Timothy betrachtete das letzte Blatt, das Paps jetzt in die Flammen warf. Es war eine Weltkarte, und sie schrumpfte ein und faltete sich zusammen und war — pfuusch! — verschwunden wie ein warmer, schwarzer Schmetterling. Timothy wandte sich ab.

»Und jetzt zeige ich euch die Marsianer«, sagte Paps. »Kommt, ihr alle. Komm, Alice.« Er nahm sie bei der Hand.

Michael weinte laut vor sich hin, und Paps nahm ihn auf den Arm, und sie gingen zwischen den Ruinen hindurch zum Kanalufer.

Der Kanal. Das Wasser, auf dem ihre künftigen Frauen morgen oder übermorgen in Booten ankommen würden, kichernde kleine Mädchen in Begleitung ihrer Väter und Mütter.

Die Nacht senkte sich herab, und die ersten Sterne tauchten auf. Die Erde konnte Timothy nicht finden. Sie war bereits untergegangen. Das war etwas, über das er nachdenken mußte.

Ein Nachtvogel schrie zwischen den Ruinen. Paps sagte: »Eure Mutter und ich werden versuchen, euch zu erziehen und zu bilden. Vielleicht gelingt es uns nicht, was ich nicht hoffen will. Wir haben nun wirklich Gelegenheit gehabt, die Augen offenzuhalten und zu lernen. Wir hatten diese Reise schon vor Jahren geplant, schon vor eurer Geburt. Selbst wenn es keinen Krieg gegeben hätte, wären wir wohl eines Tages auf den Mars gekommen, um hier zu leben und uns eigene Ziele zu setzen. Es hätte sicher noch ein Jahrhundert gedauert, ehe auch der Mars durch die irdische Zivilisation verseucht worden wäre. Jetzt jedoch...«

Sie erreichten den Kanal. Er war lang und gerade und kühl und naß und nachtschimmernd.

»Ich wollte schon immer einen Marsianer sehen«, sagte Michael. »Wo sind sie, Paps? Du hast uns welche versprochen.«

»Da sind sie«, sagte Paps, und er hob Michael auf seine Schulter und zeigte nach unten.

Und da waren die Marsianer. Timothy begann zu zittern.

Die Marsianer blickten sie an — Spiegelbilder im Wasser des Kanals. Timothy und Michael und Robert und Mama und Paps.

Und von der gekräuselten Wasseroberfläche starrten die Marsianer lange, lange Zeit stumm zu ihnen herauf...